沙卜台

无锁的村庄

胥得意 著

作家出版社

我不知道沙卜台的历史始于何年，但知道它将在不久的未来消亡。我给不了这个村庄梦想，只能尽我最大的努力留住它的过往。用心把这里发生的故事讲给你们听，为中国一个普通的村庄写传，为在这里曾经和我一起生活过的人们，留下一点声音，一丝痕迹。我没有落下一户一人的原因是，他们和我共同组成了活着的沙卜台。写到他们每一个人时，无论是活着还是故去的，我们都在一起。

——题记

目 录

谁到过我心中的那个村庄（自序）

这个念头像是一只虫子，在心里头蠕动了多年。有些痒，后来痒变成了痛。这种痛来自思念。我终于决定下来了。不然，灵魂似乎都不会安生。

这个念头是写一个小得不能再小的村庄。它的前生不知道是什么样子，它的后世可能会预料得到。不久的将来，它将会一点点消逝。只留下那条山沟里的残垣断壁，满院荒芜，悠闲在山上的野鸡，还有正渐渐回归的狐狸和山狼。而当人们从这个村庄里消失，可能野兔会在很快的时间占据人们曾经居住的院落。毕竟，现在有时人们会突然发现在哪家废弃的院子里，蹿突出几只野兔。一边冲向山坡，一边回头张望。野兔已经成为了村中的成员。

斑鸠还在南山松林里鸣叫，那是它们世代的家园。傍晚的时候，它们的叫声显得空寂而孤独。那片松林，在我开始有记忆时，树就那么大，而我已经从孩童走进了中年，那些树还是那个样子，岁月一点也没有给它们留下什么痕迹。而事实并不是这样的，这条山沟里的每一棵树木，都见证了辽西这个普通的小山村坦露在风里的历史。

我必须要动笔讲述和记录这个山沟里的曾经生活的人们了。

这已经是一个迟到的书写，因为，我在接下来回忆与讲述中的人物，许多都已经不在了人世间。除了村子里还活着的人们偶尔在他们的坟边走过时，会突然想起原先身边还有过这样一个人，或是停下半分钟，冲着坟说上几句家常。好像坟里的人还在，还没有离去。

其实并不是活着的乡邻对死去的人有多么想念，而是活着的人有些孤独。路过了这里，若不是和坟里的人说说话，恐怕一天里也没几句话说了。

小沟之小，小得连同一个乡镇的人一多半都不知道它的存在。就是本村的人，到过这个自然组的，恐怕也不会达到一成。想想这个山沟，该是多么寂寞。

风在山谷里无聊地遛着弯，甚至有些懒沓沓的。半天工夫，便把所有的坟头都遛了一遍，把各自的话和信息捎到了彼此的坟地。村里的节奏实在太慢太慢了，人们抬起头看一看时，太阳好像都是睁不开眼。清晨公鸡啼鸣格外嘹亮，那是村子里最清脆响亮的声音。再便是母亲下蛋后的兴奋。当那五六声“咯咯哒”没有引来同伴的祝贺时，母鸡也只好扫兴地低下头去寻找食物，补充肚子里猛然空出来的一块空间。

狗和人太熟悉了。村子里的狗都不会叫了，温顺地低着头跑来跑去。

除了冬季以外，山沟里的景色还是很生动的。我对于各种中草药的识别，大概都是这条山沟给了我最初的启蒙。以至于，走出那条山沟后，每看到一种草药或者野花野草，首先想到的就是故乡的哪片山坡上生长着这种植物。

童年的记忆如同小时候生产队马匹身上烙下的标志，一生也是挥之不去的了。

我要记录的这个村庄叫沙卜台。我敢确定，这个村子里生活着的和生活过的人们，基本没有人知道它为什么叫了这样一个名字。不知道的原因是他们或许觉得，一生下来这个村子就叫这个名，一嫁进来村子就叫这个名，一直到死去这个村子还是叫这个名字，没什么奇怪的。这个名字和他与生俱来，生活还没有忙碌过来，没有必要去琢磨村名的来历，这对于生活来讲是一个毫无意义的事情。

但是当我几乎走遍了全国各个省份时，我对故乡这个名字产生了极大的疑惑，随之带来的是兴趣。所以，当我知道这个村名是一个蒙古语，它大致的意思是“带有泥沙的沟”时，我发现我是全村唯一知道它底细的人。而我觉得，我像是发现了一个秘密。而循着这个秘密，我越发对它产生了讲述的冲动。

我对“带有泥沙的沟”的解释是抱有怀疑的。这有些不太符合实际。据我所知，那个山沟是全乡唯一四季流水的沟，这在整个县境也不多见。要知道在辽西这个以干旱闻名的地界里，有着这样一个山沟存在，实属有些奇迹。

我小的时候，村子的河套里，一个连着一个的水坑是我们天然的游泳场，村子里的孩子全是在那里学会的游泳。水坑一般有半米到两米深，清澈见底，根本没有所谓的泥，只有水向外流出的溢口处，会积聚着一些浅绿色的粗沙，而那些沙子日日夜夜被河水濯洗着，极其干净，小孩子有时还含在嘴里不停地吞吐，让它代替刷牙。

长大后，向别人描述我们的村子时，总要讲到水里的鱼。每个水坑都有鱼，至少有六七种鱼，长的有一尺。奇怪的是村里的人不吃鱼。好像鱼不是食物一样。我们在河边玩的时候，随手就会抓上来几条，然后用河边的弗石把鱼剖开，晾在石头上，任其风干掉。

只要一到夏天，所有的水坑都积满了水。沟里到沟外，一个水坑的水流向另一个水坑，它们中间有着半米到五六米的落差，整个沟里到沟外，几十个水坑下来，差不多有二十几米的落差。白花花的水从高处落向低处，小水潭里旋转着白色的花朵。在那朵朵白花中间，裹着最多的是“小鱼精儿”。村里的人从来没为水的这种流法命过名。我读了《望庐山瀑布》这首诗后，才知道水的那种状态应该叫瀑布。瀑布只不过有大有小而已。庐山的瀑布大而闻名，李白把它写成了名诗。而沙卜台的瀑布，由于众多，又小得只有瘦瘦的一条，没有人给它起过真正的名字。和山上的野花一样，大家都是描述着它的样子，有时，真叫不出它的名字。但即便如此，我们共同的语言体系里，都有着那些生命的存在。

沙卜台的鱼和孩子们一同游泳，水是同一河水，生命与快乐同游。

沙卜台的花和人们共同呼吸，花是扎根在这里的生命，年年开放，观望着人来人去。前一年还是采摘它的人，说不准第二年就匍匐在它的身旁了。

村外近年修了一条公路，路在沟门口跨沟而过，车会一闪而过。因为沟口只有八十米宽。如果不细向沟里张望，几乎无人发现这条沟里会有着人间烟火。尽管它离镇上才是六公里的距离。而对于我来说，这条沟里，近五十年以来，一茬茬人的身上，竟发生了那么多故事。

村里的人不会把这些当成故事，因为那些事就发生在他们身边，他们没有站在另一个角度去回味那些故事所包含的意义与价值。当然，我也没有认为这些故事有什么价值。只是我想讲给别人。如果我不成为这个讲述者，那个村庄的故事，就不会有人知道了。就会埋在山坡上一座座土坟里。

关于如何讲述村里的故事，我一直没有想好。不想给他们加入更多人为的想象，也不想把别人后来的讲述补充进我的记忆之中。我只想讲述我眼中的、我经历的、我认知的这样一个村庄。那么多的人已经故去，而活着的人正在奔走在死亡的道路上。每一个人活着，都是向死亡更近地行走着。当我看到一个又一个由健壮一点点变成微弱的生命在那个山沟里悄无声息地生活着，而随着时间的推移，即将“上山”时，一种说不出的压迫感会从心底瞬时涌起。哪怕他们不去读或是读不懂我写下的文字，但我还是希望他们知道，一个从沙卜台出生的孩子正在思念着，而以讲述的方式证明它曾存在于人类社会。

而我，在每个睡不着的夜晚，都会想象着我出生的那个山村。在我的眼里，那个山村如同世外桃源一般的存在。尤其是当我在初中的课本上读到《桃花源记》时，整堂课上我几乎都是处于跑神状态。冥冥之中感觉陶渊明似乎来过我的故乡，那堂课上，沙卜台沟门口似乎出现了一个可以看得见的山洞。而里面装着无数的秘密。

沙卜台沟里没有万顷桃花，但村庄前山的一山的枫树却是谁也说不清的秘密。村子里没有一个人知道它的来历。每棵枫树都有腰那么粗，甚至更大。春天它吐出满山的嫩黄，淡绿的叶子间，夹着一簇簇乳黄的花朵。夏天它又是漫坡墨绿，只要一抬头，清爽就迎面从山上滚进各家各户。北京香山的红叶我在课本上得知后，也一直想去看一下。当我第一次看见香山红叶时，我无比的沮丧甚至是愤怒。觉得作者太过于吹嘘，而欺骗了我。那也叫红叶？那时我又想起了我的沙卜台，只要一到秋天，枫树会把整个山坡燃烧。这一片淡红，那一片深褐，红绿黄间杂在一起，一幅锦绣就铺在每家的窗口。这一种美景年年在秋季里涂抹出来，而除了村里的人以外，没有多少人知道沙卜台沟里竟掩藏着这样的景象。那几十个人悄悄地分享了大自然的赠予。当然，他们没有诗情画意，他们只把这景色当成了生活。枫树落后，不久雪会封住山沟，冰会封住河溪。而人们开始面对一冬的阴冷，开始一冬对春的渴望。

当我发现我和这个村庄已经不可分割的时候，我家已经搬离了沙卜台，回到了我父亲的出生地。在沙卜台生活的时候，我觉得那就是生活的全部，村里的人连往外走的梦想都好像没有存在过。可是到了一个新的地方，突然发现我还有一大家族的人。一下子觉得世界被塞得满满，而我失去了对外面世界的好奇。

在后来生活的这个村庄，让我开始领教人生。那个时候，正是赶上生产队解散，土地承包到各家各户。由此也带来了各种各样的纷争，村子里几乎每天都有两户人家在吵架，甚至动手。每次听到这样的声音，我都会放下手中的课本或者饭碗，跑出去看新鲜，这种情景是我在沙卜台时从来没有见到过的。沙卜台的家与家之间从来没有吵过架，只有个别的家庭会有一点不可避免的小矛盾发生。我远远的站着，看着两家人十几张口分不清语言内容的恶骂，没有理可讲，最丰富的语言在谩骂中表达着心中的愤怒。几个小时的骂仗下来，或许能够从渐渐歇息的对骂中听得到一点点战争的缘由。原来是一家的鸡跑到另一家下了蛋，而另一家却是坚决不承认。平日里发生的战争大体都是这些吧。

我家搬家是为了让我上学更近一些。新家离学校不到两公里。而我原先上学却要步行六公里，翻两座山，过三条河。我最艰苦的童年已经被我稚嫩的脚板踩成了过去。而新的生活并没有给我带来多少兴奋。很多很多的时候，我放了学是要回到沙卜台，那里住着我的二姨家，实际放学回到那里，要比我原先上学的路还要远，但是我并没有觉得远。很多时候，放了学，脚步不由自主的就走向了那个方向，像是被什么牵着。长大后我意识到，沙卜台有我的神，一直在牵着我的心。

在外多年，我是一个总做梦的人。我如果梦到不好的事，差不多都是后来搬去的那个村子，不是这个去世就是那个生病，而一旦梦到沙卜台的时候，几乎处处鲜花遍野，桃果飘香。

那个夏日的下午，我在电话中突然得知二姨去世了。尽管那是一个下午，我却觉得眼前是一片灰暗。在新建成的小区楼顶，放纵的泪水几乎淹没了整个世界。她去世带给我的是什么没有人知道的，这个世界上所有的人都不会知道。包括我深爱的母亲，我二姨在世的唯一妹妹。

二姨去世，标志着我从此没有了故乡。在城市蜗居多年，每到夜晚时都要想象和怀念的村庄。尤其是当无边无际的黑夜已经团团将我裹住，而耳边却还是无休无止的车马喧嚣。当天一亮，又挤进地铁的滚滚人流，面对一张张陌生的脸，却要面对面的呼吸。哪怕是和一些新认识的人在一起认真地加着微信，但隔一段时间面对那一个个名字时，大脑中却会是一片空白。天天面对如此的生活，整个人像是被细细的绳索五花大绑的粽子，血液像是苇叶包裹着的那一团粘粘的糯米，内心如同粽子中间裹住的一个枣，颜色还是枣子的颜色，味道也是，只是只有自己知道它已经被生活这锅热汤炖得早已面目全非。

所有这样的时候，我都要迅速地逃回我的故乡。我的故乡对于我来说，虽然已经离开了几十年，但是精神上却须臾不曾分开。有时，我却会惊异于我的记忆，我竟然会清晰地叫出故乡每一条沟、每一块地、每一个水坑、每一个人的名字。要知道，那些名字都是普通而又奇怪的，五花八门的，但这些名字，可能除了我们那个村子里的人，再也不会有人知道它们。因为，它是独属于我们的。它就隐藏在那个山沟沟里。那些沟沟岔岔像是一棵树庞大的根系，牢牢地固定住了我思维的土壤，而我，又用孤独回忆的雨露滋润着这些名字。

我要记住这些名字，哪怕那些水坑已经像老人深陷的偌大眼窝，干涸着坦露在河床之上，哪怕许多人都已带着一世的故事成为了山坡上的一个个土丘，哪怕一座座房子梁断墙塌，但这些都曾滋养了我的心灵。

我有一万个理由相信，这个世界上，只有我一个人对它如此痴迷。村子里的人多数没有走出那里，他们没心思也没心情去琢磨它的前史。而那些走出去的人，或者可以说是逃离，或者可以说是拼搏着离开。

让我开始向您讲述吧。

我要讲述的故乡不是现在的这个故乡。它们只是使用了一个共同的名字。我要讲述的，是我童年时的村庄。虽然已经故去，但在我的记忆中却是永存。

中国在快速地小城镇建设，说不准村里仅存的这些乡邻什么时候也要迁到了城里。那时，这个村子，可能只是我自己的村庄了。我会对那些到访来考查中国近代农村生活的人们一一讲述这里的人们。

对于故乡，我有我的判断和划定。我一直对别人讲的是：那个村子，只有13户人家，81口人。我在那里出生，是81分之一。

还有，全村当年只有一把锁，仅仅是一只形式上的锁。

如果谁有耐心，我便要开始讲述沙卜台的故事了。我知道，不会再出二十年，这个村子可能真的不存在了。

而除了我，谁会知道那里的故事呢。谁有耐心去讲呢。

沙卜台，一个无锁的村庄。一个人人心灵没有上锁的村庄。

贾英莲家

用一生酿出异样的忠贞

贾英莲的家在村子里实在有些不同。她家是唯一住在河套南岸的，村里其余的十二户都住在河套北面。她家又是进入沟门之后的第一户，隔着河四百米，才是老曹家。然后再走上一千多米，东一户西一户散落在河套北面。贾家的地势最高，在一个高坡上，孤零零的一家。

房屋是孤单的，贾英莲的命运和她的房屋极其相似。可以说，她没有邻居，在村里与任何一家也不沾亲带故。她有的，是她的儿子武臣。武臣随了她的姓。在很小的时候，听说儿子管她叫过一段时间的爸。

贾英莲一辈子没有结过婚，村里人都知道武臣的身世。但是在沙卜台，没有人非议贾英莲，也没有人瞧不起武臣。这便是沙卜台人与其他村庄人的不同。每一个人都觉得武臣就是这个村子里的一分子，贾英莲非婚生子也与别人毫不相干。

村里的人对贾英莲唯有的不解是为什么要那么苦苦地等一个不会等来的人，圆一个不现实的梦。也就是在沙卜台，如若在其他村子，人们会用唾沫淹死贾英莲，也会投给她一个个白眼。

我家与贾英莲家相距甚远。五岁之前，我对她是没有印象的。只是有一年秋天，我在家中的院子里玩耍，贾英莲穿着自做的军装笑眯眯地走进了我家的院子，然后问我，你妈下班了么？我摇着头看着眼前这个着装怪异的女人。后来，才知道军装是贾英莲的痴迷对象，她常年这样打扮。

我的父亲在我出生之前，是个军人。我只是在照片上看过穿军装的人。而眼前这个女人，竟然穿着一身军装，戴了一个无檐的女式军帽。领口两边，两块红领章闪着暗红，她的额头上方，一个红布做成的五角星像是一只眼睛死死盯住了我。那个时候太阳已经偏西，我逆着光看着这个被军装笼罩得有些神秘的女人。我呆呆地靠在院墙上，泥巴垛成的墙头上插着枣刺，我感觉枣刺的锋芒扎进了我的后背。

那是我第一次见到贾英莲，我不知道怎么称呼她。她的臂里挎了一个柳条筐，筐里装了什么我看不见。我只看到她把左手伸进筐里，抓出了一把红灯笼似的东西轻轻地堆在了我家的窗台上。然后对我说，告诉你妈我送来的。然后，她便晃悠悠地向大门走去。

我家沿河边而建，院子是村里最窄的，从窗台到院墙也就一米五宽吧。风吹着她肥大的军装，整个人要把细长的院子占满了。夕阳给她的身影镀上了一层金边，走着走着，她又回头冲我说，告诉你妈有空儿去闯门。

如今没事时，我对故乡很多的土语总会研究一下，根据它们的会意琢磨出一个相对准确的词汇。例如贾英莲嘴里说的“闯门”，我觉得不是别的地方说的“串门”，串门有从这家到那家，从那家到另一家的含义，但我们村各家的来往更适合用“闯门”来对接。无论谁去谁家，都不会事先预约，大概都是站在院外喊一声“家有人么?”便进了院子。其实这声喊只是通知一声，与家有人无人大体无关。闯门便入不是失礼，是相互间的不设防。

贾英莲回头的一瞬，我又有了新的发现，她的嘴里有两个金光闪闪的牙齿。那是我有生以来第一次看到镶牙的人。从那以后，每次再见到贾英莲，我都要注意她的金牙。她的嘴变得神秘，不知道说哪一句话时，便会金光闪现。

贾英莲放到我家窗台上的果子是菇茑[①]。红红的菇茑像玩累了的小女孩静静地躺在石窗台上。我踮着脚扒着窗台一直注视着这些奇怪的果子。

我们小的时候，生产队无论分什么，都是按着人头来分。别的人家人口多，都有壮劳动力，分得的粮食和所有物品都会比我们家多许多。我爸是一个工人，在离家四十多里的地方上班。我妈是一个民办老师，生产队只给她记半个人的工分，而我和哥哥还只是孩子。所以，有时分粮食，别的人家要去几个男劳力扛回来，而我家我妈随便打发我和哥哥任何一个都可以把粮食拿回来的。

一次生产队分了煮熟的肉，是哥哥去领的。我家分到了一碗，六岁的哥哥一边走一边吃，等到家时，吃得没有多少了。二姨看到了哥哥的行为，没有制止，而是先于他到了我家向我妈禀告，不是村里少分了你家的肉，是胖小在路上就开吃了。这件事我妈到现在有时还要拿出来说一说。即使二姨不来家里告诉这事，我妈也不会找生产队去的。一是她根本不知道生产队分了多少猪肉；二是她知道村里一定是公平的，尤其是当我家是一个小孩子去领时，生产队只能多给而不会少给；三是我妈是一个从来不计较的人。

---

① 菇茑又叫菠萝果、纸皮灯笼，俗称“红姑娘”，学名酸浆，多野生，分布于东北地区。

只是这件事之后，我妈给我们定了一个规矩。以后再有外人送了东西，孩子一定不能先吃，要让大人看到有多少，心里有个数，以便日后还人情的时候知道深浅。

太阳已经滚到西山后面去了，秋季的村子里凉得很快。跑了一天的羊正从南山上轰隆隆地往下冲，踩落的石头哗哗地响着滚向沟里，羊们欢叫着要到河溪边喝水。那里有一眼全村最为清澈的泉眼，四季不冻，泉水甘甜。羊喝过了人喝，人喝过了羊喝，这一点儿也不奇怪。

我的眼睛盯着那些蘑菇，在猜测着这是什么。羊归圈不久，我妈就该下班了。她每天顺着西沟翻过南面的山去一个叫森林屯的村子教书。每天太阳落山她才能回到家。一整天，我就是和村里的小伙伴们，玩土玩泥玩虫子。

村子太小了，没有商店，以前没有，现在也没有。我小的时候不知道醋是什么东西，家家也不吃那个东西。只吃酱油。酱油是散装的，孩子们上学时从学校附近的商店用洋棒子装回来。“洋棒子”这个词是我小时候使用过的，如果不是年前回了沙卜台，已经几十年没有听过这个词了。一旦各家急需了酱油，家长便派孩子拿着碗去别人家借。

长大后我考虑过为什么都是派孩子去借酱油，突然发现沙卜台的人竟是那样善解人意。一是孩子去了别人家借，一旦那家也没有，不至于太难堪。另一个原因是小孩子走路不稳，不会借给太满。一般的时候怕洒，孩子们都是借回来大半碗。而还的时候，基本上都是大人去还的。因为大人在碗里要装得多一些。这个乡俗对于后来走出去的我，受益很大。我从来不占别人的便宜，是从小心里没有这种意识。谁对我好一点，都觉得欠了别人许多。

村子里借米借面，所有的东西都是可以借、可以还的。

但是贾英莲送来的菇茑却是还不了的。全村子只有她家有。我上了小学之后，又一次吃了贾英莲送来的菇茑后，实在忍不住馋，跳到她家的院子里去找。菇茑没有找到，但是在她家的房后，我发现了二十几株从来没有看见过的植物。我断定那就是菇茑秧。再后来，我在林延明家和木匠家相隔的墙边，还发现过三两株菇茑秧，村子里其他地方再也没有见过这种植物了。

林延明家门外的那几株离路边太近，我从来没有见过它结果。所以，贾英莲家的菇茑便又成了村里的唯一。

我妈回来了。我告诉她，有一个人给送来了这个东西。我妈一看菇茑就知道是谁来过了。沙卜台对于任何人来讲，没有秘密。何况这还是贾英莲每年秋季都要在村子里上演的热情。

贾英莲家的菇茑只是长在她的家。她家的菇茑却能爬上全村人的舌尖。她像是一个生产队长，每年那个时候，她都要按着人头，各家各户地把菇茑送到。随着我的一点点长大，我也会判断出她家房后的菇茑秧上这一年到底结了多少果子。

那天晚上，我妈把菇茑分给了我和哥哥，她只是拿起来一个尝了尝。菇茑穿了一件五边形的红外衣，轻轻地撕开，里面便露出来一个圆溜溜像是拇指肚大小的红果子。那才是真正的果实。在煤油灯下，菇茑睁着大大的眼睛看着我。我用舌尖舔住了它的头。我妈在一边问，好吃么？

我用力地咬，一股酸甜的浆汁喷了一嗓子。我顿时觉得呼吸有些迟钝下来。长到五岁了，我的味蕾上只单纯重复地记忆着玉米、高粱的味道，像地瓜、苹果这些食物的味道是季节性的，而菇茑这种野果陌生的味道足以让我的舌尖震颤。

当兵后，一次，我在团长家的院子里帮着种一种植物。他的家属说是菇茑。我觉得它的样子长得怪怪的，一点也不像贾英莲家房后的菇茑。随着那些植物的成长，我发现团长家院子里成熟的菇茑竟然是白色的皮，而那种果熟了之后皮总要紧贴在圆圆的果实上。那种果实是青绿色的，不鲜艳，也勾不起食欲。用手指剥开包在外面的皮，里面的果实才会露出头来，那种菇茑的样子像是小男孩的包皮裹住的小小的龟头。

团长家属说，她收获的这种叫家菇茑，我说的那种红艳艳的菇茑叫野菇茑。也就是从那时，我发现，我童年记忆中的许多东西，都要被别人冠上个“野”字。

当然，我的童年也可以叫做“野童年”。

再以后，我在城市的许多水果摊上，都看到过菇茑，但我认为那不是我认为的菇茑。而我对于贾英莲放到窗台上的菇茑一直称之为“菇茑”，我不想在它的名字前面加上一个“野”字。加上了那个字，似乎是污蔑它的出身。我说不清这种感觉。

有一年，我在黑龙江宁安的一个集市上遇到了一个卖菇茑的。那个时候，听说贾英莲已经去世。看到摊在地上的红灿灿的菇茑，我像是怕被谁抢走了一样。我说称一下，全要了。摊主看我的眼神有些诧异。其实她根本不知道，那个时候，我在想着我的贾大姐。那天，我穿着军装，拎着一个破烂的鼓鼓的编织袋走进营区的风景实在不协调。好几个战友看着我的样子，问我拿的是什么。

吃过了贾英莲送来的菇茑。我妈对我说，以后再见到她，管她叫大姐。

在沙卜台，人与人之间都是有一个称呼的。辈分大的叫尊称，辈分小的不管多大岁数直呼小名，不会有人见怪的。

从那以后，我再见了贾英莲便叫大姐。这个大姐实在是大，她比我妈的年龄还要长几岁。尽管她四十来岁，我才五六岁，但自从知道应该叫她大姐以后，叫得便是极其自然了，好像这个称谓就应该是和她对应的。直到我家搬回到我爸出生的那个村以后，我才弄清为什么称贾英莲为大姐。

贾英莲堂姐妹一共五个。她好像是老大。而小名叫贾小五的贾英媛嫁给了我的大堂哥，成为了我的大嫂。我大嫂的大姐自然就成为了我的大姐。

从送蘑菇之后，很久没有再见过贾大姐。我们住在上沟的人，如果不是劳动通常不往下沟去。而下沟只是河南岸一家，河北岸一家。离得远，在我们小孩的印象中都有些像是外村的人。

再次遇到贾大姐，是一次我从沟外往回走。贾大姐坐在她家的墙上唱着什么。远远地隔着河套，看不清她的面貌，只是看到一团绿，坐在墙上，兀自地唱着，不停地唱着，咿咿呀呀中透着无奈。她没有向河北面走过的人打招呼，唱着唱着还在叹息几声，听上去有些悲戚。我抬头望了望前面扛着锄头的妇女。记不清是谁叹了口气，然后说，贾莲这又是犯病了。

出于对贾英莲的敬畏与尊重，我一直在心里称呼她的大名。她在村里其他人口中，名字是被简化掉了的。大家就叫她贾莲。可是，上学后，我在外村人口中，听到了她另一个称呼：贾大姑娘。那个时候我已经开蒙，能够感觉到这里面有一些故事。再后来，外村人又再次提到她时，我明白无误地判断出他们所讲的“贾大姑娘”里面包含了“假大姑娘”的意思。到底是哪一种表达，是要看外村人讲述她的时候把她放到了一个什么角色里面。

贾大姐是如何恋上姓杜的那个男人的，对于我们小孩子来说不需要知道。但自从隐约知道她的故事后，我对她没有一点点轻视。尤其当我长大之后，见证了越来越多所谓的爱情之后，我对她是由心里地佩服。而这种佩服甚至不是停留在佩服层面。不止一次，我对我妈说，贾英莲是我极少数佩服的人之一。

以我推断，贾大姐认识山外的那个男人的时间应该是上个世纪60年代左右。我的这种判断和我从未对任何人启齿的事情有关。每到夏天，村里的人们都会到河里洗澡。大人们找的水坑都是远离人家的。中午的时候，两三个人相约着，拿着盆带着换洗的衣服便去洗澡了。

村里相约成俗的事很多。例如洗澡这件事，每一年男人和女人占有的水坑是不同的。这一年雨季来临，山上迅猛而至的水会把水坑里存了一冬的污水污物冲进沟外的大凌河，重新洗刷出来一个天然的浴缸。所以说，去年是那个水坑大，今年也许就是这个水坑深，年年不一。所以，除了几个有数的水坑是固定的游泳场地之外，大多数都是变换着的。

大人们洗澡相对隐蔽，而小孩们则不是了。男孩子们会聚在一起，光着屁股，不管有没有人看到，就往水里跳，打水仗，藏水猫猫儿。村里的大人也不会限制孩子们这种野浴。

沙卜台还有件事很是奇怪。先我一两年出生的孩子出奇地多。八十一口人当中，1971年出生的竟然占了五个，1968年的有三个，1969年一个，1970年一个，1972年一个，我是1973年出生，然后全村妇女像是生厌倦了，突然断档了。一连好多年没有孩子出生。我成了同批长大的孩子当中最小的一个。

七八个男孩子一同跳到水坑里洗澡，光溜溜的一群，可能是那个村子里最富有生机的场面了。当我们懂得害羞，再也不光着屁股在人们能看得到的水坑里洗澡后，孩子们看起来是成长着，但实际上村子里已经不再生机勃勃。这种孩子群浴的现象就绝迹了。

大概是六岁那年，当我们都在一个叫大锅底的水坑里洗澡时，武臣出现了。这个几乎没有和上沟的孩子们往来的青年在这个时候出现了。我不知道他是谁，只看到他从山坡上的贾大姐家的院子里出来后，顺着山崖敏捷地几十步便蹿到了大锅底边上。沟坎上没有人路过，武臣三两下脱掉了他的外衣，直接跳进了大锅底里面。

武臣跳水的动作潇洒中带着无畏。因为在那前一年，村里一个叫胜利的从高处跳水时，竟然跳到了浅水里，摔伤了腿，家长们一直用这件事来提醒不知深浅的我们。小孩子因为不知道水深水浅，才会怀有一颗畏惧心，总是要试探着往深水里面走。而像武臣这样长大了的少年就显得尤其勇敢了。我在长大的过程中，有时面对小我几岁的孩子时，总会自觉不自觉地呈现自己的能力。武臣那天的跳水大概也有这种心理吧。

大锅底在小孩子眼里是全村子最恐怖的一个水坑。除在它上游五十米处有个叫做小锅底的水坑和它是花岗岩的坑沿和坑底以外，村子里其他的水坑都是青石底的。顾名思义，既然这两个水坑被称作大锅底小锅底，那形状一定就像是锅形的了。小锅底属于女孩玩耍的领地，因其实在没有挑战的趣味。而大锅底被孩子们赋予了传说，因为小孩子进入这个水坑后，站立着是踩不到坑底的，加之瀑布落下来的那道石壁有点垂直，那儿的漩涡有些大。游到那儿的孩子总会有一种被吸入水底的感觉。于是，在小孩子的口中，大锅底里面是有大鱼的，专门会把小孩往水底扯。要想在大锅底里游泳，必须是结伴的。

而武臣的脸上没有任何惧怕，他抻了几下胳膊和腰肢便一头扎进了水中。他在岸上有个向上起跳的动作，是为了让身体与水之间的落差更大。一个瘦瘦的身影，在正午的阳光里，闪着一道白光，画出一条优美的弧线，然后把水面砸出了一个巨大的水花。锅里的水被武臣身体带来的压力冲击时，一时来不及从那个狭小的隘口溢出，水在坑子里激荡着，一下又一下拍打着坑沿。我愣愣地坐在浅水处，武臣许久也没有露出头来，只看见水中一长条白花花的影子在浮动着。我生怕水中的大鱼把他拖进最直的崖壁下面，毕竟我看到无数条鱼正从那里纷奔而出，随着水波一起惊慌失措着。

武臣的头终于露出来，他用两只手捂住脸，用力向下摩挲掉脸上的水珠，然后把乌黑的头发向脑后捋去。长大后我对体育特别痴迷，也看过无数次跳水比赛。说实话，专业运动员的跳水难度确实大，也特别优美，但是谁也没有武臣的这一跳震撼人心，带有英雄气概。

武臣的眼睛细长，眼泡似乎有些肿了。他灵敏地转头，骄傲地望向我们。我们比他可能要小到十岁吧。武臣游泳的动作也漂亮，仅仅两三下，就从深水区猛地游了出来，他把瀑布下面的那个漩涡一下子甩在了身后。我觉得危险离他远去了。

他在水中猛地直起身时，由于动作太过迅速，水一下子把他的布裤衩扒到了腰下。全村的人，无论男女，所穿的裤衩都是布做的。那个年代，供销社里还没有内裤出售。大人孩子穿的裤衩都是买来布找人缝。据说小孩的需要一尺五吧。但即便是仅仅一尺五，小孩子一年也只做一条。布裤衩带就是一条圆皮筋，有时会把腰勒得紧紧的。晚上一脱裤衩时，腰上就像是捆着一道绳子，那条痕已经勒进了皮肤。所以，我们小时候，睡觉时都是喜欢光着睡的。

武臣直起腰向水坑外走，他根本没有意识到一群孩子正在窥视着他青春的秘密。一小片卷曲着的黑亮亮的细草在他的腰处露出了踪迹，水把他的裤衩定了型，紧紧地箍住了他的大腿，他的裤衩里面一定包含了什么见不得人的秘密，不然，他为啥要用遮掩的方式不让这群孩子探知呢？

正是中午，武臣索性又把自己回归成了一个孩子。他在岸上，用脚扯下了牵绊着他的裤衩，他干脆和我们一起，变成了一个孩子。但显然，他已经不是孩子，他让我们意识到，用不了多久，我们也会长成他的样子。在正午的阳光照耀下，他是一个最快乐的人，游向漩涡时，清水包裹着他雪白的屁股，而他仰面游回来时，水托起了他腰身处茂密的水草。他成为了大锅底的主人。

武臣只是和我们洗过那一次澡。也是我们唯一一次和成年人或者是接近成年人洗澡。实际上，武臣是有自己的水坑的。大锅底流出的水没淌出多远，就流进了一个更大的水坑。那个水坑是贾英莲家挑水的水坑。她平时就是从有些陡峭的上坡上挑着一副水桶下来，到这个泉子里挑水。由于是她家吃水的地方，所以，这个水坑叫做老贾家水坑。这个坑子不是全村最大的，但是最常见的。无论哪一年，它都可以承载孩子们游泳的梦想。因为它旁边有道泉眼，不需要上游夏季雨水的补充，它也能丰盈。这个泉和贾英莲一家的生活状态也是极为相似。老贾家水坑至今还有鱼生存在那里，我长大后，曾无数次一个人坐在那个水坑边，看那水里自由自在游动着的鱼。它们像是武臣一样，不知道来自哪里。它们又像村里的人，对外面也没有多大的梦想。老贾家水坑是整个沟里最后一个可以游泳的水坑，它的水流出一千米后，就注入了那条宽大的大凌河了。而几十年以来，那些鱼就在这个坑里安然地游动着，和村里的人一样。安于了眼下的世界之小，可是这种安然，又是内心的宽大。宽大得已经装得下任何忧愁。

老贾家水坑的水由于是泉眼里的水，所以，也是全村最凉的一个水坑。离我们上沟又是极远，如果不是年头旱，上沟的水坑不能满足我们逐渐长大的身躯，我们一般的时候不到老贾家水坑游泳。因为，有时游着游着，武臣会站在山坡上喊停我们。因为那是他家的。那个坑子虽然是公用的，但冠名姓贾。武臣的命运也是被贾大姐冠名姓贾呀。这个坑子与武臣身世何其相似。

在那次和武臣洗过澡没过几天，武臣在路上堵住了我，他冷冷地问我，是不是对村里人说他那天洗澡光了屁股？我辩解说没有。但是武臣还是冷冷地问，那我怎么听到你们当中有人说是你说出去的？

我没有说。既然村里有的妇女知道了武臣下身藏不住的秘密，那就是证明了那天洗澡不是我一个人看到了他青春的世界，而是年长我两岁的那些伙伴差不多都看到了，或许他们私下里好奇地在自己身上也寻找着成长的蛛丝马迹。

我在村里是听妇女们说过武臣的。妇女们的谈论应该是和那次洗澡有关。忘了是哪个妇女，叹了口气，说，武臣真是长大了。

“武臣长大了”，这句话里包含的意思是我多年之后才理解的。她们说这句的意思还是冲着贾大姐去的。意思是说，贾大姐一个人终于把武臣从一粒种子，顶着风冒着雨带到了人间，既当爹又当妈地把他终于拉扯大了。男孩将要变成男人了。是村里的小孩子们无意间向大人们透露了武臣的成长。大人们这一声叹息中，有着的是欣慰，和对贾大姐的怜惜。

我知道贾英莲的事时，武臣都已经十几岁了，小时候是觉得这对母子有些奇怪。长大后，贾大姐时不时地会走到我的面前。尤其一些人婚姻不顺，找我诉苦时，还有一些年轻人跟我交流什么是爱情的时候，自然不自然地会让我想起贾英莲。

一个未婚的女人，是如何被一个已婚男人吸引，或者勾引？也或者是她主动爱上了人家。这在上个世纪60年代左右的中国农村，会是一件多么令人不齿的事情。可是，她就那样义无反顾地爱上了镇上的那个男人。而且此生未嫁。在我们那个相对落后的地方，五十多岁带着孩子改嫁的女人也有男人要，不到三十的贾英莲要是下了那个决心，求亲者会是纷沓而至。可是她不，她就在半山坡的那处孤房里守着。

这样想来，她的那座房子更具有了特殊意义。离沟门最近的一处，又是全村住得最高的一处。她只要站在屋子旁边的坡上，便能够看到从沟外走进来的每一个人。她是不是一直在盼着那个人的到来呢？是不是盼着那个男人践诺呢？可是没有，一直到武臣长成了成年人，贾大姐也没有盼来那个人。

有时，放学回沙卜台，路过镇子边的时候，路上每出现一座新坟我都会想，是不是那个传说中姓杜的人呢？这种想法真是奇怪，不过没有一点点诅咒的意思。只是觉得，如果那个男人一旦没了，我的贾大姐可能此生就真的断了一个念想。可是她没有，她总会偶尔地犯犯病，一犯病她就要站在山坡上唱《十大劝》。她用唱歌的方式劝慰自己，但是村子里的人是没法去劝慰她的。怎么个劝法呢？对于她的爱情，只能承认，不能过问。

在乡间，男男女女之间说不清的事平常而频发。有的为了情，有的为了钱，有的为了利，各种目的都有。对于这种事，随着年龄增长，我大多抱有理解的态度。不是自己的事情，谁也说不清到底为何生发，何况有时就是自己身上发生的事还说不清来由，对别人的事就不要议论指责吧。但是像贾大姐这样的事，几乎听不到。一边是端庄的大姑娘，我认为她做的事是端庄的，不是鬼鬼祟祟的，爱就是爱过了，哪怕爱上了一个不该爱的人。另一边是一个有家有业的男人，不可能抛开一切娶走沙卜台的村姑。谁都知道这是一个不现实的爱恋，但贾大姐大半辈子的光阴都是付诸在这种等待之中。一直等到儿子长成了壮年。

贾英莲辛辛苦苦把武臣带大之时，她也一直在为儿子的婚事操着心。她的家庭背景到底还是影响到了武臣的婚姻。按理说高高大大的武臣，能干又勤快，加之只有一个老妈，家庭负担不重，娶个媳妇应该不是难事。可是我听到的是武臣一次又一次相亲的失败。

大概是我读初中时，听说一个媒人把武臣和一个姑娘带到了沟门口的树林里相亲，那个姑娘不知从哪里听说武臣走路有问题，竟然下了口令让武臣当着她的面走几次齐步。在我看来，这是一种公然的污辱。武臣也是用自尊回击了这种要求。他昂首离开了树林，留下了尴尬的姑娘和媒人。在他成长的过程中，父亲的缺失可能都没有给他的自尊带来这样的伤害，但这件事，想必在他的内心是掀起波澜的。武臣从树林里没有回头地走进了沙卜台。这件事不久便传开了。相亲这件事没有人在场，村里人能够知道，应该还是武臣自己讲出来的。这个村子真是没有秘密。

武臣从树林里穿出来，大步流星地走向沟口，然后踏着河上的冰往沟里走。风从沟门外往沟里灌着，冷冰冰地吹着他的后背。一想到他的这个样子，我觉得他有些像个英雄。沙卜台虽然贫瘠，但每一个人都有骨气，从不求于人。因为，相互之间，还没有张口去求，已经有人主动去伸手了。我成年后的性格就是这样，总是把帮助别人当成一件快乐的事。这是沙卜台淳朴的民风熏染的结果。所以，这也是我想把我的沙卜台告诉别人的原因。

站在崖边跳水的武臣是个鲁莽英雄，从沟门外相亲失败回来的武臣像个悲情英雄。可这又能怎样呢？村里人不会嘲笑他。村里人都希望有姑娘嫁到这个沟里，以便让这个沟有更多的生机。武臣的背后是飕飕的冷风，他的胸前是暖暖的梦想。他也许一直不知道自己是从哪里来的一粒种子，在岁月中长成了沙卜台的一棵树，一棵青翠的树。

武臣在贾大姐的眼中长着。每一个夜晚，这一对孤儿独母不知道是在交流着怎样的话题。不知道贾大姐是如何一点点向武臣剥开自己的身世，尤其是当武臣幼小的时候，向贾大姐寻要爸爸的时候，贾英莲是如何面对和回答呢？在武臣最小的时候，贾英莲曾经让他称呼自己为爸爸。这样来讲，可能她告诉武臣，自己就是爸爸。就在那一座远离村子的山坡上，贾大姐化身成了可以依靠的男人和坚强的女人。

贾英莲是一个勇敢者，更是一个坚强者。她承担了自己青春里的一次选择重大失误而带来的后果。是失误而不是错误。武臣这个生命的到来，便说明贾大姐没有错误。她让一个生命来到了这个世上。而这个生命的到来却是要时时提醒着她的曾经。她天天盼望儿子长大，却不知她看到儿子长大的过程，正在印证自己的老去。黄花姑娘时，那个男人都没有把她娶走，人老珠黄的她人生还会有什么样的绚丽呢？只是等着时间一点点把她吞噬掉。

一个人活着，哪能不被别人误解呢？贾英莲的一生一定会被很多人误解的。我没有听说过武臣对她的不恭，但武臣在成长的过程中避免不了地会把目光之箭射向贾大姐。来自外人的诋毁她可能能够容忍，但来自孩子的这种伤害，不知她将如何对待。

再是后来，我竟然听说，在武臣之前，贾大姐还曾为那个男人生过一个儿子。只是送人了。这个消息对于我来说有些惊诧。贾大姐的身上到底还发生了哪些故事呀？那个儿子，也就是武臣的哥哥。这件事应该是确实存在的。因为有一次在路上，我听贾大姐对村里的两个妇女说，去看那个儿子了。相互之间的对话和平时对话的内容没有什么区别，极其自然而没有回避什么。其实，这也叫隐私呀。

知道了贾英莲还有另一个儿子以后，我有事没事的时候总想知道她曾经的爱情。我对从村子里客居过现在定居在北京的一个村人说过，贾英莲是在那个物质极其匮乏的年代，精神上全村最富有的一个，她也是唯一经历了爱情的人。沙卜台除了在我出生之前有过一桩离婚事之外，至此从未再次发生。当然，那桩离婚和我与沙卜台的关系密切相连，我会在以后讲到。别的女人是嫁进来就生活了一辈子，而贾英莲是村里唯一与众不同的女人。她生下来就是沙卜台的人，是这个村的老姑娘，老主人，就是沙卜台的种子，扎根在沙卜台，开花在沙卜台。她和村里的男人还不一样，男人们只是长大了，娶一个女人回来，生下的孩子像是嫁接出来的。而贾英莲和武臣不是，娘家婆家都是这个村，都是那座坡。她死后也埋在了沙卜台。真是可以说，她生是沙卜台的人，死是沙卜台的魂。她从来没有放弃过沙卜台一步。就连嫁出去的一步都放弃了。

贾英莲面对的不是生活，她精神世界里面对的全是爱情。哪怕她站在沟口，遥望镇上，觊觎着另一个家庭。所以，从我长大以后，我对对家庭和爱情不负责的男人是瞧不起的。记得当年一个战友面对已经同居了的女朋友，还没下定决心是娶还是不娶，来找我解惑时，我告诉他，不想一生拥有，就不要一时占有。他看着我的眼神有些迷惑，他觉得十九岁的我不应该有如此深刻的看法。其实，他不知道，自从我知道贾大姐的故事后，她就如同爱情教科书一样立在了我的面前。是自己应该承担的，就要让自己承担，哪怕生命会由此而沉重。她完全可以不让武臣及他的哥哥出生，这样两个来路不明的生命会对她一生造成什么样的影响，世俗那个血淋淋的大课堂她不是没有见过，而她却偏偏就生了下来，当成了与那个男人的信物，看到孩子便想到了那个男人。而那个男人后半生是不是陷入了另一种煎熬我不曾探晓。

武臣的哥哥按理说也算是沙卜台的人。可是不知道他去了哪里，只是贾英莲偶尔会带回一点点他的消息。他的年纪现在已经是当上爷爷了，我觉得他应该理解贾大姐，他出生一年后便送到了别人家，长大的过程中，最多是顶着养子的名义。养子对于养父养母之间的关系建构，有无数种可能。路上捡来的、父母去世了、别人家养不活了等等，这都可能成为理由。而武臣却是顶着私生子的名义。武臣面对的身份只有一种，可他人生中面对的疑问却是无数。

武臣的哥哥送人这件事，那个男人一定是知道的，而我也固执地相信，贾英莲是征求了他的意见的，不然她如何来面对那个人的询问？或者，这个主意也是由那个人出的。那个男人可以这样对贾英莲讲，送走了，别人就不知道了，你再接着等。等的结果呢？

贾英莲的肚子再一次孕育了生命，她还没有等来那个男人承诺的结果。她可以上男人的当，她不能让命运再次欺骗了自己。也许就是这个理由让她坚持独自把武臣养大吧。说是她在用一辈子光阴等那个男人，实际上还不是她在等命运对自己有个发落？

把武臣留下来，养大，基于她对沙卜台人有准确的判断。她相信这个生她养她的村庄丰盈着善良与包容，她当年是沙卜台的种子，现在，她决定一生也不离开沙卜台。她是这个封闭的山沟最忠诚的村姑。如同她对爱情的忠贞。爱过就是爱过，不回避。这就是她的人生态度，生命哲学。她恨过么？可能在劳碌的一生中，忙于生计，她都来不及恨，人就老去了。可是，恨又能恨出什么结果呢？那个大她好多的男人早已经先她而去了。

武臣最后还是成家了，这都是我离开故乡之后的事了。

几年前，我打听贾英莲的情况。我的二姨望向窗外，揪着耳朵上的肉桩说，去世好几年了。

我的二姨一想问题的时候，就爱揪耳朵后面的肉桩。那个时候，我不知道她是不是在想贾英莲的一生。

十几秒的时间，够我二姨来总结贾英莲的一生了。村子里的人不管活得长短，我二姨总会拿出一句相对准确的话来总结。然后，我二姨叹了口气，说，贾英莲那人活得不容易呀。

我的贾大姐活成了一声叹息。我觉得我对她的一生不是最了解，但可以是最理解的。沙卜台人就是能够勇敢地面对一切。

好吧，她的故事就讲到这里。

她的家早已经翻盖了，她的坟早已经长满草了，在她去世多年后，听说武臣已经开始和镇上他同父异母的兄弟相认了。这是一个多么好的结局呀。原来身世对于贾武臣来说也不是什么秘密。

贾大姐从来没有让武臣与亲情分离着，她没有在武臣的心灵里埋下恨的种子。这就是我深深敬着爱着的沙卜台人呀。

老曹家

给沙卜台孕育了无限生机

沙卜台由沟里到沟外有一条全村进出的最主要的路，骑自行车和赶马车必须走那里。那条路从沟外一直到沟里，四里地的路却是从河套南沿到北沿，再从北沿到南沿地穿绕了几次。这条路对于村民来说并不十分重要，因为夏季河水多的时候，人们还要临时在河里摆上一长溜石块，才能从这沿儿到达另一沿儿，走不上多远路，可能又要绕回这沿儿。尤其是到了沟外那一段，河道变宽，路就成了河，河也成了路。人们通常不怎么走那条路，它是赤脚医生林万有和我二姨父的自行车，还有村里的那辆马车的专属道路。

沙卜台上沟后山上有一条山路，沿着它向北翻过一座山，到达一个叫下河山的小村子，在那个村子东头再翻过一座山，便可到达乡上。而上沟南面的山梁上，路相对多一些，南山后面长长的山谷里分落着三个自然村。那三个村由上及下分别是小杜沟、森林屯和大板营。沙卜台有三条山路分别连着那三个村子。下河山和大板营都是大凌河岸边的村子，也都是蒙古族村落。沙卜台相邻的两个村庄都是蒙古族居多，奇怪的是沙卜台虽然用蒙古语命名，可除了我家和我二姨家之外，竟然没有蒙古族。

下沟也有一条通向山南面大板营村的小路。那条路的起点是老曹家，从他家出发，过了河，便爬上了陡峭的山坡，那是全村最险的一条路。那条路从贾英莲家门前穿过，然后便逶迤着穿沟越梁地去寻找大板营了。

下沟住了贾英莲和曹家两户。全村子人称呼曹家的男主人叫老曹。村子里的女人只有填各种卡片时，才能用得上名字，平时的称谓是“男人名字+媳妇”这样的一个固定模式。例如曹家的女主人就被叫做老曹媳妇。那个很早头发就花白了的女人我叫做大娘，但我一直不知道她具体叫什么。她姓什么叫什么并不重要，重要的是她和老曹给这个村子孕育了无限的生机和希望。

贾英莲家上几辈就在沙卜台，从那座房子的老相上就可以看得出来。而老曹家不是。老曹家是后搬到沙卜台的。我出生时，虽然他家已齐丁满员了，但老曹的父母兄弟都在离我们村子二十多里的小南沟。

小南沟比沙卜台更偏僻，离乡上更远。入伍前，我们全乡，我除了小南沟没有到过外，走遍了所有的村子。一直不知道那个沟到底什么样子，是什么原因让老曹背井离乡来到沙卜台。

老曹家人员众多，但结构单一。除了老两口之外，然后清一色的儿子，五个。曹四儿比我大两岁，上小学时和我同班。曹五儿比我大一岁，比我晚了一年上学。每当叫到曹四儿这个名字的时候，我没有多大的心理反应，但一听到曹五儿这个名字时，手就会不由自主地往一起蜷。五个手指一蜷就握成了一个拳头，多么有力气的感觉呀。

离开家乡之后，盘点沙卜台的往事时，我有时便觉得曹大爷和曹大娘真是厉害，一生就生了一巴掌，齐刷刷的五个儿子晚上躺了一炕，那将是一个什么样的场面。

沙卜台的大人们在一起劳动，上沟和下沟的小孩子们却不在一起玩耍。老曹家哥五个，不需要跑到上沟找伙伴。而沟里与我年龄相当的男孩子七八个，自然也没必要跑到下沟去。但这并不妨碍我们处成朋友。

村子里众多的成年男人当中，老曹给我的印象是深刻而沉稳的。

每到冬天，纷纷扬扬的大雪会覆盖住村里通向村外的路，而人们由于没有必须外出要办的急事，所以就任由风把山上的路刮开再走，只是家与家之间要主动扫出一条窄窄的小路便于来往。大雪一旦站住了脚，整个冬天山的阴坡都是白雪，上沟的孩子上学爬的第一个山就是阴坡，然后在一个叫大拐弯的山梁上迎着风走上一里才能走下坡路。那个大拐弯实际上就是弯在山顶上的一个半弧。如果想要抄点近路，只能从弧的这面下到沟里，然后再爬到弧的那一端，其实看起来是近了点，一个下坡一个上坡，里外里用时和用力都差不到哪儿去。

只要早晨起来一看外面下了雪，上沟的孩子自然而然选择的路是沿村主路而下，到达下沟，走老曹家门前通向大板营的那条路。走这条路要远些，但上沟的孩子们都知道，只要下了雪，老曹都会起早把山路给扫出来，基本要扫到大板营，那段路程要有三里多地。

路窄窄的一小条，它向我解读了课本上所说的羊肠小路的概念。春夏秋三季，村子所有通向山外的路，只有踩在脚下你才会发现那是路，平时它掩埋在满山的荆条和野草丛中。走在路上，荆条或者山枣刺有时会扯住裤腿。

老曹扫出的那条路，在洁白的雪野中清晰可见，黄色的土和白色的雪形成了鲜明的对比，每一次走在那样的路上，我都会不由自主地悄悄地看曹四儿，他竟然有着这样一个爸爸。

老曹大爷扫的那条路，是独属于他的两个儿子的。在那条雪后的路上，无论我走得多么幸福和坦然，都觉得我走在了曹家的路上。在小学的课堂上，我出神地想过许多回，天蒙蒙亮，老曹就穿好棉衣，戴好棉帽，拿着竹扫把，赶在两个小儿子上学前扫出一条可以行走的小路时的样子。我也一直想象着曹四儿曹五儿走在那条路上心中的温暖，或者有些时候，他们两个上学走着走着会追赶上在前面扫雪的父亲。

在四年级时，老师安排我们写一篇作文，是什么要求我不记得了，但我清晰地记得我写的内容就是老曹扫雪的事。然后我在作文中写道，他是一个共产党员。我最早对共产党员的印象就是他这个样子。那时，我还不知道共产党员是做什么的，但这是一个特别光荣的符号，是一个极具荣耀特征的身份。因为有时我妈到大队去开党员会时，老曹还有村里的林玉山他们三个总要结伴同行，意气风发，所以，我知道了他另一种身份。

那个时候，我就具备了虚构的能力，我把老曹扫雪路的事写成了他为全村的孩子去扫的，把他放到了一个道德的制高点上。只是随着年龄的增长，在我一点点洞悉人情世故之后，我发现，那些年，每年冬季来临时，老曹扫出的路，就是扫给他的两个年幼的儿子的。那条路上，承载了这个父亲太多的担忧。因为每次我走到最陡的那一段时，身子总会靠向山坡一侧。每次向下张望时，都觉得山崖是壁立着的，而它的下面就是被冰冻死了的大锅底和小锅底。一看到那些冰面，我会感觉得到自己滚下山崖后，脑袋猛烈冲击冰面的惨痛。因为滚下山崖和脑袋撞冰这两种惨痛经历在我的身上都发生过。在我四岁左右的

时候，我在观山沟采马兰花，就曾滚下山沟，滚了好几个圈，脸也蹭破了皮。十六七岁时，有一次在观山沟打柴，我凭着记忆寻找过那个挨摔的山崖。可是无论怎么找，也没有发现可以把我摔得那么惨的地方，眼前的每一个小山崖都不过两米高，我都能轻轻地一跃而过。那时，我坐在自以为寻找到了的一个沟边，坐着，看着，我发现，我在那个山沟里不知不觉长大了，已经不再是那个一个小山坡都会让我翻滚几圈才能掉到沟底的孩子。

在冰上挨摔要比滚山崖更让人恐惧。冬天，村子里一旦结了冰，走在冰上时，总避免不了会摔倒。那次我坐在我爸的自行车后面过冰面，自行车滑出去好远，我从后座上直接摔到了冰面上。不是摔，是用脑袋生生地砸到冰面。至少十几秒，我感觉那个脑袋不知了去向，整个头嗡嗡在响，而当我爸从冰面上缓过疼，挪过来把几乎摔傻了的我从冰面扯起来时，我只顾着揉发麻的脸，连句话都不会说了。

所以说，走在老曹扫出的那条路上，我的内心有多么安稳是他不曾体会到的。但是几十年以来，我从不曾忘记那条路。离开家乡后，我只遇到过一次曹四儿。我不知道他们对自己的父亲怎么样，也不知道他们的父亲年轻力壮的时候为他们扫的那条路是不是还留在他们的记忆里。

我在外面闯荡，一直愿意帮助别人，帮助的方式是依靠自己的经验为别人指引一条相对正确的路。被我帮助过的人，好像都说我指引的不是路，是方向。实际上，我一直也没有和别人谈起过我少年时期走过的这条路。每次走在那条路上，我都是盼着遇见老曹的。还真有一次，在我们上学的路上，遇到了折返回来的他。远远地，他的额头冒着腾腾的热气。我爸在一个很远的地方上班，起早贪黑特别辛苦，所以，他没有送我上过学。老曹迎面走过来的时候，村子里的孩子都和他打了招呼，那一次，我没有敢说话。因为，眼泪几乎就含在了我的眼里，我怕我叫一声大爷时，眼泪会忍不住流下来。我从小就是一个极容易被感动的人。摔破头，割破手，或者打了架，都不怎么哭，但有时听别人讲故事，或者看到村子里有什么好事或者坏事，都会情不自禁流泪。

我和一个好朋友讲过，哭和流泪是截然不同的。流泪可能因为悲伤，可能因为感动。但是哭却是表达或者表现。在沙卜台，或者在我们整个家乡，人如果去世了，呼天抢地地哭的都是汉人，蒙古族人只会流泪，是默默地流泪。流泪的表情是凝重而高贵的，没有表演的成分。

如果我不在这里写出来，老曹永远不会知道，他与一个沙卜台的少年在一个冰天雪里相遇带来的意义有多大。他让我知道了一个劳苦的父亲对孩子们爱的表达。爱的表达不是在嘴上说出什么，而是行动。他在冷风中每挥动一下扫把的时候，身上都会更有力气。因为，再过一小会儿，他的儿子们就将在父亲为他们扫清了障碍的路上走来，而那条路上的父亲何尝不是孩子人生的坐标？他的儿子们正在茁壮地成长，一天天地长成男人。

老曹是生产队会计。他每天要从下沟来到位于上沟村西面的生产队和村里的人们一起劳动。生产队会计的权力有多大我不知道，我总能看到他写写算算，额头上的皱纹层层叠叠。他额头上的皱纹是村子里最多的，差不多有五道。好像一个儿子就是一道皱纹。

事实也确实如此。当时的沙卜台，家家都有男孩，这个村的奇怪之处还在于，男女比例的失调。我二姨家是两个女儿一个儿子，延明家、怀志家、卫东家、小宽家是儿女对等，除此之外，其余所有的人家都是儿多女少。而老曹在沙卜台落了户，不出十年光景，一根藤上结下了一串瓜。我没有觉得这有什么不好。但是延明妈在一次表达对老曹工作认真的不满时，说了一句“曹狗卵子”。然后，还有点轻蔑地补充了一句“一帮狗卵瓜”。当然，这只是在表达一种不满。沙卜台的人不会骂人，也不会吵架，这句话带有戏谑也带有玩笑，至少那天老曹听了之后是嘿嘿地笑，而没有拉下脸来。这样的话大概他不是第一次听到吧。

我不知道延明妈这句话含义是什么，指向却是对准了老曹，而这句话我只能体会到它不太受听，但准确表达了什么一时却理解不了。好像是上小学之后，在放学的路上，路过一片谷子地时，怀志神神秘秘地说他发现地里有一棵狗卵瓜。

我跟他顺着谷子垄，找到了一株瓜秧，那条一米多长的瓜蔓上，从根部开始，一直到蔓尖，依次排列着四五个毛茸茸的小瓜。那几个小瓜，靠近根部的那个最大，应该是最先结的果，然后是越来越小，最小的那个刚刚有个瓜形，像是一个青色的小拇指肚。怀志对我说，这个狗卵瓜你不要告诉别人，等能吃了咱们再摘。那是我第一次看见狗卵瓜，在我跟在怀志后面一步一回头走出谷子地时，我又想起了延明妈对老曹说的那句“一帮狗卵瓜”。那五个瓜真像是曹家的五个儿子，在一根营养不良的藤上由大到小地排列着。

我不是重男轻女的人，但要是看着一顺水的几个小伙子在一家出入时，还是觉得阳刚而有力量感。

再后来，我弄清楚了狗卵瓜的生长原因和名称来历。香瓜都是通过人工在田地里种植出来的，生长过程中，看瓜人要进行人为地稀果，使有限的养分能够保证瓜的生长所需。一般一棵秧上只保留两个瓜，这样的瓜长得又大又好。而狗卵瓜不是，它是人们吃了香瓜后，没有吐净瓜子，吞进了肚子，瓜瓤被胃肠吸收，而瓜子由于包裹着一层坚硬的外壳，不能被消化，然后随着粪便排了出来。这样的种子，经过胃肠的一个轮回，又回归到了土地，一旦有适当的机会，它便会发芽，然后结果。由于在野外生长，没有人打杈稀果，任由其生长，它结出的瓜虽然多，但一个个由于养分不足，瘦小而干巴。一般只能长到狗的睾丸大小。所以，人们给它起了这个不雅却形象的名字。

当我弄清了这个缘由后，忽然发现延明妈有着惊人的语言天赋，她的比喻恰当而逼真，形象而生动。可能是老曹听过太多这样的话，早已经不在乎别人说什么了。他心中是有底气的，虽然是个外来户，虽然是借着沙卜台一块地生存下来，但不久的未来，沙卜台将是曹家的沙卜台。

老曹看着儿子们在按着批次不可阻挡地长大着，随之而来的就是儿子们的婚事。这件事，对于白手起家的他们两口子来说，是兴奋中带有忧虑，希望中掺杂着苦楚。

沙卜台人家的财产比较平均，穷也穷不到哪儿，富也富不出多少。在这里，我说的是财产，而不是财富。除了人是财富，家家便没有了财富。曹家哥五个，意味着曹家将要积累更多的财产盖起四座房屋。

沙卜台的房子基本都是四间或是三间，这成了标配。只有王为新和王为民家是五间。其余家家都是那种格局。就拿最少的三间来说，老曹在夜里、梦里、眼里，都会东一处西一处立起四座房屋。

我不曾过多地到过他们家，不了解他们家里更多的事情。只是从后来发生的事情上看，儿子们的婚事确实成了他们着急的事。

曹家的哥五个分别叫荣辉、荣迁、荣坤、荣胜、荣军。但是沙卜台人好像忘了彼此的真名实姓，一辈子就找了一个最容易记的符号代替了那个人的一生。曹家的哥五个，在沙卜台叫曹老大、曹老二、曹老三，一直叫了下去。他们家只是生了五个儿子，如果生了第八个，我估计还没有出生，就会被村人称为了曹老八。

曹老大身体有些弱，离得近时能够听得到嗓子眼里像是有着拉风箱的声音，具体是什么病我不知道，应该是气管出了点问题吧。这种病决定他不能干太重的活儿，他的脸看上去灰灰的，让人显得很是沉稳。他一直没有给我矫健的感觉，他的这种形象不完全来自他的病，也来自作为老大在家庭的示范作用。

不论在沙卜台，还是在辽西的任何村庄，娶媳妇都要按着顺序来，哪怕下面的自己已经处上了，或者有的人家已经相中了下面的兄弟，作为家长都不能被别人搅乱了家庭秩序。如果下面的弟弟先订了婚，哪怕哥哥年龄还不大，也会被凸现得大了起来。这样哥哥就不好找对象了。有一个形象的词叫“被落下了”。

所以，在曹家，挨着肩的曹老二能说会道，能吃苦又能干，但曹老大的婚事没有解决，曹老二只能等着。曹老大由于从小身体弱，曹家是决定让他走考学这条路的。曹老大读书读得也用功，一直读到了高中。好像还复读了一次，但也没有考出去。他成为了村里男青年中唯一的高中生。

曹老大终究还是娶到了。是一个离婚的女人。离婚的原因我不知道。他结婚后便在下沟河套的南沿盖了三间房。沙卜台的河南沿终于有了第二户人家。可是整条细而窄的沟，已经没有多少可以盖房的场所了，曹老大的房子紧临着大道，人来人往时，院子里的情景可以看得一清二楚。曹老大结婚时，我家已经搬离了那个村，我只是经常回去，所以才认识他的媳妇。沙卜台交通不便，土地贫瘠，娶媳妇没有多少挑选余地。拿当地的话说，剜到筐里便是菜了。但只要嫁到沙卜台的女人，都会一点点喜欢上这里，直至终老一生。

曹老大的媳妇有些老实，是另外一种意义上的老实。话不多，有时看人的眼睛会有些发直。沙卜台的小伙都是优良的种子，只要有块地，播下种就能收获。没出两年，曹老大当了爹。他有了个女儿。

曹老大家南山坡上，是村里三朵花生长最密集的地方。我们村野花的名字只属于我们村，沙卜台人不知道他们从电影里学来的“山丹丹花开红艳艳”歌词里面所唱的那个山丹丹就是我们沙卜台的三朵花，也不知道三朵花还被城里人叫做野百合。我们只知道春天一到，三朵花就会一簇簇地开在南山坡上。它的花瓣是甜的，它的花蕊还可以用来涂指甲。

放学的路上，我们吃三朵花的姿态是优雅的，把它向外翻卷着的花瓣一瓣瓣地摘下来，放到嘴里，吃完一瓣再摘下一瓣。哪怕再饿，谁也不会把整朵花一下子放到嘴里。不争不抢是沙卜台人的品性。如果大家一起在山坡上找三朵花时，谁看见了一株，喊一声“那儿有”，那一株便是谁的了，不会有着山外人故意插队的无赖。

曹老大家在那片山坡下盖过房子之后，用村里特有的青石板垒起了院墙，特别细致，那是我们村子里我认为垒得最为工整和细致的一道墙。别人家的石头墙，石头都是厚厚的大块的，石头由下而上由大到小。而曹老大的院墙全是薄石板，一层层地叠在一起，像是他高中时的课本摞在了那儿。其实，想一想这应该是他自己的作品吧。他的力气弱，从山上运不来大块大块的石头。只能如此。

曹老大的婚事一解决，曹家儿子们的婚事便都迎刃而解了。就像是春天河套里的冰，哗啦一下子开化了，冰面上一下子就能出现一个大窟窿。

有一次，我二姨到我家住了一宿。夜里，她和我妈唠嗑，说是村里有人想把我大姐介绍给曹老二。在辽西的村庄里，姑娘嫁给本村的现象比比皆是，但是沙卜台却从来没有过。好像都是熟人，有些难为情吧。

我妈倒是挺同意，因为那时我二姐在一门心思读高中，凭她的用功劲儿是能考得出去的。大姐如果嫁到了外屯子，村里只剩下我小宏哥，一个人有些太孤单。再有，大家都知根知底，曹老二确实是一个能干的青年。但我二姨还是说出了几个不同意的理由，她觉得曹老二太能说了，她还觉得姑娘离家太近了。其实，她还是觉得他们家底太薄了。不要说老曹家养几头猪、几头牛，就连他家有多少存款都不是秘密。曹老大刚娶完媳妇，曹家还能有什么积蓄？曹老二无论娶了谁，都要另立门户。日子是可以见得到的一穷二白。

我大姐和曹老二的事，像是从沟门吹进来的一股风，从下沟吹到上沟，就再没力气了，一点点消散掉了。这事恐怕村子里没有多少人知道。那天晚上，我二姨和我妈说这事时，我在炕梢暗暗着急，我盼着我妈再坚持一会儿她的意见，甚至我都想劝说一下我二姨。可我一旦吱了声，便等于我偷听了大人的话题。毕竟姑娘是人家的，我妈没劝我二姨什么，夜就一点点沉默下来了。

曹老二在离他爸家西面二百米远的一块地方起了新房，同样也是石头的，也垒起了院墙。他家的院墙有些高，关住了他所有的秘密和心事。也是在前几年，我问起村里每个人的情况时，竟意外地听说曹老二的妻子生病去世了。我是在酒桌上听到这个消息的，我放下了那杯酒，没有喝，谁也不知道我在想什么。其实，我是在想曹二嫂的模样，我一定一定是和她说过话的，路过她家的时候，有几次喊她借打气筒用。她在院子里做着活儿，告诉我打气筒在哪里，让我自己去取。这些事还记得，但是怎么也记不起她的长相来。她给曹老二生了一个儿子，给沙卜台留下了一粒种子，然后便匆匆地谢下了人生大幕，上了山，成为了沙卜台的一抔土。

曹家哥五个，老大老三老五长相和体型都有些像，老二老四长相和性格更为接近。曹老三比较稳重。他是村里第一个考出去的人，这个消息太突然。因为原本谁也没有关注过他的成绩，他却考上了中专。在上个世纪80年代，中专生是包分配的，也就是说从初中考上中专就成了国家的人。哪怕曹老三考上的是兽医学校，乡上是有兽医站的。不管是给人看病还是给兽看病，总之能和医学挂上了边。奇异的事情又在悄悄地发生，我再回到村里，发现好多人谈论起曹老三时，说的是曹荣坤这个听起来有些陌生的称呼。听着这个名字时，我要费好大劲儿，才能把这两个名字联系到一个人身上。继曹老三之后，村子里的孩子就开始接连地往外考了。

成了公家的人，曹老三娶媳妇就不是难事了。老曹要做的是给第三个儿子盖房子。当我去二姨家看到在河南沿又盖起了一座房子时，我打听那是谁的。村里人告诉我是曹老三的。

我这个人不迷信，但对有的事还是比较感性。见到那个房子所建处，我心里打了一下怵。为什么要把房子建在那儿呢？曹老三的房子建在了曹老大房后西侧，曹老大靠着的那个南山坡有些平缓，而曹老三那个房子却建在了下沟最高的南山下面。他建房之前，我放学抄近路时在那山根下走过时，每一次都觉得满山冒着嗖嗖的阴气。中午刚过，太阳就被那座山遮住了，恐怕只有上午太阳升得高的时候，他家的院子里才会有阳光。

沙卜台的山也好，沟也好，河里的水坑也好，大体上我都是喜欢的，但是也总有一个是我不喜欢的。

上下沟中间地理分界处，有一个水坑叫拉脚坑。那里鱼也多，有一年那个水坑的水变成了最深的，我们没有选择了，跑到那儿去洗澡。即使它暂时给我们提供了一季的消暑和快乐，但那个水坑也是全村子我最不喜欢的水坑。全村水坑里只有它遍布了尖利的弗石，一不小心就会刺伤脚。但再危险又怕什么呢，在没有可以选择的情况下，我们还得忘情地投入它的怀抱。那个水坑就在离曹老大家不远处，我们之于那个水坑，就是曹老大之于他媳妇的情形吧。

所有的山里面，我最不喜欢的一座就是下沟的这座山。也就是曹老三家紧挨着的那座。

曹老三是哪一年触电身亡的我不知道。只是听到那个消息时，我心里只是一个劲儿地想，怎么可能怎么可能呢？想着想着我又想到了他的房子。整个山的影子就把我的心笼罩住了。

不管文章中我是如何写着他们哥几个，我见了面的时候，是一直大哥二哥三哥叫下来的。但是曹四儿在我口中没有这个待遇。尽管他比我大两岁，但我没有管他叫过哥。

上小学时，家里离学校太远了。班里三十几个孩子我是最远的，只有曹四儿和我是一个村的。有好几回，到了下午我肚子会疼得难受，然后老师就让我提前放学，让曹四儿陪我回家。平时上学，除了前面提到的下雪的头几天我们到下沟走去大板营的路之外，其他的时候都是他走下沟的路，我走上沟的路。老师让他送我，只是说一同到达沙卜台，他不可能再从下沟把我送到上沟。我们只是一同回来。

每一次回来，曹四儿我俩都是走大凌河南岸的杨树林。好几回都是出了校门，走着走着我的肚子就不疼了。他也忘了是在送一个病号回家。我们俩几乎每次都是走过了大板营之后，就要在树林里歇一歇。上学路远，早上着急一般不歇，但放学了，总要歇上几站才能有力气往回走。

在军校时，有一次搞野外生存。两天只给每人一包压缩饼干。我的肚子被饿得生疼。那种失去了多年的疼痛再次袭来，我突然发现，上小学时，时不时肚子疼的原因竟然是饥饿。那时家家几乎顿顿都是吃玉米面饽饽，或者是高粱米。早晨大人无论起得多早，孩子都是站在热气腾腾的锅边等着饽饽出锅。然后抓上一个，在手里来回地捯着个儿，听着公鸡此起彼伏的叫声，在蒙蒙雾色中上学了。你呼我唤的声音在黑乎乎的晨色中连串起来。

我的同学家离学校近，中午可以回家吃饭。而沙卜台的孩子都不吃午饭，早晨起来家里的饽饽是热的，装进书包会焐坏了书本，而到了中午会凉得硬邦邦。硬邦邦的玉米面饽饽会把嗓子眼刺得特别疼。所以，我们沙卜台的孩子干脆饿着也不带午饭。长大后我没有机会和他们交流当年挨饿的感受，但是从我们放学回家路上的表现，便知道每个孩子都是饿着的。

春天，河沟两岸的老榆树吐出了一嘟噜一嘟噜的榆钱，挤挤插插地簇拥在枝头，我们骑在树杈上一把把地把榆钱塞进嘴里，有时都顾不上抖一下黑乎乎的花蕊。这对我们一冬天缺少美味的胃肠来说是最好的慰问品。从春天一直到冬天，我们都能在放学的路上找到可以果腹的野果野菜。而自从我家搬走以后，我再也没有挨过饿。所以，我一直认为，不危及生命的饥饿有着高贵的感觉。尤其现在，我特别怕吃饱饭，有时吃得太饱，自己都瞧不起自己，不是平时大家习惯说的“撑死了”，而很多时候自己会感觉倒不如死了算了。人一旦吃饱，真的会消磨意志力，缺少向前奔跑的动力。

人饿大劲儿了胃肠会由于麻木而失去疼痛感。曹四儿我们两个趴在树林里写作业，午后的阳光穿过婆娑的树叶，柔柔地洒到脸上。安静的树林里有蛐蛐在叫，那个世界成为了我们两个人的世界。好几次，我俩竟然能枕着树根睡着了。有一回，我先醒来了，曹四儿枕着书包还睡着。他的嘴唇向上翘着，兜住了清汪汪的一堆鼻涕。树林里特有的骚蚂蚁爬到他嘴唇上，蹲在那个它看起来是偌大的一个水潭的边上，举起了前面的触角。骚蚂蚁的触角沾到了曹四儿的鼻涕后，便迅速地收回了触角，一根细细的黏丝被拉得长长的，然后断成了两截，骚蚂蚁用前爪摸了摸刚收回来的触角，放到嘴边尝了一下。曹四儿鼻涕丝断掉的时候，我似乎听到了“嘭”的一声。我笑了出来。曹四儿睁开眼睛看看我，坐了起来。就在这时，放学的大孩子们吵吵嚷嚷地向树林走过来了。曹四儿一直不知道，那天他睡着的时候，我一直想叫他一声四哥。但是他睡得那么香，骚蚂蚁又把他的鼻涕品尝得那么津津有味。

可是当曹四儿醒过来的时候，我一点也不想管他叫四哥了。

因为从我认识他开始，他的嘴唇上面始终汪着两缕鼻涕，一点也不像哥哥的样子。

曹老五尽管比我大一岁，但比我低一年级，在我的心里根本没把他当哥看，我喊他直呼小名，小五！他长得白净，脸再一圆，就更像一个小弟了。隐约记得有一次，不知道为啥事，我俩在放学的路上打了起来。曹四儿只是对我喊，你不要打小五啊。曹四儿那天只是吓唬了我两下。他没有和我动手。

沙卜台孩子打架从来不分帮分派，谁和谁的问题就是由谁来解决。我和别人打架的时候，我哥从来都是一个冷静的观众。连个裁判都不当。

曹四儿的房子盖在了白石砬沟沟口，院套很大。那个时候，曹家的压力已经缓过来了，相互帮衬着的众兄弟已经解决掉了老曹两口子的负担。

几年前探亲，我回沙卜台去我二姨家，坐的车陷进了曹老二家门前的冰窟窿里。开车的是我初中同学王建新，他一个劲儿埋怨我，冬天啥司机也不敢往沙卜台进车的，你偏说没事儿。我俩连拉带推弄了半天也没有把车从冰窟窿里弄出来。这时，在小锅底那个冰坎子上，两个六七岁的小男孩在上上下下地滑冰，一会儿爬上冰坎，一会儿再滑下去，像是外来的这两个人和他们一点关系也没有。

那两个男孩玩得忘情，像极了我们小时候的样子。我们小时候滑冰的时候还有七八个男孩子结伴，而他俩玩得却有些孤独，但好歹还有个伴儿。

看着那两个小男孩，我不知道一时在想什么，眼前全是一片白花花的冰。十几米外那两个男孩的影子一点点变成了两个黑点。我的眼睛莫名其妙地被涌上来的一层泪模糊了。他们两个是我这么多年回到沙卜台以来，第一次看到的能够结上伴的孩子。多少年了，这个村里已经没有再添丁增口了。

我问他俩，你是谁家的？一个说，曹四儿的；一个说，曹五儿的。

我没听清楚，回头问王建新，他俩说是谁家的？王建新说，操，曹四儿一个，曹老五一个。那两个小男孩好像听到我们的对话了，一个喊，我爸是曹四儿！另一个喊，我爸是曹老五！我心中猛地一动，四哥，五哥，好样的！

后来，林延明路过了这里。他看看我，说，你回来了。就像是昨天刚见到我似的。我俩也是十几年没见面了的。他找了几块石头，垫在了车下，然后指挥王建新倒车。就两下子，车就出来了。然后延明跨上了他的摩托，打着火后，对王建新说，别往沟里开了，这沟儿的路，外人整不明白。

我们的车扔在了曹老二家门前。我自己开始往沟里走，我的目光在河两岸来回地转着，看着一家家空落落的房子，我给了自己肯定的答案，这家是曹老大的，这家是曹老二的，这家是曹老三的，这家是曹四儿的。没再看到有新的房子，曹老五一定是和他爸老曹住在了老院子里。沙卜台的老人无论穷富，年老了，都有人养。

老曹当年带着老伴来到了沙卜台，沙卜台让出一块地，就能活下来一户人家。只要沙卜台的水不断，人们就能繁衍出希望来。这个下沟，真的成为曹家的了。

写下这些文字的时候，我刚刚回过一次沙卜台。在盘点沙卜台长寿老人的时候，小宽媳妇说，老曹两口子都八十多了。

“老曹”这个名字被全村人私下已经叫熟了，叫一辈子，不好再改口了。其实见面时，我管老曹叫大爷的。曹大爷扫不动山上的雪了，但是他知道，沙卜台的贫穷和山上的雪一样，会慢慢地化掉。也许有时他会想到他曾经扫过雪的山路，或许还想去扫一扫。可是，那条山路早已经没人走了。村子正在修一条水泥路。路修好了，可能曹大爷已经不想走出沙卜台去看看外面了。

沙卜台多好呀，有着他孝顺的四个儿子。只是我再把五个手指想要握成拳头时，却发现，只能蜷起来四个。荣坤三哥早已经不在了。

我只能蜷起那四个，大拇指呆呆地竖在外面。高高的，像是竖给老曹大爷的。

我又想起了我二姨说过的一句话，老曹这一辈子呀，太操心了。

林万有家

用时光疗法疗心中的伤痛

沙卜台从沟外向沟里一直扎进去，过了白石砬沟，展现在眼前的便是另一番景色了。沟谷南侧连绵着几座松树山。给松树山起名字和曹家给儿子起名字一样，按着顺序即可了。依次叫着第一松树山、第二松树山、第三松树山、第四松树山。只有第四，没有第五。

从这些松树山的排列顺序，可以发现，这些山名是上沟的先民们起的。因为它是从沟里向沟外排序。从第一座松树山开始，山下对应着的地方没有人家。实际上在第一松树山东面，隔着西沟另一座山上，松树更高、更密。但那座山与上沟的人家隔着河，面对面日日对望着，给村里人展现着整整四季的苍翠。这座松树山没有进入松树山的排序，它被叫做南山。

从第四松树山开始，山坡下栽种的全是苹果树，坡上、庄稼地里、土坎上，一直到南山下面，南山和第一松树山之间的那条西沟，整整一沟筒，全是苹果树。因此，西沟要比东沟、南沟和北沟多出一个诱人的昵称——果树沟。每到春天，果树开花的时候，沙卜台就浸在了花香之中。山坡上的松树像条绿裙子，而这些果树花就像白色的裙摆。

从果树沟沟口迈过用青石板在溪水中垫起的踏脚石，几步便过了河，顺着一条小道往上走，沙卜台上沟的第一家便出现在眼前了。和贾英莲家、老曹家一样，房子是青石垒的，院墙是青石砌的。这家姓林。

房子建在北沟的沟口西边。一老一新，老房子住着林向荣老两口和二儿子林万忠、三儿子林万生，新房子住的是老大林万有。

林万有是老大，是十里八村的赤脚医生，人人皆知。村里人一直称林万有家，他爸妈的上房被人叫做林万有他爸家，从人们对他家的这种称呼上，我从小便感到当个长子多么重要，当个医生也很重要。

林万有哪年当上赤脚医生的我不知道。我一出生，他就是医生了。上个世纪70年代，中国乡村医生是全科医生，从儿科到产科，从外科到内科，一切包办。只是那时还没有心理科，不然林万有也会成为心理医生。当我一点点长大后，当林万有的儿子英年早逝后，我再看到他时，觉得他白净平和的脸上，看不出一点点忧伤的痕迹，时光正在疗治着他的心伤。

我对医生最早的认识和概念来自林万有。在他家炕梢，通常放着一个绿色印有红十字的医药箱。那一个药箱等同于一个医院，打开药箱，里面有十几种药。沙卜台谁谁的肚子疼了、头疼了、腰疼了等等，一切和疼痛有关的病，全由止疼片这种药来解决。那种药像是白色的纽扣，装在一个扁扁的长方形药盒中。十片一盒。有时，我妈派我到林万有家去拿药时，他会从小盒中取出几片，再用小纸袋包给我。我到现在也没记得那个时候看病的钱到底是如何结算的。我去林万有家拿过多少次药不记得了，但却记得没有一次付过钱。如若他是记了账的，那也是在我离开之后。反正我只是负责取药或者喊他来看病。

每一次从林万有家小心翼翼地拿着几片药出来时，我都要一遍遍回忆他拿药时的表情。他的脸是长的，牙也有些长。他的脸上没有着急的表情，如果遇上他在吃饭，他一直等到吃完才会给我拿药。他似乎是一个从来都没着过急的人。

药箱里除了止疼片，我知道还有一种叫扑热息痛的药。这是沙卜台最常用的药。很多时候不是林万有开给大家的，而是孩子或者年轻的媳妇到了他的家里直接点的药名。这样看来，他的小药箱又是一个药店了。

沙卜台的人似乎全是健康的。从来没有听说谁住了院，所以，在我童年当中，不知道世界上还有专门给人看病的医院。止疼片和扑热息痛管住了沙卜台所有的小病小灾。就连有一次我的手被镰刀割出了血，也是把止疼片擀碎撒在刀口上，然后再裹上一点棉花，用破布一包，用家里的缝衣线一捆，又是一个活蹦乱跳的孩子。长大后，身上如若不是出了严重的伤口，我连创可贴都不习惯用。

在沙卜台时，年龄小，不懂什么是中医西医。在初中课本上知道中医后，林万有又变成了我心中的李时珍。因为我看见过一次，他在药箱里掏出一个包，打开扣子后，取出来一根根又细又长的银针，然后用手指拧动着一点点扎进我二姨父的脑袋里。那天下午，我搂着林万有家炕沿边的柱子，先是张大了嘴，然后紧紧地咬住唇。我惊恐地看着他把一根又一根针深深地扎在我二姨父的头上时，真怕他要害了二姨父的命。那天，我对林万有没有多少佩服，但是对二姨父佩服得不得了，那么长的针，一根根先后钻进他的头颅，他竟然一声没哼。

我二姨父躺在林万有家的炕中间，脸上的表情有些痛苦。后来，表情一点点平缓下来。林万有像是没事一样，坐在炕头喝起了茶水。屋子里没有人说话，太阳已经偏西了，屋子里的光不是特别充足。暗的光线把我二姨父的身体笼成了一个轮廓。他躺着的姿势让我有些害怕，我在想，要不要回家去告诉我二姨，我二姨父死在了林万有家？就在那时，林万有下炕了，慢悠悠地问，二叔，好点了吧？我二姨父从牙缝里往里吸着气，他又活过来了。他说好多了。我在想，这两个大人在玩什么游戏，被一拃多长的针扎进脑袋里，不喊疼不说，还说好多了。

林万有开始在我二姨父的头上、腮上、太阳穴上往下拔针，他的动作是小心的，我能够看得到他细微的动作，是用手旋转着把针捻出来的。针都被拔掉了，我二姨父从炕上坐起来，拍拍光光的脑壳，眯着眼笑了，然后伸手拉过了林万有家的烟笸箩。林万有扭着头看了看我，问道，害怕了？我没说话，使劲地摇头。他笑了。平时很少看到他这样的表情。

林万有的药箱里，有几支玻璃的注射器。那个是我感觉最为恐怖的物件，有时到他家玩时，就看见他在酒精炉上面放一个铝饭盒，里面用水咕嘟着大小不一的针头。水泡在铝盒底上冒出来，摇摇晃晃地钻到水面，一闪碎掉了。这些针头是反复使用的，全村的人这个用过后，消消毒再给另一个人用。那个时候听不到各种怪病，也不知道“感染”这个词。村子里的一切都是干净的。

后来，林万有的儿子卫东告诉我说，他爸在给针头消毒。对于毒是什么我不清楚。我总是感到如果不听话，我们也会被林万有放到盒子里煮上一会儿。因为，村里大人吓唬每一个小孩子的通用语就是“不听话让林万有给你打针”。林万有有时也配合着大人做出打针的样子，所以，他在我们小孩子的眼中，似乎是一个坏人。而没有孩子考虑过他是给大家治病的一个好人。

卫东因为他爸爸的地位，自然而然成为了我们孩子的头。他要求我们都要听他的。我是年龄最小的一个，当我懂事的时候，我就发现和卫东同龄的怀志、小宏、延明和我哥他们都基本听他的了。

卫东是让我羡慕的。每当他拿出用医用止血胶管做的弹弓时，我的眼里几乎要冒火。那也是我人生第一次懂得嫉妒的滋味。除了卫东，我们所有人的弹弓都是用自行车内胎裁成皮条做成的，而他的不是。当他把乳黄色的两根胶管越扯越长，一直扯成淡黄最后变成白色，然后一松手，弹弓袋上裹着的弹丸“嗖”的一声飞出很远时，我们没有谁好意思再去和他比试谁射得远。

小孩子的童年都是有攀比心理的。我们当年也不例外。但无一例外的是，我们在好多玩具上都比不过卫东。他的装备都和医疗有关。例如，我们上山抓蝎子时，卫东裤兜里装的瓶子是他爸用过的塑料药瓶，那种药瓶摔到地上也不会碎掉，而我们所有人拿的瓶子，都是玻璃瓶。卫东的塑料瓶不大不小，抓上十几只蝎子就显得战果丰硕，而且他的瓶子可以装在身上。而我们的玻璃酒瓶子，要时时提防它磕在石头上会碎掉。还有，哪怕抓了再多的蝎子，也只会趴满瓶子底，一旦只抓到一两只的时候，那种难堪就会堆在脸上。尤其有的大人遇上我们，非要关心我们抓的蝎子数量时，那是极为尴尬的。透明的玻璃瓶里有多少战果，一眼望去便知道了所有的底细。到社会上后，我发现对别人面子的保全是从小时就开始注意的了。

远远地一纵小孩子抓蝎子回来，只要看上一眼神情，便能知道他们各自的战果。沙卜台的孩子不会藏住秘密，兴奋与懊丧全在脸上写着呢。但不论抓了多少，卫东总是神气的。他有这样的资本，哪怕他一个抓不到，他精良的装备也早盖过了大家的风头。例如，如果谁先发现了第一个，卫东通常要喊“让我来”，然后用他的夹药棉的那种钢镊子帮着夹起来。但往往我们看到的，却是他替别人抓完之后，自己闪到一边快速翻动石板的急躁。他先前优雅的动作掩盖不住他对于别人战果的嫉妒。

每一个群体当中，都有一个群体的处事办法和游戏规则。在沙卜台，我们这伙孩子的游戏规则通常由卫东制定。尽管这些没有明确的行文，但是我们都在默默地遵守。

每天上学时，从村子东头，延明、小宏、我哥和我，在差不多的时间一一汇拢，然后到卫东家的门口去喊他一起走。若是他还没吃完早饭，他会告诉我们是在外面等，还是到家里等。若是他吃过饭了，他通常已经慢悠悠地在路上了，让大家再去追他。上学的路上，卫东的优越感比在沙卜台时更明显，有时，他让我们给他背书包时，竟然没有人反对。还有的时候，大家正走着走着，他会突然喊一声“狼来了”，孩子们便惊慌失措争先恐后地往前跑，直到跑得上气不接下气，直吐酸水了，才不得不停下来。实际上，在跑的过程中，孩子们跑着跑着就明白了，这是卫东的恶作剧，但他不停下来，别人只好配合。说也奇怪，沙卜台的孩子除了我哥，好像都挺能跑。上山通常是不跑的，卫东也没有这种体力。只有下山的时候，他时不时会做出这样的把戏。

那群孩子当中，我是最小的。到一年级下半年的时候，我就发现了一个秘密，只要卫东把书包从身后往前一扯，向胳肢窝一塞的时候，他就要喊“快跑了”。只要他一做这个动作，我就从身后要开始起步了，这样便不会被他落下太远。只要他前面已经有人了，他会觉得这个恶作剧失去了意义，我停了下来。

大家听卫东的，不仅因为他爸是赤脚医生。还有一条，卫东是他班上学习最好的，他是班长。班长的称谓在孩子当中具有天然的威望。所以，当卫东用班长的身份管理起同村的同班学生时，一般还是见效的。只是当我长到二年级时，他的管理对我在逐渐失去效应。虽然他们几个全比我大两岁，但我上学早，只比他们低一年级。而且，我的学习并不差。瘦归瘦，我却是敢于和他们战斗。尤其是卫东，他通常开刀的人是我，而我并没有觉得有什么不可以反抗。每次，我俩厮打在一起时，我哥就是一个安静的看客。但是他和我哥打架的时候，我通常都是比我哥还要先出手还击的那个。并不是我太愿意挑衅，是因为我对公平有着天生的追求。在我长大以后，在看起来又先进又文明的城市，我也是一个敢于仗义执言的人。这件事，我在城市长大的老婆却总是想不通。我不是不能忍，而是我见不惯这个世界上强者的欺凌。当然，卫东也不是欺凌，没有达到那么严重的地步。只是他略显霸气一些。

从放学的路上回到村子，下了山就要过下河套。河套边上，有几个泉眼，一到夏天，泉水汩汩地翻着花，把水和细沙从地下吐出来，浅褐色的沙子在水底开成一朵朵眨眼即逝的花朵。卫东总是要趴在泉眼上喝第一口水，然后再安排大家的顺序。有时他不太高兴时，他就把水弄浑，说泉眼是他家的。泉眼靠在他家的菜园子边上，和他家的水井离得不远，他这样讲，在孩子们的眼里道理似乎也通。可是还有谁在意他如何说呢，因为僵持不了一两分钟，弄浑的泉水又清澈了。浑浊的泉水和小孩子之间的矛盾一样，长久不了，来得快去得也快。我们所有人和卫东的分别，每天都是在泉眼这里进行。喝完水，我们就岔开了路。他由泉眼那儿上了斜坡，回西沟口的家。我们另外四五个沿着坡路，进入村子回各自的家。每次分开时，大家都会相互招呼着，再约明天上学。而路上所有的争吵、打闹和不快，都带入不了沙卜台。在我的记忆中，无论孩子们在路上如何打架，大人们之间也没有因此而相互纷争的。包括后来卫东的去世，也是风平浪静的。

写林万有家这一章节时，我好几次在白天动笔，可是根本写不下去。只好等夜静下来，才能慢慢地回忆。卫东在世的时候，我在内心里有些拒绝或者说不太喜欢他，但是我在沙卜台所有的伙伴当中，他是给我记忆最多最深刻的一个。在我每一次想念沙卜台的时候，我总要想到他，他的样子就在我的眼前。他的耳朵尖永远像是睡觉时被压扁了而一时没有恢复过来一样，向耳后紧紧地贴着。他的上身要比下身略显长一些，这一点遗传了他的父母。沙卜台的大人们常说，上身比下身长的人，是有福之人。每当看到卫东的时候，我总觉得这句俗语说得是有道理的。

每次想到卫东时，我都会想到北沟山坡上那个孤零零的坟头，也会想到卫东如果还活着，现在会在做什么，长成了什么样子。可是，这个没有参照，再是想象丰富也想不出他成年后应该长成什么样子。他留给我的就是小时的样子，那个样子又一点点被岁月模糊掉了，只成了那个小坟头了。我家搬离沙卜台后，好几回一个人走在后梁的山路上，隔着沟看着卫东的坟，我都觉得他没有死，他就在坟口那儿趴着，看着我们来回地走。

我小时候的每一次野浴，卫东基本都没有缺场过。不论他学习多么优秀，其实他也是一个淘孩子。我们游泳最多的地方就是我家菜园子下面的那个被叫做大坑子的水潭。那个水潭具

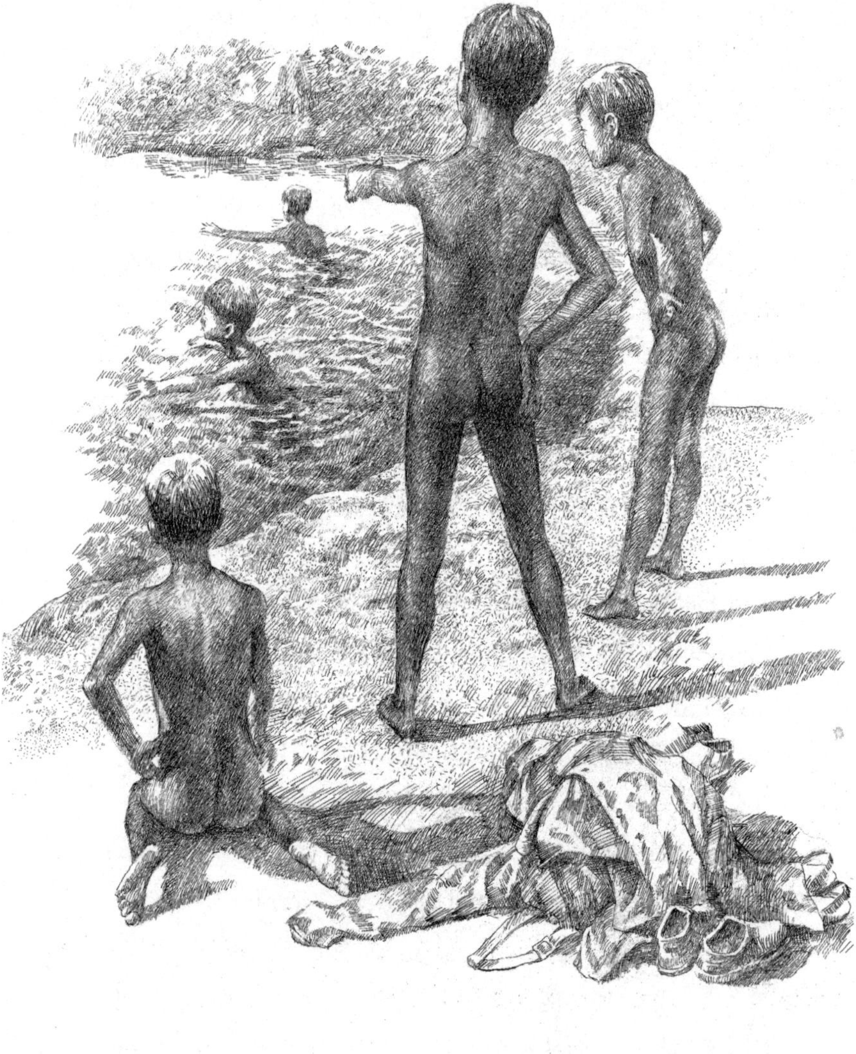

备着好多其他水坑不具备的优点。它是隐蔽的。它远离村路，没有人在那儿走动。对于知道了羞耻的我们来说，那个坑子更适合保守点什么。它另一个优点就是水坑边上，是一大片光滑的石板，把衣服脱在上面时，根本不会费心考虑弄脏的问题。但是大坑子有一个很大的缺点，它的南侧山崖上长满了枫树，阳光根本照不到水面。它又成了沙卜台水很凉的一个水坑。但没有什么能挡住每年它对我们的诱惑，因为它的水不深不浅，因为它的水清澈无比。所以，有时别的水坑在新的一年里和我们失约了，而大坑子却从来没有辜负过我们一冬的等待。

大坑子里不能洗得太久，洗上十几分钟我们就要迅速地爬到石板上去。一排小光腚，一边跳一边唱，“一盆火，两盆火，太阳出来晒晒我”“一盆沙，两盆沙，太阳出来晒晒他”。一边跳还要一边配合手势。指别人的时候，其实选的都是自己最喜欢的那个伙伴。我们这种喊法是灵验的，喊不上几遍，太阳真会从云层里冒出来，然后火辣辣地在我们嫩嫩的肉皮上啃上几口，还不等太阳把我们吃个够，一群小光腚又咚咚地跳进了大坑子。

这两句儿歌可能是沙卜台独自流传的。也不知始于何时何代，除了在沙卜台听过这两句儿歌，我无论是在别人口里或是文学书籍中，再也没有看到或听到过。但在我的记忆中，我会的这两句儿歌是从卫东那里学来的。

卫东的主意多一些，但在我看来都有些馊。我这样来评价他没有诋毁他的意思，只是觉得他在有限的生命里，还是留下了什么，例如给我的回忆。这也是我要为村子里所有人写下点什么的初衷之一。一个又一个人变成了亡灵，如果我不为他们做点有限的记录，可能永远不会再有人去为他们写一点点文字。

而且我敢断定，现在村子里的人，一年的时间里几乎不会有两个人提到卫东。很多后嫁来的和后出生的人都不知道上个世纪70年代，沙卜台还有过这样一个少年。

在大坑子每次洗完澡，都要上演一个保留节目。这个节目的组织，在我的记忆中也是由卫东主导。洗完澡回家必须要爬上一道大墙，穿过一片菜地才能到达村里，然后各自回家。每次爬上大墙，六七个男孩都要一字排开，站在墙头上，掏出"辣椒"向墙下射出一股股尿液。我生活的沙卜台，除了我家和二姨家以外，都是汉系人了。但是村子里许多土语，却沿用了蒙古语发音。我们辽西人，把小男孩还没有发育的生殖器称做"辣椒"。这个词一般人认为是就其形状的神似而来的称呼。但蒙古语对小男孩生殖器的发音是"拉朱"，也有考证讲"辣椒"是蒙古语的音译。

这样对射程的比试每个孩子都是要参与其中的。因为，做这项有点刺激的游戏时，也有一句顺口溜。这句顺口溜关乎尊严和诅咒。小孩子们一起掏出辣椒，对着墙下的小树丛，一边喊着"一滴答，两滴答，谁不尿尿烂鸡巴"，在这种欢快的带有挑衅的喊叫中，谁还好意思不挤出一两滴尿呢？当然了，很多孩子都会射出好大一泡，借着墙势，画出数道一丈多长光亮亮的弧线来。因为知道洗完澡卫东都会倡导这个节目，即使有尿的也不提前尿了，怕是到了这种场合，只能挤出一点点来会很难堪。一片片尿液，把树丛淋得一片斑驳，已经分不出是谁的作品。反正大家是尿到一壶里去了。

我一直讲，沙卜台是一个没有秘密的村庄，并不是要营造出一个世外桃源。就拿尿尿这件事来说，每次卫东和小宏差不多都是射得最远的。其他的孩子还要争论一下自己抛物线的落点到底在哪里，落到树叶上之后，便是交叉在一起的湿漉漉一片，根本看不出输赢来。而卫东和小宏只要一尿出去，射程就比别人大了一截。他们两个的辣椒被村子里的大人叫做柿子椒，柿子椒就是青椒。而别的孩子的辣椒，就只是普通辣椒了。辣椒在沙卜台指的就是尖椒。

那么，小孩子们的辣椒中为何又多出了柿子椒这一独特的品种呢？别的孩子的生殖器都是包皮过长，肉皮尖尖地裹住小物件，像是一支没长成的辣椒。而他们两个天生没有包皮，没有那层肉皮在前面挡着，尿得比别人远就再自然不过了。小的时候我一直没有弄明白这其中的缘由。只是当指导员时，连队有个战士因为生殖器发炎要做包皮环切手术，医生讲述炎症形成原因时，我才弄明白卫东和小宏尿程为什么总要遥遥领先。卫东在我们孩子当中事事都是优越的，连撒尿这件事都包括了。

我家搬离沙卜台第二年，卫东死了。他只在沙卜台活过了十三年。我们家乡都讲虚岁，实际上他的生命刚好过了一轮。

有一天，我在学校里突然听同学讲，波台沟小学一个叫林卫东的学生被他同学打死了。听到这件事后，我的心惴惴不安起来，一是自我家搬离沙卜台之后，我再回到那儿，每次找卫东玩时，他已经不像原先那样霸道地对我了。我哥总说，在我家搬走前一个月，他在放学路上对卫东进行了还击，从那以后卫东对我们弟兄客气起来了。多年来，我一直怀疑他的说法。我认为还是我们和卫东分开后，接触少了，伙伴们之间自然又亲密起来。想想也是，一起上学的孩子本来就少，又一下子走了我们哥儿俩，他们心里自然会空落一些。另外一个让我不安的原因是，传言所说打死人的那个同学，是小宏，是我二姨家的哥哥。他比卫东个头小一点，平时也是让着卫东几分的，他和他又是同岁，怎么就能打死了卫东呢?!

那天放学，我没有回家，又去了沙卜台。一路上，我走得特别急，我希望所听到的一切都是谣言。而当我走进沙卜台时，村子里静极了。我过下河套，路过卫东常常据为己有的那道泉子时，我看到沙子还在水底翻着花，而那道泉眼里，却落了两片发黄的榆树叶。

我一边往二姨家走，一边张望着卫东家。他家养了一条带有白花的黑狗，眉目上方端端正正地长了两撮白毛。像是两只眼睛，我们管他家的狗叫四眼狗。这只四眼狗是上沟第一条狗。每一次到卫东家去时，我站在门外都要喊他出来看狗。

卫东家的院子里很安静，四眼狗没叫。我不知道卫东会不会突然从院子里跑出来。那个时候我是希望见到他的。

到了二姨家，屋子里坐了好几个人。竟然还有一个穿着公安制服的。沙卜台来了公安，我知道可能真的出事了。我一声没吭地把书包放在炕头，坐在了炕沿上。屋子里的气氛很压抑。村里几个主事的男人有的坐在炕沿上，有的站在地上，旱烟味飘满了屋。小宏扭着头，两只胳膊趴在柜盖上。

过了半晌，二姨父对小宏喊，让你说你就说一下。不吱声是个啥事!

公安对二姨父说，他不说就算了。事就这样吧。屋子里其他的人也说，既然这样，也就这样了吧。

第二天，我明白了，他们说的“这样”指的就是卫东的死。

那一年，沙卜台外大凌河两岸，有解放军来搞野营拉练。河两岸都住上了兵，差不多有二十多天。驻军的到来成为了孩子们嘴里新的谈资。卫东和小宏就是因为辩论是团长官大还是营长官大而在上学的路上吵了起来。结果就是在大锅底南面那个山崖的路上，那条老曹年年冬天扫雪的路上，他们两个支起了“黄瓜架子”。据说小宏把卫东按在了地上，卫东从来没有吃过这样的亏，被孩子们分开之后，他没有上学，转身回了上沟。而其他的孩子，该上学就上学去了，都以为这次争执还会和以往一样，用不了一天就烟消云散了。

卫东回到家里就躺在了炕上，林万有两口子只是当成卫东在耍脾气，也没有太当回事。沙卜台的人都知道他们两口子的性格是极其沉稳的，做什么事都不慌不忙。

结果，卫东一直躺到第三天时，林万有才发现问题有些严重了。先前卫东一直说自己迷糊不肯起炕，到第三天时是真的起不来了。林万有急急火火把卫东送到医院，没出两天，卫东真的就死了。医院也没有说出个准确原因来。这个消息传到村子里时，人们太吃惊了，两个小孩子打了一架怎么会出现这样的后果？后来，再想想林万有的性格，村里人只能叹叹气，觉得这事是耽误了。

我二姨和卫东妈的关系一直非常好。卫东妈叫刘和莲，在生产队做农活慢悠悠的，讲话也是如此。但是她坐在自家炕头几乎能把《三国演义》和《水浒传》给人们讲得清清楚楚，活灵活现。我二姨不识字，就愿意听卫东妈讲评书。这件事发生后，我一直不知道两家之间会如何相处。

我到村子里时，卫东已经埋过两天了。他是他爷爷唯一的孙子，所以他爷爷说得要个说法。可是小孩子之间发生这样的事，又能要出什么说法呀？

卫东和小宏同岁。卫东的姐姐秀华和我姨家二姐石玉梅同岁。秀华和我二姐两人的上学路上，几乎是彼此的影子。哪怕我们小孩子之间产生哪些矛盾，她们两个从来都没有介入过。

从小学到初中，她俩一直在一个班。而且学习都特别好，俩人组成的乒乓球女子双打从小学开始代表学校出战，横扫八方。

两个月后，有一次我和我二姨从后山上走。我一直往北沟西坡上看，后来实在忍不住了，问我二姨，听说卫东埋在北沟了，在哪儿呀？我二姨站下来，用手指了指沟对面的一个坡地，说，小东子就在那儿。说完，我二姨愣着神望向那面。然后我听到她一声叹息，这孩子呀——从我二姨这一声叹息中，我能听到她心中的疼惜。卫东就是沙卜台的孩子呀，他活过的十三年里，就在沙卜台人的眼睛里呀。他的学习可以用出类拔萃来形容，他的心计也可以用诡计多端来总结。因为，他能在上学的路上，一直喋喋不休地转述他妈口中的历史故事，而我们只能带着一脸崇拜地跟在他身后，生怕离得远了风吹掉哪个段落。也就是他的各方面优秀决定了他成为我们的头儿，让我们在他的一声“跑”的口令下，拼了命地往前冲。而当我开始长大，能够和他对抗，我哥所说的也曾和他对抗，到最后小宏和他的对抗，把他一点点推下了领袖的地位。他是悄然无息地在我们的世界里消失的，没有看到他最后的时光和样子。

风吹过来了。我一边走一边望着卫东的坟包，忘了看脚下的路。我二姨在前面喊我，走呀。我使劲地擦了一把眼泪。那是我第一次想他。再以后，见到他的坟，那个坟只是一个土堆了。只有当我漂泊在外，回忆沙卜台每一个人时，卫东才能够出席和出现。十五六年前，林万有老两口被秀华接走了，他家的房子就成了空房。而在辽西，未成年人是不会有人给上坟的。当林万有一家都离开沙卜台后，卫东成为了他家唯一留守者。

后来，我再回沙卜台，有时二姨家没有人，我直接去林万有家找，基本差不了，她和刘和莲还在一起有说有笑，似乎什么也没有发生过。但是我却发现，秀华和我二姐之间，有些不再像以前那样亲密了。

我二姐初中毕业后，就读尹湛纳希蒙古族高中去了。秀华不知道出于何因，好像没有再读。我家后来搬到的村子里，有一户李姓人家。清一色的哥四个。李二和秀华是初中同学，他看中了秀华。有一天，他跑到我家托我妈帮他提提亲。李二走后，我妈问我，这事你看行不行？我觉得李二挺能干，家里哥们儿又多。卫东没了以后，只有秀华给林万有养老了，如果招一个上门的养老女婿，李二还真是一个合适人选。

我觉得那是一件好事，那也是我第一次认真关注别人的婚事。记得当时我好像是初二吧，我连夜给秀华写了一封信，详细地帮她分析了李二的情况，似乎还动之以情晓之以理。第二天放学，我特地跑到秀华能够路过的砖厂路边截住了她。我说给她一封信，她扶着自行车有些莫名其妙地看着我。

秀华和李二没有成，也没有下文给我。我当然不会知道这中间有什么差错。但是从那时起，我就觉得，帮助一个人去向另一个人袒露心扉是一件很幸福的事呀。所以，有时替别人介绍婚姻占用了我很多业余时间和精力。

林万有是林家的长子，是成家后另立出来的门户。他家的上院就是他父母住处。从我有记忆开始，那个被我称为大爷的叫林向荣的老人已经很老了，由于牙齿掉了一些显得嘴有些歪。他的老伴一头花白却显得特别端庄，直到现在想起她我都觉得像是清宫剧里的有着正面形象的嬷嬷。

由于年龄相差太多，林向荣又是住在村子西头，我踏足他家的机会十分有限。他家有着全村唯一的一盘石磨，哪一家要做豆腐了就要到他家去磨豆浆。我在沙卜台生活时还是生产队时期，家家没有多少存粮，更不要谈黄豆了。只有到了年底，家家户户准备年货时，才挑着泡好的黄豆到他们家去磨豆浆。

磨豆子的时间一般都要一个多小时，通常一个人完成不了。不论谁去磨豆子，大大小小都要三四口人。林家的院子里就要热闹起来。我家每次去磨豆子，林大娘都会喊我爸到屋里喝几碗茶，林向荣也会喊，不急不急，快进来。有时我爸还在推托，林大爷就会喊他的二儿子林万忠或三儿子林万生接过我爸手中的磨杆帮着推上一会儿。

磨完豆子有一道工序是洗磨。豆浆从磨盘上流到桶里时，是白花花的，像是洁白的乳汁。而磨完豆浆，用水冲洗磨眼和磨盘时，先前的水还是带着白浆流下来，后来一点点变清了。我爸一边冲磨，一边用刷子里里外外地刷着，直到磨盘干干净净。最早，我以为我爸太会过日子，太过于吝啬，连一点点豆浆都舍不得浪费。后来有一次，我爸让我给别人家还用过的泥抹子时，他让我洗干净，告诉我，用过别人的工具，一定要收拾干净了再还，这是规矩。品着他的话，我一下子明白了他为什么每次要把林向荣家的磨洗得那样干净，也明白了沙卜台的这盘磨为什么不论何时都闪着青幽幽的本色。

在我爸给我讲述还人家东西前要清洗干净这个道理后，那年冬天我又跟着他去林家磨豆浆，还没磨完，吕化新挑着桶来了。那次是我爸磨完豆浆走得最匆忙的一次，他似乎连刷都没刷，只是简单地往空空的磨眼里加了一瓢水，等磨盘上面不再流豆浆，挑起桶就带着我回家了。路上，还有人不断地挑着桶奔向林家。那个时候，年真的要来了。家家都开始做豆腐了。后来我又发现，只要还有人接着加面或是磨豆浆，前一家一定不会把磨和磨面机打扫得过于干净的。这便是沙卜台的分寸。

除了年关做豆腐以外，平日里哪家遇上了办事，或是要改善一下生活时，也会做一盘豆腐。那个时候，谁家做了豆腐，左邻右舍都能吃上一块两块的。这也是根据人口来定。人口多的人家，多送一块；少的，少送一点。就是一个心意。而且很多都是从墙头上直接递过去，这面儿喊一声，那面儿就接过去了。不用说那么多铺垫的话，也不用说那么多感谢的话。沙卜台人处事就是这种风格。直到现在，平时闲了或是过年，家家还要时不时出个代表凑到一起吃个饭。

村子里做豆腐是用盖帘夹住豆腐包，然后在上面压上一块石头或一桶水，所以一整盘豆腐做出来后是一个大大的圆形。要切成一块块方形，就会出一圈豆腐边，豆腐边也是豆腐，就是形状不好看，有一条直边，另一个边是弧形的。给围着看做豆腐的小孩吃的，是这种豆腐边。送给别人家的，都是方方正正的豆腐。

不知道林万有父亲家的那盘石磨还在不在，但我可以断定，早些年沙卜台的每个人吃的豆腐，都以豆子和豆浆的姿态曾在他家的院子里走进走出。我只是忽略了一件事，是不是家家做了豆腐后都会送给他家一两块尝尝鲜呢?

对林万有家另外的记忆就是他二弟林万忠结婚。那一两年，沙卜台成长起来的第一批青年步入了娶媳妇的节奏。林万忠的媳妇是哪儿的人我不知道，我记得她就是爱笑。结婚那天，谁逗她，她就笑，高高的颧骨上托着两块红霞，那种羞红真是新娘子的感觉。我对新娘子的印象第一个来自于她。不知道她结婚时年龄多大，反正我们小孩子到她衣袋里摸糖时，她还像小女孩一样躲闪。长大后，我主持过也参加过许多人的婚礼，我觉得那种婚礼过于重视形式，唯独缺少了欢乐的成分。新娘子端出了一种矜持，很清高纯洁的样子。实质上，灯一吹还是人间那点烟火。林万忠娶来的媳妇我叫二嫂子，我觉得她满脸都是知足。因为事实证明，她嫁给了沙卜台最厚道的青年。

我家搬走后每次回到村子里，几乎都能遇到她的女儿英华。头发黄黄的，脸白嫩嫩的，应该就是她妈妈小时候的样子。

林家的三儿子林万生是沙卜台最帅气的青年。只要看到他，我都觉得他是从戏剧当中走出来的小生，他的眼睛总像是描了眼影，瓜子脸消瘦得有些性感。他在村里长辈的口里被叫做“瘦三”，原因是另一户林姓人家中，有个相对胖一些的老三。

万生哥娶来三嫂时，我不记得是什么年月了，只是觉得她是很漂亮的女人，头发黑的有些耀眼。

万生家生了一个儿子，叫林林，从他的模样上，可以看出林万生小时的样子。

林万有家院子里有一棵苹果树，是沙卜台唯一长在个人家的果树。就像林万有是十里八村唯一的赤脚医生一样。那棵果树，每年都在开花，在结果，只是卫东没了却再也回不来了。每一次回到村里，我远远地看着林万有大哥，很少去喊他，我怕一喊他，他会想起他的儿子卫东。他在给别人疗着各种各样的病，只是他埋在心里的伤又如何去疗呢？

日子就那样一天天过着。林万有家门口从北沟里刮出的风呼呼而过，不知道卫东能不能从沟里的坡上捎给沙卜台一言半语的问候。他的问候我没有听到，只是前几年我二姨我俩聊起林万有时，我二姨说，林万有这一辈子呀，就没见他为啥事着急过。

吕忠孝家

在城市与乡村的夹缝中寻找着未来

沙卜台上沟进村的路伴着小溪，路在坎上，小溪在坎下。进入村子以后，路像是项链上的绳子，把各家各户串在了一起。抬着头上了坡路，一眼便看得到一座老房子。老房子隔着北沟就是林万有家。

院墙顺势而建，依旧是沙卜台的特色，青石垒就。上到坡头，这户老宅子的院门呈现了出来。简易的木板钉成框子，然后上面夹着一些木棍，来回走人不是开门，也不是推门，用手拎起一角，挪开一道缝，人便进去了。这是一道形同虚设的门。

院门口建了一个仓房，院子里便是老房子了，五间。这房子和村里所有人家不同，村里别人家是正房之外，再盖一处厢房，或是东厢房，或是西厢房。表面上看，盖厢房是根据主人家的地理位置而定，实际上还是根据主人家的经济实力而定。在辽西一带，很少有人家当年盖了正房，当年再起厢房的。

盖厢房大多不论风水，不问西东。只要一旦缓过了盖正房的压力，便可以盖厢房，也有的人家东西两面都盖的。对于盖房子这件事，我自小有这样一个判断：哪家盖了新房，不是哪家最有钱。辛辛苦苦攒下的那几个子儿全用在了盖房子上，说不准还欠下了一堆外债。进入屋里看一看墙上抹没抹灰，吊没吊棚，就能看得出来的。倒是那些一直没有盖房子的人家才是有钱的人家，他们的钱都压在箱子里，正攒着劲儿要建起一座新房子来。

这五间房与众不同的是，这是两户人家。虽然都姓吕，两个男主人年纪上没差哪儿，但辈分却差了一辈。东房的主人叫吕凤来，我叫他三哥。西屋的主人叫吕忠孝，他是吕凤来的侄子，但我管他也叫哥。这也是沙卜台人为人处世的一种周全。既然与这两家都不沾亲带故，为了相处起来方便，就在村子中捋出一条相对平衡的称呼线。如果遇到彼此面对身份的尴尬时，再找出另一条称呼线，这样就避免了称呼上的难以启齿。通常论辈分，没有实在亲戚时，都尽可能把辈分降低些，这样说话办事会方便。例如，我既然管吕凤来叫了三哥，与他岁数相等的吕忠孝论着他叫，可能应该叫我叔叔，叫我爸爷爷，这对双方来讲都不是一件舒服的事情。于是，不知道怎么论来的，我管吕忠孝称呼为大哥。

全村子只有这座房属于两户人家。我直到今日也没有弄清两家住在一起的缘故。但有一点可以肯定，两家是同一个祖上。血缘上不会隔得太远。

吕忠孝和我妈一样，都是教师，不过他在县里教书，是公办老师。而我妈却属于朝阳地区第一批民办教师，就在山南面的森林屯教书。

在沙卜台，吕忠孝的出现可以起到提示星期日的作用。沙卜台人按节气劳动，按天气活着，没有孩子上学的人家几乎不存在星期这个概念。吕忠孝在村里一出现，沙卜台的人便知道星期天到了。村里的劳动力都比较忙，吕忠孝却相对悠闲，他没有劳动的任务。他只是在沙卜台偶尔地生活，他回到这里来，主要是为了看他的妻儿。在穿着上，吕忠孝的优越性就体现出来了，从事体力劳动的人干活时，哪件衣服旧、哪件破就穿哪件，磨损起来不心疼，会不惜力气，能猫下腰干活，而穿得过于整洁便会成为另类。从另一方面讲，谁也没有新的衣物。有时，哪一个妇女要回娘家或是参加大的喜事，相互之间要借一下衣服穿。这是掩盖日子拮据的一个办法，女人们都不想让娘家人看出自己生活困难的窘状。不过，借衣物这事也有穿帮时。我做得最不懂事的一回，是我妈带我回到了艾林皋。艾林皋是个嘎查[①]，里面没有一户汉系人。除了两家白姓一家宝姓以外，全是付姓。在大凌河两岸，是蒙系人还是汉系人报上姓自然就知道了。姓包、鲍、宝、关、郭、白、付、陆，还有一部分陈、高、杨等，都是蒙古族。我妈那次带我回娘家，是借了邻居的衣服，不论是做饭还是吃饭，我都在不停地提醒我妈，不要把谁谁的衣服弄脏了。每当回想起此事时，都能体会出我妈当时的难为情。对于一个老师而言，一个走出了艾林皋到汉人聚集的地方生活的她而言，这件事是不是让她颜面有损我不得而知，但我相信那天她一定是难堪的，时时提防我再次提醒她要把借来的衣服保管好。好在，大家都习惯了这样做，心照不宣吧。

吕忠孝偶尔拿起劳动工具也是象征性的体验，他家没有土地，只有几垄菜地，他媳妇一个人都忙过来了。他干得最多的事是在暑假带着孩子们给家里打上一些柴火。我没有太关心过吕忠孝，他在我心中像是可有可无的存在，只是遇见时会打一声招呼，沙卜台的人我似乎只有和他没有过交集。他在城里教几年级、教什么、多大年纪等等，从来没有引起我的关注。我

---

① 嘎查：蒙古语村子的意思。

对于沙卜台各种人物在心中留下的记忆都是与土地和生活相关的。而他成为了一个例外，我不知道他的祖上在哪儿，但我认为他是客居在沙卜台的一个人，是一个通过读书能够走出沙卜台的暗喻。我爸也在城里上班，但是他和我爸完全不一样。在他的身上，我看到的是沉稳与儒雅，而在我爸的身上我看到的是拼搏和热情。

吕忠孝与我之间，只是空间上的一种关联。有一件事便可说明。之所以说沙卜台小，小到什么程度呢？小到有的植物没有名字，有些植物的命名只在沙卜台人中间流传。例如沙卜台有一种植物大家就叫它“一裹辛甜”。这种植物开花时，一串串土粉色的花像是一个个细长的小喇叭，揪下花来用嘴一裹，花朵根部的蜜会迅速占领舌尖，对于缺少糖吃的孩子们来说，那种甜都会让人瞬间窒息。这便是“一裹辛甜”名称的来历，这个名字不是根据花的形状、花的科属、花的颜色来命名，沙卜台的人给这种植物形象地命了名，而无一人知道它具体叫做什么。其实这不是花名，而是它的特征。时至今日我也不知它真正的名字，有时在草丛中看到这种野花，给孩子采下来让她裹的时候，她会甜得闭上眼睛，然后对我说，真是一裹辛甜。我把我的童年移植给了孩子。沙卜台小，还能小到什么程度呢？小到一个地点会因为一个事件命名，而大家尽知。可以举一个成功的案例，例如“吕忠孝打盆处”。

从沙卜台翻后山往镇子上去，快到下河山时，要下一道土坡。那道坡不长，但有些陡。那个地方被村里人叫“吕忠孝打盆处”。没有人讲起吕忠孝是哪年在那里打的盆，是从县里回来时带的盆，还是从沙卜台往县里带咸菜时拿的盆，反正他在那里发生的这件小事故最后变成了没有出处的故事，最后演变成了地名。不论是我妈还是我二姨，每次走到那个地方时，都会说“这就是吕忠孝打盆处”，村子小得真是没了故事。她们说这个事时，从来没有想过我心里的感受。自从吕忠孝打盆的地方被我知道，而又被村里人一遍遍在我的记忆中加深后，每次走到那里时，我都会变得格外小心，生怕自己会像是吕忠孝手中的那个瓦盆，一不小心掉到坎下。

我家搬走后，我放学再独自回沙卜台，每次经过那里时我都绕到土坎的另一面去爬坡。每次到达那里的时候，太阳都落山了，乌蒙蒙的一片，山谷空悠悠的，显得特别幽长，总会让我感觉有狼会顺着那道沟出来。好多回我都在想象吕忠孝一个人打过盆之后的那种沮丧。如果他是在家里拿了这个盆，装了东西到学校去，他可能会是感觉白费了媳妇的一片苦心。如果他是在城里给在沙卜台的妻儿们带回来用瓦盆装着的礼物，两手空空回到家让家人空欢喜了一场又是怎样的懊恼。

有一次，我站在“吕忠孝打盆处”的坎沿上向下张望，真的发现坎下竟然有几片瓦片零乱在那里。那些瓦片不知道残存在那儿多少年了，它们一遍遍无声地提醒着沙卜台的人，吕忠孝就曾来来回回地奔走在这道山梁上，在城市与农村之间，有着他的牵挂和无奈。我长大后，看到太多入城打工一族在夜深人静之时思念乡下的妻儿，那时我对吕忠孝当年的生活状态会有更深的理解。吕忠孝即便是教师，他也还是两地分居的生存者。沙卜台的人哪怕再累，也还整天守着妻儿，甚至一年两年也不曾到县里去过一次，而他虽然有着知识分子的体面，但却无法享受更多的团聚之乐。

自从沙卜台家家拥有了自行车后，后山那条路便废弃掉了。风还在山梁上四季如歌，疯长的荆条依然摇曳着淡紫的花，“吕忠孝打盆”的故事除了在我的文字里出现，沙卜台的人已经不会再提起了。甚至，后出生的人和后嫁进来的人们会问，吕忠孝是谁呀？就是因为这样的心境，我才下定决心来写一本这样的书，读者在哪里不重要，重要的是我终于可以在夜深人静的时候静下心来创作关于沙卜台的书，用这种方式与在那道山谷里生活过的人们进行一次交流。

“吕忠孝打盆处”的土崖上，生长着山榆树。山榆树不像是树，树干虬曲，树杈四散，它结出的榆钱和榆树结的不一样，不是成串的，它是单个长的，大如铜钱。这样的榆钱不能整个地吃，皮有些苦，剥开来吃籽味道很好。现在，只有那几棵山榆树在护着那道土坎了。没有人再提及那里，不知道山榆树是否还记得几十年前在它身边发生的这个故事。吕忠孝手中的瓦盆在土坎下破碎时不会有太多声响，最大的声响是他心中的一惊。如果它也不知道，我便是沙卜台最孤独的人了。我的孤独来自于内心深处的无法忘却。很多人在文学作品中，写到故乡时总会说忘不了那里的一草一木、一山一水。读到这些时，有时我就会暗自不服气。这个世界上，如果说对故乡的记忆，能有几个人如我一样呢？沙卜台在我心中是立体而温暖的，是细腻而鲜活的。树木在我心中繁茂地生长，如同我的回忆，还有因为留恋而产生的思念。

为了考证这个地名，写到这里时，我特意给我哥发了微信。不承想他把“吕忠孝打盆处”讲得清清楚楚。我的故乡还有陪伴我成长的人。人生中就是这样，不一定有人爱你，但要有人懂你。和你有过共同过往的人不是因为血缘而亲密，是因为情感上的共同体验而让人内心安宁。

吕忠孝是教师，自然是“红粮本”，他媳妇杨玉枝是村里的劳动妇女。杨玉枝是他家唯一的劳动力，生产队里的各样活计她要参加的。同时，她还义务担着沙卜台另外的一项劳动，她是一个不错的裁缝，家里有一台缝纫机，谁要是找到她帮忙了，她不会推脱，精描细画地给来找她的人把布料裁出来，时间再充足时，还要帮着做成成品。我小时候，人们只有到过年的时候才会做新衣服，所以，杨玉枝最忙的时候是在腊月。她是一个极其仔细的人，这不仅体现在她裁剪布料没出现过失误，她给每一家裁剪完余下的布头，都会一卷卷地捆好，连细小的布条都不会落下。如果有兴趣的话，回家把大大小小的布料一拼，还能恢复成一块整布的样子。只是中间出现了缝隙。可是杨玉枝用她的劳动，把自己和沙卜台紧紧地缝合在了一起。

我家搬走后的第二年，我妈给我买了一块淡灰色的布料让我拿到二姨家去做衣服。那个时候，我二姨家也买了缝纫机，但是比杨玉枝那台晚了好几年。安装缝纫机那天的热闹情形我至今还记得，几个纸箱里七零八碎的零件，一点点被拼装成了一台崭新的物件，这不仅是二姨家的大事，也会成为沙卜台的大事。因为，这台机器也即将成为摆在我二姨家的公用品。

我把布料交给二姨之后，她说我带你去杨玉枝那儿量去。对于新布料的掌控上，我二姨还是更相信杨玉枝的手艺。我的心跳是急迫的。那是我记忆中第一次做新衣服。以前都是买现成的衣服，这件是为我量身定做。那种欣喜我现在能够在生活中找得出来。例如，给为我专门设置的专栏写稿子时，我不会觉得累，写时也带有一种欣喜感，那种感觉就是杨玉枝给我量身材时的感觉——量身定做，这是独属于你的。

杨玉枝把布料在炕上平铺开来，比画了一阵之后她脸上出现了难色。因为我妈说是一身的布料，但是面对这块布料她怎

么也设计不出一件衣服和一条裤子来。我二姨对自己的妹妹还是了解的，也能做得了我家的主，我二姨说那就做一件衣服。那时我已经知道了一个生活常识，做上衣要比做裤子费事也费料。杨玉枝的眉舒展开了。她面对的难题迎刃而解。那块布料为我做了一件上衣，却剩下了一大块做不成裤子的布料。显然是我妈算错了尺寸。

我对杨玉枝提出的唯一要求是多一些衣兜。我觉得那样好看，而且要过年了，去别人家拜年时，大一点的衣兜还能多装一些瓜子和糖块。

两天后，我到吕忠孝家去取杨玉枝为我做好的上衣。让我没有想到的是，她竟然在左胸口的衣兜上盖处，还留出来一个插钢笔的位置。当时，谁要是在上衣兜插上一支钢笔那可是有文化的象征。当然了，乡下也流传了这样的笑谈：插一支钢笔是高中毕业，插两支是大学毕业，插三支的话就是修钢笔的。可见物极必反。

我穿着那件新衣服回了家，我妈十分满意，那件衣服因为布料充足，杨玉枝特意做得大了一些，这对于迅速长着身体的我来说，可以多穿上两年。事实证明果然如此，那件衣服我一直穿了三年。几年前，我拿军装去给孩子改成小孩穿的衣服时，前后三家裁剪铺都回绝了我的要求。他们不约而同的回答是，收拾衣兜是做衣服当中最费事的工序。听到他们说这些时，我猛地想起小时候向杨玉枝提出的多安衣兜的要求。

吕忠孝家有两个儿子一个女儿，他的大儿子和吕忠孝一样不经常在村子里出现。他的大儿子叫志红，好像是我家搬走了之后我才见过他。隐约听说他好像是自小过继给了他的大爷家，不知道怎么又回来了。由于年龄差得多，我对于他的身世不太了解，只是觉得他是一个稳重老成的青年。我到了初中后，他娶的媳妇是我同年级同学的姐姐，他的小舅子有时放学了去沙卜台，我俩相约同行过许多回，我去志红家才多了几回，这也算是我跟志红有限的几次接触。但那个时候他好像是在哪里上班，他的媳妇和他妈一起在沙卜台，拿现在的话讲叫留守妇女。

吕忠孝家我接触多一些的是他的女儿小芹。小芹比我二姐要长一两岁，我二姐读高中之后，小芹也在县里读高中，她俩接触得自然会多一些。记得最深的一次好像是我二姐高考那年，她们两个在大坑子那儿洗衣服，我在一边玩水，一边帮她们晾衣服。我听着她们两个对各自高考成绩的分析，那时我只听出她们的分析中带着更多的忧虑，还想不到她们是在对命运的思考这个层面上来。那个年代，还没有打工这一说法，高考就是决定了女孩的一生命运。和二姐同岁的秀华早已经不读了，向命运妥协了。小二姐一岁的水灵从小就不带有读书的天分，小学毕业后就开始下地劳动了。还有比我二姐大两岁的二秋，也早早加入了劳动大军。只有她们两个还想通过读书来走出沙卜台。中午的阳光穿过南山崖上的枫树，婆娑的树影落在这两个青春少女的脸上。她们的脸上没有笑容，也没有忧愁。只是聊着聊着她们都静下来了。溪水哗哗地跳跃着扑进大坑子。

沙卜台的人们洗澡时，是男女老少分开的。我却见过小芹她们的一次洗澡。那时我好像有四岁多，好像是我妈带领着村里的女孩，就在我家下面的那个大坑子。她们先把长裤的裤腿用榆树梢扎住，然后在水中浸泡透，接着拎着裤腰开始转圈，空气钻进裤腿后，圆鼓鼓地撑起了两条裤腿，再迅速地把裤腰扎紧，一个救生圈就做成了。小芹和我二姐她们把身子趴在裤裆处，人就浮在了水面上。两条裤腿像是英文字母“V”，她们的脸上真带有胜利的感觉。只是游不上几米，那个救生圈就会因为漏气而随着女孩们一起沉入水中。然后，她们再爬上岸，再重新一圈圈地甩着裤子做救生圈。

小芹是一个稳稳当当的姑娘，我几乎没有听过她大声说过话。我妈给她当过老师，她不是一个让老师操心的孩子。一到冬天放了寒假，有时我妈让我去喊小芹、秀华和我二姐她们三个来家里一起玩扑克。一到那时，我便欢天喜地地看她们把桌子摆上炕。然后在一边眼巴巴地看着我妈和三个女孩围坐在方桌四周。这三个女孩都是相对安静的，安安静静地抓牌，安安静静地出牌，一切似乎始于无声，又结束于无声。沙卜台的女孩好像除了二秋都是小芹这样的性格。秀华和小芹都管我妈叫姨奶，从这个称呼上来看，还是从我二姨那里论来的。我家是奔着二姨家落户沙卜台的，是外来户，是我二姨的身份决定了我家在村里称呼上的基调。每次玩完扑克，小芹都会轻声地向我妈告别。我家搬走后，好几次遇到小芹，她都问我妈身体好不好。只是她长大以后，我再也没听到她的消息。读书这条路她好像没有走通，但不论怎样我相信她的日子会是平和的。沙卜台的人总会面对现实，不急不躁地让日子如河水一样流着。

吕志明是吕忠孝的小儿子。他在沙卜台没有读完小学就到县里读书去了。对他最深的记忆是有一次不知道什么原因，他和我们这拨小孩子吵起了架。他站在他家的门口，用石头子向我家的方向投。少说也有一百米的距离，不知道他哪里来的力气，竟然把那些石子飞到我家门口石碾这里，而且还有一个石子就准确地打在了我的额头，顿时打出了一个硬生生的包。我只能哭着逃回了家，也不敢向大人告状。其实告状也是白告。大人不可能带着我们去找家长的。

多年后，我再次见到志明时，我在读初中二年级。学校里分来了几个新毕业的老师，里面就有志明，他成了我们初中的体育老师。看来他当年能把石子投那么远那么准，还是有体育天赋的。他没有教过我，见面也只是打个招呼。说实话，我们之间因为没有交集，而没有亲切感，相同的就是我们都曾是沙卜台的孩子，又都是因为生活而远离了那里。

走出沙卜台多年以后，我一直想着有朝一日回到那里，尤其是在外地漂泊越久越是有着这样的想法。可能吕忠孝的感受不是这样的，他当年来来回回奔波在那条山梁上，他的目标就是早日把妻儿带到城里去，再也不回到沙卜台。假如他是在沙卜台出生的，他年少的时候也会怀揣着要走出这个偏远而又贫瘠的山沟的梦想的，他把此作为人生最大的动力。而当他成家立业之后，却是一个人在城里奋斗，过着妻离子散的生活。他是沙卜台最早背井离乡的一族，在城市与乡村之间奔波，而这种奔波更多的是带着无奈。

吕忠孝家是哪一年搬走的我不知道，可能是我当兵之后，也可能是之前，这个没有考察的必要。只是不知道他把一切家当收拾妥当，终于在县城给杨玉枝安下一个家时，心中是轻舒出了一口长气，还是对曾经生活过的沙卜台有更多的不舍。我在城里的邻居通常都不太吱声，有时在电梯里见了面，想打一个招呼时，会发现对方的目光根本没有停留在我的脸上。每每这时，我就会想到我的沙卜台。杨玉枝一定会遇到这样的情形，不知道她是如何适应城市里挂满冰霜的脸和不得不打的招呼。

吕忠孝万万想不到，他当年偶然失手摔掉了一个瓦盆，竟然在一个孩子的童年里留下了这么深的记忆。如果在城里生活累了，可以回到沙卜台转转，吕忠孝打盆处虽然没有立成一个牌子，但他应该记得那里。那天，他怅然若失地面对着那一个不能复原的瓦盆时，是不是觉得生活就是如此破碎呢？

我二姨每次带我经过那个地方时，都会啧啧地说，可得把东西拿好了。吕忠孝就把盆子打在这儿了。

如果我的判断没错的话，那个土坎下面，应该还会有瓦片存留。哪怕那件事过去了近五十年了。谁会去那个土坎下捡那没用的东西呢？再有，那条山路多少年已经没人再走了。只有我，在远离故乡的夜里，一遍遍地用回忆捡起那些瓦盆的碎片，而我也不能再把它们黏合成一个盆的形状。

小宽家

用勤劳这块补丁把日子填满

吕忠孝家对面屋里，住的是吕凤来一家。我管吕凤来叫三哥，他家两儿两女，名字连在一起是江河宽广，不知道是谁起的，细琢磨一下倒是大气。不知道村子里其他人有没有如此发现。我上小学一年级时，他家最小的儿子小宽正在读六年级。我求学生涯和他的学业结束搭上了一个边儿。村里对这户人家称呼有两种，一种叫吕凤来家，一种叫小宽家。小宽妈姓王，但她在沙卜台人们口中被叫做三嫂子。长辈的称她为“她三嫂子”，长辈的对小辈讲“你三嫂子”，我们则是叫她三嫂子。沙卜台给她的这个称呼遮盖住了她的姓名。但不论怎么称呼，三嫂子应该是沙卜台妇女最形象的代言，除了三哥偶尔说她一句之外，整个村子不会有第二个人说出一句她的不是。

几年前我计划写一写沙卜台时，跳出来的第一个画面就是吕凤来家。在我的记忆中，沙卜台的第一把锁就挂在他家的门上。那是很古旧的一把锁，锁面上带着花纹，有些锈迹斑斑，锁口套在门鼻上，把旁边一小截钢棍按进来，门便被锁上了。这种锁我除了在古装戏中看见过以外，生活中再也没有发现过。

吕凤来家的这把锁是沙卜台形式上的锁。它并不是要锁住什么秘密与财富，只是呈现了这个家庭的过往。据说很久以前，吕家是地主。村里几户姓吕的都是地主。当我长大后，想想这件事都觉得有意思。在我家来到沙卜台之前，整个村子不到十户，除掉三四户地主，哪还有什么贫农？

十一二岁那年，我奶奶过生日，那天家里来了一个陌生的老太太，进了屋管奶奶叫妈，然后跪地上给奶奶磕头，呈上了礼物。我向奶奶打听此人是谁，奶奶说是老田家的儿媳妇。我又问那她怎么管你叫妈。奶奶告诉我，我二大爷给田姓地主家放牛，和地主的儿子拜了把子，地主的儿子就成了奶奶的干儿子。奶奶虽然给地主家做针线活，但在辈分上与地主家平起平坐。而奶奶一手带大一大帮孩子，真还是靠着老田家的一些帮衬。哪怕后来，田家的那个儿子去世多年了，他的媳妇年年都要给奶奶来过生日。

我爸也对我说过，过去的地主家都是村子里最勤快最能过日子的。人家的财富是凭着劳动和智慧赚来的。所以，在我心中，对地主从来没有过坏印象。尤其是黄世仁在舞台上一出现，我对艺术便有了分辨力。自小我就知道，艺术上的事情不要信得过多。形象都是塑造出来的。反过来，凡是说谁家以前是地主，心中倒是有着几分敬佩。例如我在新兵连时的四川战友刘泽富，他说他堂爷爷就是刘文彩，我每天看他走路都觉得他与众不同。

我喜欢“地主”这个词。地的主人！难道现在所有的中国人不是地主么？当地主难道不是中国所有农民的梦么？无非这个词时境过迁，含义不同罢了。

三哥家的锁虽然挂在门上，但是那把薄薄的一块铜片做成的钥匙就在窗台旁边的石块下面压着。那是一个顶端开了个小叉的金属片。轻轻地插进锁眼，一转，锁便无声地开了。或者，用一根硬一点的木棍也能打开那把锁。那锁只是形象，或者是表面上的意义。

生产队解散后，沙卜台的人家门上便都开始有了锁。但不论是哪家的钥匙，都不会带到身上，在门的附近三五米范围内去找，在石头下、在墙洞里、在鸡窝旁、在闲置的鞋窠里，或者就在锁眼上，轻而易举都可以找得到钥匙。再熟悉一点的人家，相互都知道别人家习惯放钥匙的地方。这种民风，恐怕也只有在沙卜台才会出现了。

吕风来三哥家的古锁让我对他们家产生了极大的兴趣，那锁似乎锁住了一屋子秘密。可是，在沙卜台又能有什么秘密呢？三哥八岁时就和三嫂定了亲，三嫂比他大了七八岁。他八岁时第一次到老丈人家去，就尿了炕。两家相隔了四五十里，这样私密的事都传回了沙卜台，而且一直流传到我的童年里，可见三哥童年时的这个窘事具有多么广的流传性。离开故乡多年后，我问三嫂是怎么嫁给三哥的。那时三哥已经去世几年了，她望了一眼窗外，努力地打捞了下记忆，然后说，是我姥爷同意的。我姥爷说沙卜台就是沟小，可这里人只要勤快，是饿不着的。我结婚前没有来过咱们沟，哪知道这个沟里的活计这样累。三嫂说的是实话，她的娘家住的三官营我去过，那是大凌河南岸的一个蒙古嘎查，沿着河是一溜平地。交通也比沙卜台便利多了。三嫂话锋一转，不过这个沟呀，没坏人没坏事。她的这句话中带着一肚子的知足。

那是我第一次认真地和三嫂聊关于沙卜台，聊她的婚事。可能除了我，沙卜台人再没其他人在她八十六岁的时候和她聊起十几岁时候的她。在她的心中，可能只有婚姻没有爱情。长辈一句话，就让她把一辈子托付给了一个陌生的孩子。然后她带着这个孩子一同向岁月深处走去，走成老人。

吕凤来三哥家的屋子正中，有一个地窖。上面覆着木板，两块木板中间留有一条细缝。每次到他家，我都要绕开那个地窖。因为卫东不止一次在上学路上对我们说，这个地窖里藏了好几条胳膊一样粗的大蛇。小宽家的垃圾都是顺着那条缝扫进了地下，而那些蛇就在张着大嘴等着那些食物。如果我们谁不小心踩进了地窖，然后他就不往下讲，那时听起来就是害怕。长大后我才明白，是卫东的想象力出了问题，他也再编不出谁掉下地窖后的合理剧情。

在我长到九岁那年，三哥家搬到了我家后院，在我二姨家的西面。隔了一年，我家便搬走了，但是再回到沙卜台，去他家玩就方便了许多。

吕凤来家由于孩子众多，日子也是相对贫穷。但我认为他家是沙卜台把日子过得最为精细和有条理的一家。他家确实有许多与众不同的地方。每年过年的时候，三嫂都要换上一条干干净净的门帘。那门帘每年总在那几天出场，所以，好多年过去了，它还是那样崭新。

深蓝色的粗布面上，均匀地印着白花。门帘的上下两边上，对称缝着几枚铜钱。每一次去三哥家，我都装作有事不急着进屋，而用手摸着那道门帘。那种粗布的手感是我从来没有感受过的，粗硬有些板结，布面上飘着一股清淡的味道。那几枚铜钱泛着暗光，手指尖触碰上去，有种冰冷的感觉。在沙卜台，在任何人家的门槛是不可能停留太久的，骑在门槛上是不礼貌的。在放下门帘进屋的一瞬，我总想寻得机会再摸一下铜钱。不用猜，那些铜钱是三嫂精心缝上去的。它悄悄地暗示着这大户人家过往的富贵，也表现着对美好生活的寄托。这样的门帘，只是三哥家中有。而别人家再也没有出现过。

后来，我在许多人家的被垛中，发现过这种布料的被子，但是却没有发现别人家也有一块这样的门帘。一个家庭中的秩序和条理，其实都是由女主人打理的。如果一家有一个像样的女主人，家庭一定是幸福的。再一点点长大时，知道了三哥和三嫂的年龄差之后，我便总在想着三嫂嫁到沙卜台时的样子。她的娘家也是地主，只是一个成分的缘故，只好让她嫁到了沙卜台。可不论沙卜台贫瘠也好，偏僻也好，三嫂还是和三哥在这里起家过起了日子。

沙卜台虽然偏僻，但也还是有亲戚往来的。来了亲戚便要住下一两日，亲戚一来会遇到一种难堪就是缺少被褥。这便要到邻居家里去借。记得非常清晰的是我到三哥家借过两次被子。沙卜台人家，所有的被褥每天都要叠起来，在炕梢摞成一垛。平时用的在上面，不用的放在最下面。可是到三嫂家借被子时，她却是从柜子中掏出两床来的。可见，她借给我家的被子是基本不用的，或者可以说是新的。还是那种蓝底白花的被面，和门帘的布料一模一样。抱起被子在黑夜中往家走时，我把头紧紧地贴在被子上面。那种粗糙感在脸上传递着，而且一股清淡的味道又被冷风吹进了鼻孔。又长大了一些，二姨无意中对我说，三嫂家的被子都是浆洗过的。浆洗被面是把做饭时剩下来的米汤用水稀释后，再去漂洗被面。这样做的目的我不知道，但那种淡淡的米汤味道确实与众不同。别人家洗被面用的是水，三嫂用的是米汤。这样的被面盖在身上时会发硬，讲实话，并不是太舒服。但心里的感觉却是淡然而体面的。不知道我妈每次让我到三嫂家借被子的原因是什么，但我猜测，我妈一定是相信三嫂的慷慨的，也一定知道她过日子的体面。

在我的印象中，三嫂是中国女人勤劳俭朴的代言人。我不曾看到她穿过一件新衣服。而她的腰间却是永远扎了一个裙兜。裙兜就是一个用厚布对着缝起来的袋子，然后扎在腰间。在山上，遇到了药材、山杏、山枣什么的，尽可能摘了放在那里，它就是一个大储物袋。而当大板乡上开始设立集市后，三嫂成为了集市上最为忠实的拥趸。她家菜园里所有最好的蔬菜她都要先拿到集市上去，自己家留着的却是次品。我妈和二姨都曾对我说过，三嫂赶集时，通常不会带钱，只有她卖掉了带去的东西才会买一些油盐酱醋。有时，她的货物可能只有一两斤，但就是这样她也舍不得自己家吃掉。好多回，在集市上，我看到赶集的人们都已经走光了，三嫂还守着她翻山越岭背过的蔬菜等待着顾客。火辣辣的太阳就在头顶烤着，三嫂头上裹着一块头巾，静静地注视着火车站的方向，各样新鲜的蔬菜在她的眼前整齐列着阵，和她一样默默地等待着别人的光临。她不会吆喝，也不会像住集市附近一带的人，扯住问价的人不让走。她只是坚定地等着，因为她相信自家蔬菜的品质，也不会漫天要价。乡上每逢阴历三六九是一个集市。几年下来，赶集的人都认识了这个穿着朴素不声不语的三嫂。直到她八十岁的时候，一年秋天我探亲回家，在集市上还看到过她。三嫂说，赶集不像以前那么勤了，爬不动山了。

三嫂的勤劳沙卜台所有人有目共睹，她几乎从来没有大声说过话，语调一直都是平缓而淡然的，但她的眼中透出的却全是真诚。每一次回到沙卜台，她都要问我“我三姨好不好”，她管我妈叫三姨。她的问候不是寒暄，不是客套，就是问候，就是惦记。

我二姨在世的时候，每年都要摘一些她家房前屋后的山枣

给我留着或邮来。因为她家的那种枣无论是长相还是味道都与众不同，它的味道已经烙在了我的舌尖上。它起到的作用不是满足味蕾，是让远走他乡的我对故乡能有所回忆。这便成了牵挂。而在我二姨去世的第一年，就在我感到我与沙卜台失去了最后的联系时，三嫂竟然托她在北京打工的孙子给我带来了一袋子二姨家的山枣。

那天，三嫂的孙子志国把山枣递给我说他奶奶让带来的。我很是惊讶。当我回家打开袋子后，一眼认出是我吃了多年的那种山枣时，眼泪一下子再也止不住了。沙卜台的一个老太太去世后，又一个更老的老太太竟然用捎来故乡山枣的方式告诉我，我的根还在那里，我出生的那个山沟里还有人在牵挂着我。三嫂比我二姨要大七八岁，这是一个更老的老太太。我想象不出她趴在我二姨家已经荒败的院子里一个个捡起落在地上枣的样子。我只知道，她们都已经不再年轻，不能再爬到树上去摘。只能等枣落在了地上后，去捡。这个状态多像是她们的生命呀。她们只能在一天天等着生命陨落而无法抗争。

清明回家时，我特意去见了三嫂。那个时候，她的腰弯得都要看不到我，但是在炊烟中辨了一会儿，她还是认出了我。我说，我吃到你捎给我的枣了。她说，二婶子（她对我二姨的称呼）在的时候，我俩在一起唠嗑时她说过你就爱吃她家的这种枣。她没了，我寻思着，得给你捡点留着。然后，她沉默了好久，接着说，我二婶子体格也不算差，自从你二姨父没了之后，就我俩说说话。去年她去了你大姐那儿，我怕她哪天回来看到院子里空了，心里不得劲儿，就在她院子里种了小葱，还有其他的，寻思等她回来怎么着也有点吃的。哪知道拉回来就上山了。

三嫂说这些的时候，我转过头盯着前山的枫树。一句话也不敢说，我知道眼泪已经堵满了眼窝。我不知道再回到沙卜台的时候，是不是还可以再见到三嫂。毕竟她已经八十六岁了。就在沉默的空儿，三嫂突然问我，是不是想你二姨了。这是一颗催泪弹呀。我的泪水再也忍不住了。我任其恣意流淌，那个时候，我知道，我就是沙卜台的孩子，是一个一辈子也走不出沙卜台的孩子。

三嫂叹了口气，一天天过吧，小宽和小宽媳妇都对我好，让我搬过去住，可是我这个老院子有猪圈，不能闲着它。三嫂说这些话时，太阳已经转过了西山，沙卜台的天正在一点点暗下来。在这种氛围下，我不由得又一次想到了生命。匆匆告别的时候，三嫂一直送出了屋，然后扶着墙站定了。她招着手说不用惦记。惦记？还能惦记什么呢？她的一辈子就在这个村子里走过去了。她的孙子还在这个村子里生活着，而她的孙子志国是这个村子里年龄最小的一个，他会不会成为沙卜台的坚守者呢？无论怎样，我在内心都是敬佩着三嫂的。她是沙卜台最忙碌的那个女人，是沙卜台最厚道的那个女人，是沙卜台最勤俭的那个女人。

讲了半天三嫂，其实还得说说三哥，三哥虽然不是梧桐树，但还是引来了三嫂。不知是三嫂的勤劳带动了三哥，还是三哥的勤劳培养了三嫂。总之，三哥也是男人中最为厚道和勤劳的。在我的记忆中，不论啥时候见到三哥，他的手里都没缺少过一个筐，春天装的是柴，夏天装的是青草，秋天装的是在地里拾的粮食，冬天用来拾粪。三哥的筐还曾装过好几回蘑菇，是在沟外的杨树林里捡回来的。每次看到他肩上挎着的那个长梁筐，我都有些好奇那里面到底又收获了什么劳动成果。装杨树蘑的那两回真是让我开了眼，我只是在书里听说过蘑菇会长成一片一片的，而还要分有毒没毒。沙卜台的人除了到松树山捡过松蘑和红蘑之外，其他的蘑菇是不敢捡的。而三哥的这种做法，显然让我觉得他很牛气。

在三哥家我看见过一次他吃河套里的鱼。河套里的鱼倒是很多，有六七种淡水鱼吧，除了小孩子偶尔弄几条喂猫以外，那些鱼是没有人吃的[①]。我竟然看到三哥把它端上了桌。三哥的嘴有些宽大，两腮长得要比一般人大一些，他一手拿着饽饽一手拿着炸过的小干鱼吃起来的样子确实很香，但我看见后确实感到怪异。

吕凤来三哥家处处都藏有秘密。他家还是沙卜台第一家养兔子的。不知道养了多少只，也不知道养那些兔子要做什么。每次挪开他家木门一进院，就听见兔子在他家的下屋里来回地突奔，时不时还要蹿到院子里一只。那个屋子我从来没敢进去过，只是看到小宽顺着墙上的洞眼往里面扔草。我一直不太喜欢兔子，可能和另一件事有关。

那年秋天，庄稼已经收割完毕，前山的枫树红得像是着了火。由于雨水早已经停了，河套缺水补充，一个个石坑都变成了死水一潭。那天放学，我独自沿着河套往上沟走，当我走到生产队场院下面那个水坑时，突然看到清澈的坑底有一个怪怪的东西。仔细一看，是一只野兔。野兔怎么会死在了这个水坑里？我找来棍子一扒拉，发现野兔的后腿上拴着一个重重的铁夹子。我把野兔从水里打捞上来，湿漉漉的野兔陈尸于石头之上。我判断不出这只兔子死在坑里多久了，但我知道这一定是

---

① 辽西一带受藏传佛教影响，当地人一般不吃淡水鱼。至今如此。

小宽的战利品。小宽是村子里唯一会下兔套和兔夹子的。有一次他到西山坡下夹子时带了我，他告诉我哪里会有兔子经过，要把夹子放在什么样的地方，他还示范了一下夹子被触碰后的样子。那个铁夹子在沙子里啪的一声突然腾空跳起时，真是把我吓了一跳。小宽说过，夹子埋入沙子中之后，还要用铁链把夹子拴在荆条或是小树上，不然兔子会把夹子带跑。

现在，这只兔子带着夹子跑到了这里，我不知道小宽把夹子埋在了哪儿，但就眼下的地形看，几百米之内也不是他设伏范围。可想而知，那只兔子带着这个沉重的夹子一路是血地跑了好远才一头栽进了这个水坑。这只兔子的死亡经历了双重的痛苦，它被夹住之后，痛不欲生地想要挣脱，然后带着这个三四斤重的镣铐一路狂奔。最后，却落得了一个溺亡的结果。我顺着场院的坡地进了村，一路上我在想着像是孤魂野鬼躺在那块石头上的野兔。天快黑了。我站在小宽家的门外喊他，我告诉他我发现了一个死兔子，快去看看吧。

在我的童年里，我只知道小宽一直在下套子、下夹子，但是我真没有看到过一次他拿着野物回来。只有这一次收获，我还是觉得有一半是我的功劳。

在沙卜台尽管没有看到小宽的猎物，但是他和三哥的头上一到冬天就戴出来的帽子却展示了他们的战果。三哥和小宽戴的是狐狸皮的帽子，金黄的毛被风一吹就会抖出一股山野的味道。我不确定那就是狐狸皮做的，但人人都那么说。而且我半信半疑的原因是，我家前山上，总会出现狐狸。有时，人们正在屋里坐着，不知道哪一家会突然大呼小叫地惊号起来，原来是狐狸又明目张胆地到前山捉鸡来了。前山对面是沙卜台人家居住最集中的地方，前山就像是沙卜台的一个舞台。狐狸到这里来表演捉鸡游戏了，鸡一惊叫就像是报幕一样。可是哪有观众耐心来看这样一出大戏呀？刚一上演，呼叫的声音就此起彼伏开来，通常都是延伸到我家后，由我爸或我妈来进行最后的接力。因为我家是离前山最近的一户，只隔了河套，直线距离也就是二三十米。近得似乎能看见狐狸的耳朵在动。

小宽和三哥的皮帽子是三嫂手工做成的，显得格外地威风，卷起来的时候，他俩的头上像是趴着一只狐狸。放下来后，半张脸被长长的毛盖住了，只露出两只神秘的眼睛。有一次上学，实在有些冷，小宽把皮帽子戴在了我头上，结果，我的小脑壳全装进了帽子里，连路也看不到了。那时，我发现，我和小宽虽然是同一个村子的孩子，但我们不同属于一个年代。

我和小宽年龄差了六岁。他属羊。我二姨总说，属羊的就是操劳的命。当我知道小宽属羊之后，我总觉得他真像是一个羊，他的性格有些温和，总是笑呵呵的，说话也是细声慢语，像极了三嫂说话的风格。

放学回家，我们要一直往东北方向走，背对着太阳，越走天就会越黑。通常是刚刚到大板营时，天就已经暗得差不多了。面对路上那个空荡荡的土沟，每一次我的心里都要升荡起无比的恐惧，我总要怀疑土沟里会蹲着狼，死死地瞪着眼睛等着我。这种恐惧的由来和卫东他们不无关系，很多时候和他们结伴走到那条土沟时，他便会讲起狼的故事。然后，所有的孩子都会解下脖子上的红领巾，用在路边找到的树棍挑起来，伸到身子前面胆战心惊地聚在一起往沟里走。大人们也曾讲过，狼是怕红色和铁的敲打声。因此，当有一次我妈发现我家的猪圈里有了疑似狼粪之后，每次睡觉前她都要我和哥哥站在墙头上，敲上一会儿铁盆。她说这样狼听到了就不敢到家里来了。我站在东墙头上敲打破铁盆的声音一直传向沙卜台的沟里，我那时就在想，家里为什么挨了沟边盖房子呢。在村子中间的人家是不会有这种顾虑的。

孩子们放学一起走时，能够相互壮着胆。而我由于放学迟没有结上伴，还要翻越大板营和沙卜台之间的这座山时，心就会被灰蒙蒙的天包围住。但是没有办法，只能硬着头皮往那条必经的沟里走。爬上那道沟，就是三五片连在一起的土坟了，那些土坟在傍晚的时候没有给我造成过恐惧，但是白天的时候，蹲在坟头上吱吱叫唤的田鼠倒是每一次都让我头皮发麻。如果是一个人路过那条土沟时，我通常是夹起书包快速地下沟上沟，书包中文具盒里尺子和铅笔乱撞发出的哗啦声给我壮着胆，那种噪音充满了空荡荡的沟谷。

很多回，在我爬上土沟的时候，会遇上小宽，他在放学的路上抓蝎子。看到我惊慌失措的样子，他还是不声不语，他的出现会让我停下奔跑的脚步。

一年级下学期的一天，那天当我爬上了大板营和沙卜台中间的那个大坡，走到大拐弯时，太阳已经彻底落山了。不知为什么，我又一次放学归来晚了。大拐弯下面是靰鞡草沟，从这条沟里横着穿过，会节省一点路。我决定从那条沟里穿过。当我下到沟膛时，不知道从哪里传来了几声奇怪的声音，我只能奋力地向坡顶冲去。就在我惊慌失措地要哭出声来时，小宽在坡上面出现了，他向我喊话，没事，我等着你。

那是春天，刚刚脱去穿了一冬的棉衣，等我跑到小宽身边时，汗水已经把衣服粘在身上了。小宽回转身，就在山坡上等着我。抬头看了他一眼，我一头扎进了他的怀里。那个时候我觉得已经把一个追赶我的怪物引到了小宽身边，他已经接管了全部危险，是狼也好，是“老虎妈子”[①]也罢，都和我没关系了。而我在他怀里时，他的两只手正在把野兽用力地推出去。好半天，我才平缓下来我的喘息。直到那个时候，我才发现我把小宽的腰搂得紧紧，头正贴在他的胸口。小宽什么安慰的话也没有说，两只手按在我的肩膀上。我感觉虽然隔着衣服，小宽的腹部却长出一根有力的拇指在我的胸口上一下一下地划着。汗水停下来了，凉冰冰的额头正被晚风吹着。浑身上下也是变得一片冰凉。我抬头看了看小宽，他的眼睛轻轻地闭着，宽长的嘴咧向了两边。鼻孔里发着有些粗重的呼吸。他并没有和我一样急速地奔跑，怎么会是如此呢？我跟在他的身后爬到了坡顶，走到第一松树山顶时，我们便看到了沙卜台星星点点的灯光了。

那种灯光是我一生的温暖，在我后来无数次的回忆中，我的眼前总会出现沙卜台的灯光。在山顶上，看到那些光，便会有依靠感，有向往感。那些光就是家之所在，就是停歇的地方。

和小宽那次相遇之后，我自己回家路上，心中便多了一份从容。好多时候，我总要四处张望他还会在哪个山坡上独自地抓蝎子。他好像也是一个相对孤独的少年，我没有发现他和哪个人是形影不离的朋友。和他年纪相仿的是延军，但延军他俩在一起出现的机会并不多。和他住对门的志明倒是和他一般大小，但志明却一门心思在读书。

春天很快丰满起来了。沙卜台最美丽的季节也随之到来。整个河套两岸，疙瘩柳正在扬出一条条嫩黄的枝条，而沟门口的杨树已经成了一道嫩绿的墙，又把沟门封起来了。

---

① 老虎妈子：辽西民间传说的一种吃人怪兽。

一天放学，由于天色尚早，我决定沿着大凌河南岸的树林回家。沟门外的二河滩上，人们已经在种地了。牛拉的犁杖正在泛着泥土清新的土地上划出一条条垄沟，人们跟在后面撒着种子和肥料。相互之间大声地嘻嘻哈哈地聊着没有主题的话。走到沟门的时候，太阳正在落山。一进沙卜台，西侧的山立即把太阳收走了。

我沿着河套往沙卜台走，就在这时，在一棵柳树后面，露出了小宽笑眯眯的脸。他胳膊里夹了一捆细细的柳条。我突然想起了三哥编筐时的情景。吕凤来三哥每年编筐的时候，小宽就在一边给他递柳条。他先是把柳条上的皮从根部剥开两寸多长，然后用树皮把树枝缠绕起来，接着一只手抓住柳枝根部，另一只手捏住裹在一起的柳皮结，使劲向下一撸，一根雪白的柳枝像是变戏法一样出现在了眼前。原本还是绿绿的柳条，一下子脱去了外衣，变得光溜溜的，柳枝上面还粘着一层淡淡的黏液。而另一只手上的柳树皮却是堆挤成了一朵绿莹莹的花，找出树皮的头儿，轻轻一抖，一根轻软的柳皮像是皮鞭一样垂在了那里。小宽拿的这一大捆柳条一定是要带回家编筐用的。三哥三嫂的勤劳原封不动地遗传给了小宽。

小宽靠在柳树上问我怎么从沟外走回来的。我也不知道是什么原因。我看到他的眼睛里装着许多秘密。我不知道他是在这里等我，还是偶遇。

那年夏天，小宽小学毕业了。他的毕业对于我来说，没有觉得缺少什么。原本他就是一个比我大许多的少年。升入了二年级，在上学的路上，我已经不再害怕。只是偶尔会在路上寻找他的影子。毕竟，他曾经在精神上给了我一种依靠感。后来，再在沙卜台遇到他时，他已经成为了生产队的羊倌。他跟在一大群羊的后面，一声声地吆喝着。声音比上学时大了许多，他成为了一个可以拿到一半工分的劳动力了。有一次，我看到他的怀里抱着一只刚刚出生的羊羔跟在羊群后面。不知道为什么，我竟然有些羡慕那只羊羔。说实话，那个时候我有些怀念小宽曾给予我的拥抱。而我也知道，我们都在沙卜台向着各自的生命生长着，而这种生长会让每一个人渐渐相互远离。劳动会让他更快地成长为田地中的风景，而我会随着学业的增长一点点远离这个村庄。

果然是这样，在沙卜台，我已经很少能再遇到小宽。我随着伙伴们还一起走在上学的路上，他赶着他的羊群变换着山坡。我家搬离沙卜台之前再一次遇到他，是他正在村东头扛着草回来，生产队趁着夏季地里没活儿正在沤肥。

在沙卜台时，小宽是叫我小名的。等我多年之后再遇到他时，他已经开始叫我小叔。我发现我们一下子拉开了好远的距离。而且我相信，他不会再记得沙卜台孩子上学的路上，一个少年和一个儿童曾经在夜幕之下紧紧地拥抱，那个少年给了一个孩子一种无畏的依靠。只有在我长大后想起这件事时，我猛然发现，那个时候，小宽应该是十四五的年龄，正是进入了青春期，正从一个少年向男人过渡。我也才惊异地发觉，在我胸前划动的那根拇指实际正是一个生命的苏醒。

当多年后，小宽的儿子在北京出现在我面前时，我更加惊异于时间流逝得太快。记忆还是那样新鲜，我们的中间却多出了一个二十六七岁的生命。小宽的儿子叫志国，他和三哥长得极像，只是要比三哥小了两号，小宽又是比三哥小一号。志国的身体有些弱，当他出现在我的面前，毫无违和感地叫了一声小爷时，我突然觉得来自故乡的这个少年已经有了不同于他父亲的命运。小宽一辈子都生活在沙卜台，而他的儿子却是背井离乡走出了沙卜台。

志国告诉我，他在厂子里工资待遇不是太好，吃住条件都是一般。他没有要求我为他做什么，可是我却在心中要求自己为他做些什么。沙卜台的人基本不外出打工，只在村子讨生活。正如三嫂说的那样，只要勤快，沙卜台还是能养得起人的。草药、蘑菇、蝎子、山枣等等，山上给人们提供了可供生活的机会，只需要你的付出与努力。志国从沙卜台的离开，不是背弃，而是寻找。但他的回归对于沙卜台来说，却是希望。他是上沟年龄最小的一个。如果他不在沙卜台，村子里就全是老人了。

我一直承认自己是一个愿意操心的人。好多回，我都要想志国的婚事。他就是沙卜台生命的延续，如果他不在那里娶妻生子，沙卜台不会再有新的生命出生了。和我第一次见面，我问起了他的爷爷。在那之前，我已经听说三哥去世好几年了。只是不知道原因。志国讲是癌症，在家挺了没多久。我的心咯噔一声，那么厚道的三哥，也是上山去了。谁也无法挽留生命，当然，叹息也没有用。人活着，就是奔向死亡的。

我是在给二姨上坟的路上遇到小宽媳妇的。她嫁到沙卜台之后，我只依稀记得见过她一面，也不敢太确准她是不是小宽媳妇。整个沟里空荡荡的，玉米秧已经倒伏在地上，红红的枣子一嘟噜一嘟噜地挂在树上。小宽媳妇正在一个人摘枣。她看看走进沟里的我，问了一声是小叔吧。我从这个称呼中迅速判断出她应该是小宽媳妇。她的脸上挂着沙卜台人固有的朴实和安然，她说枣在这一年丰收了，却变成了最不值钱的东西，几毛钱都卖不掉，但还是得往家摘。她的语气里有着许多无奈。不用细打量，就知道她和三嫂一样是一个和气少语的人。我往二姨的坟地走去，这时小宽从山坡上开着三轮车下来了，他没有问我啥时候回来的，直接说，上坟来了，就在那儿。顺着他的手指望去，一座新坟就在地头儿立着。

我给二姨上完坟，从坡上下来后，小宽媳妇还在摘枣。她拿出一个袋子，非要装上一些给我。我推托着不要，我能够感受到她的身上原封不动地带着沙卜台人的真诚。从沟里出来，路过三嫂家的时候，我看到了满墙头都爬着倭瓜。我冲着院子里喊说摘几个瓜。我估计三嫂应该在院里，她耳朵从年轻时就有些聋，应该听不到。没有人吱声，我自己找了三个装上了车。在沙卜台，只要不拿着袋子或是筐，别人家的瓜果梨桃摘上一些吃个新鲜，相互之间是不介意的。但拿别人家东西时，不论有人没人，还是要喊上一声。哪怕主人听不到，其他邻居也会听得到。或者是喊给自己的，等于把这种自行做主的行为变成了公开，这便不是偷了。今天你顺手掐我一把葱叶，明天他拿你两根黄瓜，再是正常不过了。

小宽媳妇是我离开沙卜台多年之后，联系相对多的一个。起源还是那一次回去上坟。也就是那次回到沙卜台，让我更真切地发现了沙卜台是与众不同的存在。世上可能再无沙卜台了。那天，站在我家的老房框边上，我在想着四十多年前的我，还有我在沙卜台的件件往事。就在那天，我决定要为沙卜台写点什么。而在我动笔之后，给我鼓励最大的就是小宽媳妇。走出沙卜台的哥哥总怕我的文字得罪了人，而小宽媳妇则说，就要用真名，即便换了人名，大家也能对得上号。再有，本来就是这个样子嘛。她无比坚定地赞同我的行为。

小宽媳妇是我家搬离多年后才嫁过来的。我家搬走之前，吕凤来三哥家的两个女儿已经长成了大姑娘。忠河、忠江和我大姐，还有淑芹和艳秋常常聚在我二姨家炕上绣花，我觉得那是沙卜台最富有诗意的画面。五个花一般的大姑娘，围在一起，有说有笑准备着自己的嫁妆，谁知道她们心中种上了多少对未来的期许呢。一朵朵富有寓意的图案，被她们一针一线呈现在了白布上。我最愿意做的就是帮她们缠线，收集她们剪掉的绒线头。短短的线头放在小盒子里一滚，就团成了一个圆溜溜的五颜六色的小球。沙卜台姑娘们绣花的方法是堆绣，绣出来的图案会高出布面一层，很有立体感，特别有质感。只是没有南方刺绣的精细，倒是显得大气。

忠河是第一个出嫁的，她嫁到了大凌河对岸的八家子。说不清是什么原因了，有一年我和小宏哥竟然骑自行车去了她家，还在那儿住了一宿。八家子蒙古族人比较多，在沿着大凌河的平地上，不像是沙卜台夹在山沟里。而离她家不远，就是集市，凭这个直觉，我觉得忠河还是找了一个好人家。

忠江长得似乎有些弱，说话的声有些尖。但也是个朴实的姑娘。在她谈恋爱之前，谁也不会想到她会和老林家艳秋嫁给亲哥俩，成为了妯娌。忠江的婚事遭到了三哥三嫂的反对，其实好多人也不太看好。原因有两个吧，一个是村子里的两个姑娘嫁到一家，容易出是非，何况忠江确实有些老实。另一个原因是听说男的身体好像不太好。但是艳秋却想让自己的小叔子早点娶上媳妇，把忠江和他撮合一下也是无可厚非。我对忠江的男人不太熟悉，只知道他是义县人。在辽西，所有人都知道，义县人的精明和口里生花是朝阳人所不能比的。当忠江死心塌地来决定自己的婚姻时，三哥三嫂说的差了辈分这个借口也不是什么借口了。多年以后，忠江在夏天回沙卜台住娘家时，带回来的那个女儿已经会走路了。听着她说着一口义县话，我有一种好失落的感觉。沙卜台的姑娘们一个一个嫁了出去，这五朵金花嫁出去以后，我再也没有看到沙卜台还有谁拿起过绣花针。实际上沙卜台的衰落是从忠河出嫁开始的。

三哥的另一个儿子忠广由于比我大许多，来往自然不多。只记得有一次下雨天，我和他趴在他家炕上看小人书，他略带忧郁地望着前山。那个时候，他已经是二十多岁的小伙子了。

三嫂比三哥大了那么多，一生却是和和睦睦地走了过来。三嫂说，她没有想到三哥会走到她的前面。总说人生无常，但对于沙卜台来说，人生有常。生命的消亡就是常态。每个人都会上山。其实无非是山上山下的区别，而活的和死的并没有离得有多远。

就像三嫂说，有时我一个人时，还和我二婶子在心里说说话。而我二姨生前提起三哥家时就会说，那一家人呀，再没有比他们能干的了。

二姨说的话在三嫂一家人身上准确地印证着。最近一次见到三嫂时，八十六岁的她就说，人不能闲着，得找活儿干，这样日子才有奔头。小宽媳妇在一边静静地看着三嫂说这些。她像是在读一本书。

林木匠家

还有多少传承可以被传承

林木匠家的地势在幼小的我看来确实有些险要。一出门，过了三四米宽的土路，就是直陡的石崖，石崖下面就是河套。那座石崖现在看来不过五六米高，但在我小的时候，每次经过那里，都要靠近林木匠家的院墙行走，不是我怕掉下去，而是村里的周金枝确实掉下去过，摔得头破血流。

不仅仅是沙卜台，所有的村子都是这样，哪一个手艺人一旦以手艺传出了名声，身份会取代他的姓名。我见过林木匠做木匠活儿，但是我却没有记得下他的名字。可能村里也有很多人没有记住他的名字，只是看着家里哪一件老旧的家具时，会说起这是林木匠做的。

当我有记忆的时候，林木匠差不多有七十多岁了，一个矮瘦的老头。他已经不能站在大锯前面开始完成做家具的第一道工序，但是还能抡一抡锛子砍去木头上的木瘤。他抡起锛子向脚下的木瘤砍去时，我是担惊受怕的，锋利的锛子每一下都像是在砍着他的脚，直直地就是瞄着脚。到最后，每一下都是在脚踩的地方刨起一块多余的木头。大大小小的木块在他的脚下飞起，不一会儿，木头会被他锛得相对平整。这种情形看得多了，便不再担心他的脚，他的劳动成为了我眼中的艺术。

木匠家给我印象最深的不是木匠这个男主人，而是他的媳妇。我管木匠媳妇叫二娘。她年轻时的模样我没有见过，但不可否认她是一个非常漂亮的女人。从她年迈时的容颜中，依然可以寻找得到上海滩明星的那种感觉。只不过她嫁到了沙卜台。

她是如何嫁到沙卜台和为什么嫁到沙卜台的，无法可考，但她和木匠的老少配却是带有了神秘色彩。如何相遇，如何结缘，如何婚配，对于我来说更是遥远。我只是听说，有一年木匠生病住院时，木匠媳妇带着他们最小的儿子胜利去护理，医院的人问胜利是不是他的孙子。从这一点来说，木匠和媳妇是有着很大年龄差的。而在那个年龄才娶得上媳妇，说明木匠这个手艺人的家境不会太好。而小了那么多又是那么漂亮的女人能够嫁给他，这里面会有足够多的秘密。这个，不是我们小孩子探讨的范围。

当我们这些孩子能够结伴上山抓蝎子后，我开始识别沙卜台的每一条沟。从村子东头往大沟里走，南侧山脉下面依次分布着一条条山谷，从前山东面的碾盘沟往东过两条沟谷，有一条沟叫木匠沟。最早的时候，我还不知道那条沟为什么会和村里的木匠重名，后来我发现那条远离村庄的山沟里，竟然还能分辨出一座房屋的地基来。那些地基旁边，每年春天都会开出一大丛刺母花来。村里有的人家想养刺母花时，也是到这里来移植。这样看来，这里最早以前还真是有人家生活过的。这里是纯粹的荒野之处。但是这有一处房基，还是让我感觉到了生活的气息。所以，每次到这条沟里时，我都不会感到害怕，而再往东翻一座山梁去看看，我就没生发过那种勇气。

听我爸讲，木匠家确实是从木匠沟里搬出来的。是哪年哪代他也不知道。由此来看，那条沟还真是因为他家而得了名。

木匠沟里有棵桑树，沙卜台由于太小了，好多东西都具有唯一性。例如这棵桑树。仅此一棵，差不多有小孩子的腰那么粗。它是家桑，位于房子的斜后侧，应该是栽上去的。在辽西，桑树是不能栽到房前的。它只能长在房后或是一侧。但这棵桑树是不是栽上的，又不能完全这样判定，因为这棵桑树没有长在沟底相对平缓的地方，却是山坡上。每年春夏之交，我们小孩子都要相约来这里吃上一次桑葚。每年从树发芽开始，我们就在心中悄悄盼着它结果了。它自己在木匠沟里孤独地开着花，结着果，或许正在回忆它和主人在一起的时光。如果再不结出一些桑葚来，恐怕会被人们彻底地遗忘了。

沙卜台的树和人是一样的，不惧怕孤独，安然地生活着。沙卜台的人少，男女老少都有。树少，却不缺少品种，哪怕有一些树仅仅一棵。例如西山后有一棵叫水东果的树，在十里八乡好像仅此一棵。例如下沟曹老大的房后，有一棵一人多粗的拧哨树，十里八乡也好像仅此一棵。例如前山的一大片枫树，在整个辽西这么成片地生长，这么粗大，可能也不会多有。我对沙卜台的记忆，出奇地深刻，可能是由于喜爱那里，也可能是视线里的内容太孤单。贾英莲家门前有村里唯一的柏树，第四松树山有村里唯一的一片苦丁香，我二姨家猪圈旁有棵唯一的苹果梨，菜窖旁有棵唯一的魁梨树。所有这些树上能吃的果实，都成了我一生中停滞在记忆和舌尖上的永恒。

木匠沟的桑树由于没有同伴，授不上粉，每年结出的桑葚也就是一两百个。桑葚又是在分批次地由绿变白，由白变粉，由粉变红，再由红变紫，味道也是由酸到甜的一个过程。所以，我们五六个孩子去一次，摘到的桑葚不会超过三五十个。你给我几粒，我分他几颗，人人还是能尝到味道的。一旦采摘的数超出了我们的预期，还会用手心端回三五个给家里人尝尝。小孩子们没有因为抢夺有限的桑葚而吵过架，和和气气，有尊有让。但也有时，当我们兴致勃勃放下书包赶到木匠沟时，发现桑葚却正在泛青。这种情况还不是最沮丧的，反而是有了希望。失望的是等过了一段时间我们想起这事时，去了一看，果子却已经落在了地上。

从木匠沟的桑树推断，七八十年前，林家就应该落户在了那里。辽西蒙古族人都是沿河而居，都是在水草丰茂之地生活，而在沙卜台的大沟里，生活了这么一户人家，他们应该是闯关东来到这里的。

我的家乡历史上是卓索图盟东土默特旗，是成吉思汗的黄金家族的一支东迁到这里以后，蒙古族人才在这里定居的。而到了清代乾隆年间，陆续有山东人和河北人闯关东来到了辽西。上个世纪三四十年代，闯关东的人家更多了起来。朝阳地区的蒙古族人和汉族人的比例开始出现了改变。木匠家的祖上应该是这种情况。

木匠家有四个儿子一个女儿。等我记事的时候，他家的姑娘小云已经出嫁了。听说嫁的地方离县城不远，尽管离县城还有一段距离，但我觉得她已经嫁到了县里。由于我爸在县郊的火车站上班，我二大爷也在矿上，我还有一个大姨在县郊，我六岁以后每年还曾有机会到县里去一趟，而其他孩子却几乎从来没有走出过我们的大板乡。每一次坐着小火车从火车站往县城里去的时候，趴在车窗上看着郊区的那些房屋，我一直在想哪一家是小云姐家呢。小云姐家的孩子比我们小五六岁，每年她回娘家带回来时，那个孩子都成了新鲜景。他四五岁敢拿白酒杯，和哪一个舅舅都敢吵。这对于沙卜台的孩子来讲，都是不可思议的。沙卜台的姑娘没有一个在本村里找婆家的，全是天南地北地嫁了出去。她们嫁出去之后，都是拼了命地要把自己的兄弟姐妹往外拉扯。小云也是这样，我当兵以后，听说她的三弟和四弟都是在她家附近安了家。

木匠家给我印象最深的是木匠媳妇。上初中后，我在鲁迅的小说中读到了“豆腐西施”这个形象：凸颧骨、薄嘴唇，五十岁上下的女人，两手搭在髀间，张着两脚，像一个细脚伶仃的圆规。读到这里，我心中猛地一动，这哪是杨二嫂的形象，这个人分明就是木匠媳妇！整堂课上，老师在台上讲，而我的眼前却是出现着木匠媳妇。

我在口口声声地叫着木匠媳妇并不是不敬的。她给我的印象是从坏转好的，我写到这里没有扯上一条亲情线的原因是在努力并克制地来记录她。她最早给我印象之所以不好，是因为她是沙卜台唯一和我爸高着嗓子开玩笑的人。每次我爸下班在沙卜台干活时，她都会扯着嗓子“大耳朵”“大耳朵”地喊我爸。要是我爸没有及时应对她，她还会在“大耳朵”前面加上姓，这个指向更具体了，躲都躲不过。尤其是她的声音满沙卜台都听得到的。每当听到她这样喊时，我都心惊肉跳的。

孩子们生气干仗时，会相互称呼对方父亲的外号。吵架时卫东也管我爸叫大耳朵，我管他爸叫林弯悠。可是现在木匠媳妇这样称呼我爸，我却只能生气而没有一个对等的词来回应她。以至有两次，我张口骂了她。我爸生了气，转过身来训斥我。她却像是看热闹一样，一点也不生气，还劝我爸别和孩子生气。她笑得眼睛整个眯没了，细长细长，她的嘴也是，细长细长的。

为了叙述方便，我还是决定不再用木匠媳妇这个称呼来讲述这个女人。我管她叫二娘。小的时候，是见了面不得不叫，搬家之后，再叫她二娘时，却觉得有很多亲切感。

我家在沙卜台时，只有木匠家栽了几棵葡萄树。不管我反感不反感二娘和我爸开玩笑，她家的葡萄对我还是有吸引力的。只要是葡萄熟了，走过她家门口时，脚步总会不由自主地放慢下来。万一错过了二娘怎么办呀。心里一直希望她见到我。好几回，我妈或是我爸带我经过她家门口时，她都喊我们坐下来，然后她剪下来一小串葡萄对我爸妈说“给孩子吃”。她确实慷慨不起来给所有的人吃，只有两棵树，结的葡萄也不多。只能给到小孩子。我对葡萄最早的记忆就是从她家开始的。那种葡萄即便是熟了，也是青绿色的，粒不太大，但是很甜。我不知道是什么品种。它给了我对葡萄最初的印象，所以当我后来看到紫葡萄时，我还在怀疑葡萄怎么会是这种颜色。尤其是现在我看到颗粒极大的葡萄时，总觉得那不是葡萄，而是现代人们生产出来的怪物。

我爸坐在二娘家门口聊天，我吃着葡萄，看着他的耳朵。那是我第一次发现我爸的耳朵确实够大，也薄。太阳照到时，我甚至能看到他耳朵里青黑色的毛细血管织成的一张网。只要葡萄够甜，我已经管不到二娘如何称呼我爸了。再是后来，有一次二娘又站在菜园子冲我爸喊：“大耳朵哎——”我想的下一句就是“吃葡萄了”。

我家搬走后，再回到沙卜台，木匠已经去世了，只有二娘一个人住了。每到晚上，我们都跑到她家去看电视。她家的窗户是老式的，上下可以分开的。上半扇用折页固定在上边框上，透气时抬上去，用钩子钩住。下半扇是插在窗框上的。我们村的房子建造时都是就地取材。窗台是用长长厚厚的三四米长的

青石板做成的。而这种窗户样式，又是受了蒙古文化的影响。窗户能够这样便于拆卸是为了人死了时能够方便从窗户抬出。在卓索图盟、昭乌达盟（今赤峰地区）和哲里木盟（今通辽地区）部分地区，定居的蒙古人没了时要从窗户抬出，不能从活人出入的门里抬出。

夏天在二娘家看电视时，窗户都卸掉了，我们就坐在或趴在光溜溜的石窗台上。我记得到她家看电视，我们这些小孩全是从窗户直接往里爬，从来没从她家外屋进去过。她不在意这些，当然也不会生气。那个时候，她已是一个老态龙钟的老太太了。但她笑起来还是那么爽朗。她家的房子是沙卜台最老的，夏天的夜晚，各种虫子沿着窗台出出入入。那天我正趴在窗台上看电视，突然觉得肚皮火烧火燎地疼。我只能用尖叫来缓解疼痛，盘着腿的二娘把身子一伸，再一伸胳膊把炕头的灯绳抓在了手里，一把把灯打亮了。小宏拿着手电向窗台上一照，一只公蝎子正在快速地逃窜。知道我是被蝎子蜇了，二娘也放下心了。然后她哈哈哈地笑了起来，盘着腿笑，身子都伏在了炕上。然后吓唬我，别喊妈。

不是二娘不关心我，人被蝎子蜇后，没有其他更好的办法，就是疼，也死不了人，只能等过上一个小时半个小时疼痛自然消失。这个疼痛的过程千万别喊妈。传说蝎子幼仔一边长大，一边要吃掉母蝎子。等它们长大了，就没有妈了。所以，被蝎子蜇后越是喊妈越会疼。二娘笑得都要忘了看电视，她说我，让你不穿背心。我们都十二三岁了，就光着膀子坐在二娘家的窗台上看电视，从来没觉得避讳什么，我们在她身边就是孩子。她说这话时，我也在看她，她也没穿背心。她背上的每一根肋条都清晰可见，她的身上没有一层肉，松弛的皮肤薄薄地覆在骨头上面，像两块拼在一起的搓衣板。她的两个乳房像是长长的布口袋在胸前垂着，更像是秋天挂在架子上干瘪的丝瓜。

二娘是哪年去世的我不知道，只是回到沙卜台时，听说她也上山了。我隐约记得木匠大爷埋在了西山后，按着风俗二娘也是到那里去和他会合了。只是近年有一次回老家，听别人说政府在沙卜台的山上搞绿化，有一台推土机没看清山上有坟，竟然挖了林家的祖坟，不知道山上的二娘受没受到惊吓，或者是影响没影响到她的安眠。

说起来这件事，推土机手绝不会是故意的。我走过全国大部分地区，好多地方的丧葬和墓地让我看了颇为吃惊。他们的丧葬极为奢华，墓地用石头或水泥做成，雕梁画栋。有的墓地造价不会少于几十万。而在辽西，人没了会在最短的时间下葬，只是做一个小棺材，或者就是把骨灰盒拿回坟地直接埋了。近一些的亲朋好友送一下，回来吃一顿喝几杯，从此这个人便归于山野了。只有每年清明，自己家的人象征性地填上几锹土。再是过了几十年，有的坟就成了一个可有可无的小土包。有时，在山上走着走着，会发现已经不小心踩在了一座坟上。有的人家在土坟前立一块碑，有的人家连碑也不立。没有三七、七七、一周年、三周年的纪念，活着的人只是在好好地活着，活给死去的人们。

哪一个人找不到自己家的坟呢，立碑只是给外人看的吧。坟主人的灵魂不是凝在碑文上的那几行没有生机的字。我希望沙卜台每一个和我一同生活过的亡人，都在我的这本书中出现。我或多或少地为他们做一些记录，这是对他们过往最好的思念与纪念。我不知道中国的作家除了我之外，还有没有人下这样的笨功夫，把儿时村子里共同生活过的每一个人都或多或少地记录出来。我这记录没有选择的余地，因为我们八十一个人组成了一个共同的沙卜台。

二娘家的菜园子在前山下面，隔河对着我家。她家菜园子的那口半拉井旁长着沙卜台唯一的一丛狗尾巴花。紫色的狗尾巴花像是一条条细长的虫子，上面的花粉像是熏上去的一层烟雾。那年，二娘摘了一大把狗尾巴花从菜园子下来，我正在泉子边玩水。从山坡上下来的她走路缓缓地，紫色的花在她的手中摇曳着。她踏着石板过到河对面时，冲我招招手，把一把花递给我，她挎着篮子回家了。她消瘦的双肩，还有细长的两条腿、细长的眼睛、细长的嘴巴全印在了我的脑袋里。那是我第一次静静地观察她。河水哗哗地流着，阳光照在水面上一闪一闪的。二娘走过石碾后，只露出头，身子被枣刺墙挡住了，我就看见墙上面有个黑黑的发髻在动，后来就一点都看不见了。所以，在读到杨二嫂这个人物时，我一下子想到的就是二娘。杨二嫂叫豆腐西施，所以二娘在我的文学作品中出现时，我随着沙卜台人一样，叫了她木匠媳妇。这个称呼只是一个符号，而不是不敬。

如果哪个有意思的人拿了这本书，到沙卜台按书寻人一家一家去找时，他找的应该是“木匠媳妇”，而不是“二娘”。二娘这个称呼是属于我的，而不属于读者。

木匠家有四个儿子。本来姓林，给孩子起名又叫了大林、二林，名字和姓重复着，也挺有意思。老三的小名叫什么一直没有搞清，沙卜台人管他叫胖三，原因是林万有的三弟林万生和他年龄相仿，人却比较瘦，叫了瘦三。为了方便两个林三的区别，人们只好用了胖和瘦给他俩冠名。老四叫胜利，这个名字有些意味深长了。老夫少妻一口气生了五个孩子，终于生不动了，打完了这场生育大战，有儿有女，以胜利告终。

二林继承了木匠的手艺，成了第二代木匠。沙卜台的人不再叫他二林，给了他一个新的称呼叫“二木匠”，村里人给他的这个称呼还是准确的。这个“二”字包含了“第二个”和“二代”两个意思。哪一家的家具是林二哥的作品我不晓得，但他耳朵上别上一支铅笔的样子还是很像一个成熟的手艺人。二木匠是沙卜台最精明的年轻人，他的眼睛最灵动，长相标致而带着一股英气。他娶媳妇时，我正好回沙卜台。那天去闹洞房时，我看到新娘子满脸的幸福，显然是对新郎很满意。再是后来，他家生了一个男孩，叫林森。看来，他家对“木”确实情有独钟。不知道林森会不会木匠手艺，毕竟他家是祖传下来的。现代的工艺让传统上的木匠已经消失了，机械化的操作省力又标准，但恰恰是发展太快，让过去手工制作的家具显得更加珍贵。

林二哥刚当上木匠时，哪一家要是打门窗和家具，要做的第一道工序是把粗大的木头竖起来，固定好，在木头的横切面上用墨盒打出均匀的线来，然后用宽大的板锯开始破板。两个人一上一下，上面的人要踩到凳子上，下面这个人通常要坐在地上。辽西地区流行的儿歌“拉大锯，扯大锯”说的就是这种场面。破木板是手艺活儿，也是力气活儿。说是手艺活儿的原因是拉锯的过程要不停地观察着锯的走向，是不是锯走偏了，那样出来的木板会不平，有薄有厚，再有，锯走偏了会夹锯，拉起来很费力。说是体力活儿就更有说服力了，一根粗大的圆木，要想破成一块块木板，要吱吱呀呀拉上三两天才能完成。只有板子破成了，才能再根据需要进行下一道工序。其实，当个木匠学徒，都是从破木板开始的。长期的一拉一扯之中，人的性格就一点点磨成了。这个需要耐性，但是林二哥在我的印象中，脾气却是有些急，也可能是有手艺的缘故，他有着别人身上不具备的傲气。

大林在沙卜台出现时，让我感受到了世界之大。他穿了一身军装出现在了村子里，他在一个部队当了多年兵之后退伍回来了。我们一群小伙伴围着他听他讲如何开坦克，如何射击。他指着窗外沙卜台的山说，坦克能爬得上那道坡。他讲得神乎其神，在他的描述中，沙卜台所有的山坦克都能开得上去，他在那儿讲的时候，我却觉得坦克要翻下山了。他在哪里当兵我不知道，但他却是我见到的第一个实实在在穿着军装的人。他的眉宇间透着在外面世界凝下来的成熟。没多久，他娶回了大杠沟的姑娘武全珍。

武全珍的后背上垂着两条又粗又长的辫子。那两条长至腰间的辫子让我忽略了她的长相。只要别人提到她时，我的眼前就会晃荡着那两条辫子。我觉得漂亮的女人应该长着她那样的辫子，甚至沙卜台再娶女人时，我都把辫子当成了衡量的标准。小时候，我曾公开地讲过，武全珍是最漂亮的。其实说的还是那两条辫子。武全珍先是为大林生下了一个姑娘，不几年，她又为沙卜台生下了一对双胞胎女儿。这也是不小的新闻了，在沙卜台的历史上，还没有出现过双胞胎，武全珍填补了这项空白。那个时候计划生育抓得比较紧，她在第二个合理的指标上多生了一个，显然也是一种偏得。看来大林在部队上还是没有白待，射击科目练习得还是不错，无论是精度射击还是点射，都算是一个优秀射手了。在全村六七个年龄相仿的男人中，只有他是有三个孩子的。从此之后，沙卜台每一家都没有超越过他。

胖三是村子里唯一让我觉得有些凶的人。所以，每次见到他我都要躲得远一些。他胖嘟嘟的脸上有着一股霸气。他和胜利一起拴了一辆马车拉脚。每当看到他挥着丈把长的鞭子喝骂他的牲口时，都会让我感到凶气袭袭。后来，他在村子里出现得少了，据说是小云在城里给他找了工作，他也便在那里安了家。

胜利长得和胖三截然不同。他白净得似乎有些不像男人，眉清目秀这个成语好像就是为了形容他的长相而产生的。但他也有勇猛的时候，有一年他在我家前面的那个大坑子洗澡时，竟然玩起了悬崖跳水，结果摔了腿。从此，大人们警告我们在高处往水坑里跳时，总要拿胜利血的教训来说事。看来胜利也有不胜利的时候。

胜利在家里安了一个广播喇叭，喇叭挂在了窗外。每到固定的时候他都要放出歌曲来。有时，我赶着羊群从南山顶上刚出现，就听到蒋大为在他的喇叭里猛然唱起了《牡丹之歌》。胜利喇叭的声音覆盖住了沙卜台所有的山坡和沟谷，让我感到处处都生机盎然。可是这样的日子不多，只持续了一年左右。后来，他在村子里一点点见得少了。我们几个小伙伴跑到他家看电视时，只在二娘坐在炕头等着我们。连他也不在家了，不知道在外面做什么事。

胖三和胜利没有留在沙卜台，他们相继出去讨生活了。这一户人家用木匠这种身份定位了自己的存在，但传到第二代时这门手艺便断了下去。

如今，传承确实是个问题。但不论老木匠上山多少年了，也不论二林放下斧头、锯等木工工具多少年了，至少别人还在称呼他为二木匠，从这个称呼上来看，他至少曾经还是努力地要传承些什么。

只是，时代真的变了。二木匠最后成为了沙卜台的羊倌，他赶着他的羊群漫山坡地转。他赶着羊群转的时候，沙卜台已经没有了响彻山谷的喇叭声，他家的老房子早塌掉了，听说，胜利几年前在一场车祸中去世了。

王为民家

人生还有什么苦难不可以扛住

林木匠家的东院是王为民家。我管王为民叫二大爷，沙卜台的人说到他时，叫的是王民。简化掉了一个“为”字。

在沙卜台，除了二姨家以外，王民家是和我家关联最多的一家。在我懂事之后，我就发现王民总是要到我家来串门。他说话有些结巴，坐在炕头没完没了地唠。他走路有些瘸，但不太严重。起先我还不知道他一次次来我家的目的，后来，我爸妈开始往我二姑家跑，最后，把我二表姐淑兰介绍给了王民家的老疙瘩[①]王福玉，到那时我才知道，他到我家是在托我妈给他的儿子说媒。

能够把我二姐介绍给王福玉，我在心里是非常高兴的。那个老实的青年不多言多语，极其稳重。他是大队的民兵排长，偶尔会把民兵连的步枪背回家里，甚是威风。王福玉最为让我感到神秘的是，他竟然会拉二胡，会吹口琴，有一次我看到他不知从哪里弄来一个张着大嘴的东西。他坐下来，把嘴对着那个东西的细孔吱吱呀呀地吹了起来。后来我才知道那个东西叫喇叭。可是那个喇叭的声音听起来像是呜咽。有时傍晚时分，

---

① 老疙瘩：指最小的儿子。

他还会坐在他家的墙头上拉二胡。天色晚了，看不到人，只能听到悠悠扬扬的二胡声中带着点点悲戚。王福玉是我人生中遇到的第一个文艺青年。只是那个时候我还不知道这个词。他让我知道了什么叫做音乐。有时，他也会吹口琴。我在内心里喜欢他，他和我二姐结婚后，我去他家的机会更多了。他的二胡就挂在镜子旁边，有时我趴在柜盖上端详他的那把琴，但从来不敢去摸，蒙住琴箱的那块蛤蟆皮粗糙瘆人。但是那把口琴，我可以随时拿起来吹一些声音出来，他看看我，伸手要回去，然后像是啃玉米棒子一样，在唇边来回蹭着，一些动听的曲子便从他的手指缝里跑了出来。

二姐结婚时，我大姑来到了我家。那是我第一次见到大姑。大姑是裹了脚的老太太，在我二姐结婚的前一天晚上，她一句句教我如何向二姐夫讨要喜糖。她教了我一首道喜的顺口溜："东墙一朵花，西墙一朵花，今年你们俩，来年你们仨。"这首道喜歌不知道大姑从哪里学来的，但是说起来确实朗朗上口，一学就会。在所有闹洞房的小孩中，只有我会说，我的表现显然和大家不一样了。新娘子是我亲表姐，我闹的当然是姐夫了。而别人闹的则是新娘子。长大了，想一想这首道喜歌中，其实是装进了长辈们的许多祝福的，只不过是借着我们小孩子的嘴说了出去。

在淑兰二姐嫁给王福玉之前，我管他叫三哥，对二姐却不了解，当她成为了沙卜台一员后，我迅速地喜欢上了这个表姐，我总跑到她家去吃饭。二姐勤劳能干，只是没有读过什么书。王福玉对她也是好，两人没有闹过什么矛盾。

王福玉不和二姐闹矛盾，不等于他的家就是和谐的。王民的脾气在全沙卜台都是出了名的，谁也不能欺负他，尽管结巴，

但他长了三寸不烂之舌。村里的大事小事，别人解决不了的，他一出头，全能摆平。他说事愿意讲理，没理的事他也能讲出三分理来。他是最能纷争的一个人。

长大后，每当我遇到什么挫折时，总会想到王民这个人。我分析过他性格形成的原因。王民的父亲去世早，是他母亲带着他们哥两个长大的。他家不是地主，但是全村最气派的两座大房子属于王为民和他哥哥王为新。全村只有那两座大房子是捶了顶的，别的人家都是泥抹的屋顶。阳光一照蓝瓦瓦地显眼。王为民和王为新哥两个加一起生了七个儿子一个姑娘，眼见着成了村里最大的户。

从我记事起，我就知道王民家的事。他的老婆死在了手术台上，据说打开腹腔时，肠子已经烂掉了。她是哪一年去世的我不知道，但是王民的三个儿子和一个姑娘自小没妈我知道，我也很心疼王福玉。喜欢淑兰二姐嫁给他可能和这个也有关。

王为民在最年轻的时候出去当过兵。本来抓壮丁看中的是王为新，可是王为民说他大哥太老实了，出去怕受委屈，他主动替哥哥当了兵。当的应该是国民党的兵吧，因为王民从来不把自己当兵的事当成谈资。年轻时在军营历练过，对他不服输的性格形成是有所帮助的。

再在养儿育女的过程中，遇到了中年丧妻这事，为了孩子不受欺负，他既当爹又当妈地护着孩子们，让他的性格逐渐变成了争强好胜。

王民的妈一直跟着他过，能帮着他把孩子们拉扯大了。王民的大儿子王福有在外地当兵，退伍后直接留在了天津。有一年，他们一家从天津回来探亲了，简直成了沙卜台的一件大事。谁家也没有在大城市的亲戚，王福有的到来带回了城市的气息。

他有一儿一女，姑娘大一些，叫小英，皮肤白得吓人，像是一个洋娃娃，听着她说着怪里怪气的话，想亲近都不敢。她非要跟着我们到河套去玩水时，那个小心翼翼的样子真是弱不禁风。儿子叫小明，由于小，倒是没有更多的印象。有一个儿子在外地当兵，然后成功留在了大城市，王民有他骄傲的资本。

我家和王民家的另一种关系是，通过我妈做媒，他的二儿子王福来娶了我妈娘家的一个表侄女白淑芝。所以，王民的二儿子我也叫二姐夫。同样，我对这个表姐夫也是喜欢至极。他是我们大队上的拖拉机手，每当他开着拖拉机回到沙卜台时，小孩子会围着那个大怪物看新鲜。曾经有一次，王福来二姐夫翻地的时候，他让我坐在副驾驶位置上，他表情端庄地盯着前面的土地认真地翻耕。黑湿的泥土在他的身后翻成泥浪，铁铧勾过的泥块光滑锃亮，在太阳的照射下发着白闪闪的光。那年是秋天，那片地是温家梁，后来我上学后，每当走过那片地时，福来二姐夫带着我耕地那种自豪感还能升在心头。

王福来可以说是沙卜台最优秀的青年。他长得端庄和顺，眼睛里始终带着笑意，任何一个人从来没有见他和谁生过气，或者听他大声吵过什么，不论你说什么，他就是专注地听着。他的脸庞白里透着粉色，有时我都觉得他倒像是个害羞的姑娘。他不吸烟，不喝酒，如果不是如此优秀，大队不可能选中他当拖拉机手。他不仅能开车，还会修车，真是一个心灵手巧的人。我猜测，把淑芝二姐介绍给王福来可能是我妈先提出来的。这么好的青年我妈不会轻易错过的，因为淑芝二姐自小没爸，也是一个苦孩子。我妈这个当表姑的得帮她选好人家。

不论福来二姐夫有多么优秀，淑芝二姐也是配得上他的。淑芝二姐和我妈一样，是个民办教师，这在沙卜台是具备一定地位的。二姐也是蒙古族。在我们那儿，蒙古族这个标签对于姑娘来说，就是品质的免检证。乡里只要评孝敬老人的儿媳妇，差不多都是蒙古族女人被评上。可是，淑芝二姐没有和婆婆见过面，公公又是一个过于强势的人。

王民过日子太过于要强，谁在他的眼里都会有毛病。虽然他的话说过就完事，但是他看到了就要说。因此，他和淑芝二姐也没少争吵。有一年，沙卜台连着下了非常多的雨，雨过之后，几个松树山上疯了一样长出了许多松蘑。淑芝二姐那时已经生下了第一个女儿小凤，但是王民却问她为啥不抓紧去捡蘑菇。他站在房顶一边翻晒地瓜干一边骂骂咧咧，简直像是一个疯子。

当淑芝二姐和王福来的第二个女儿小靓降生后，矛盾好像已经不能再掩盖了。那时，淑芝二姐是沙卜台第一个连着生了两个女儿而没有生儿子的女人。听说是在一次吃饭的时候，忍不住讥骂的二姐忍无可忍地顶了几句，王民说不过她竟然动了手，情急之下二姐将一只铝勺扣在了王民的头上，听说勺子把都歪了。能把一个通情达理的蒙古族儿媳妇气成这样，谁知道王民那天有多过分。我妈作为娘家人，又是婚姻介绍人，只好出面去摆事。恰好是下乡知青返城了，青年点空出了房子，王福来和淑芝二姐在那里买了三间，分家另过了。离得远了，淑芝二姐的日子安生了下来。

可是当淑兰二姐走进这个家后，王民又找到了战争的对手。好几回，淑兰二姐一边在灶上灶下忙乎着做午饭，还要一边向我发牢骚。灶上升腾着白花花的水蒸气，灶下柴火吐着火舌。二姐就在烟雾之中忙着，我觉得她真是劳累。可即便这样照顾一家人，她还是得不到王民的认可。

我对王民不太满意，但又不能说什么。我的两个姐夫倒是表现得非常好，无论他爸和媳妇如何争吵，他们都是尽力回避而不站在任何一方。可能他们在长大的过程中，太了解王民的性格和脾气。通常吵架的时候，出来制止的是王民的妈，还有他的女儿淑芹。

我管王民的妈叫大奶，那个老太太是村里最年长的老人，慈眉善目。淑芹性格和她的两个哥哥很像，也很温顺的。这一老一少两个女人听惯了王民对生活不满的发泄。

我二姑生有六个儿子三个姑娘。淑兰二姐处在中间，兄弟姐妹众多，在娘家当然不会太吃香，这便也造就了她的要强。王福玉对二姐也是非常好，没有和她吵过架。自从他们成为一家人之后，王福玉成为了村里我最为喜欢的人。沙卜台年轻人的成长最旺盛时期就是王福玉他们那一代。前后两年，大林、林万忠、大力、二力、柏山和王福玉他们都结了婚，一个又一个姑娘嫁到了沙卜台。

他们结完婚便是开始生育。我最早见到的孕妇是白淑芝二姐。有一次她和我妈到乡上去赶集，顺路到一个赤脚医生家做检查。淑芝二姐躺在那个医生家的炕上，那个女人用手指在二姐圆滚滚的肚皮上摸来摸去。那个时候我也就四五岁，二姐肚子里怀着的应该是小靓。再后来，我就是看到淑兰二姐的怀孕。我发现她走路开始拖拖拉拉，后来连裤带系得也不是很紧，肚子圆得吓人。每一次看到她弯身做饭，我都怕她挤到肚子里的胎儿。

在我八虚岁那年端午前后，我妈吃过晚饭就往王民家跑，她对我说淑兰二姐可能当天要生了。我站在家门口，一直望着王民家的院子里。天一点点黑下来了，王民和王福玉在房山墙东头烧着热水，火光把他家东山墙照得明晃晃的。我甚至都能看到画在墙上的紫黑色的装饰花边。

林万有的声音从王民家的屋里传出来，他叮嘱二姐不要紧张。夜色彻底把我笼住时，我身上溢出了一种说不出来的幸福感。我的表姐要生孩子了，她要当妈妈了。我好急切地等着，那时村里的各种树木正在旺盛地生长着绿叶。

不知道具体什么时间了，我听到王民家的院子里一片慌乱，接着听到有人喊拿热水来，然后听到一个婴儿大声号哭的声音传了出来。我在心里长长出了口气。婴儿的哭啼还在继续，响亮而清脆，一直往观山沟里钻。沙卜台后来生了许多孩子，在我看来都是悄无声息的，只有淑兰二姐生孩子时，我站在王为新家门前的杏树下，关注和等待着。

二姐生下的是男孩，起名叫小永，虎头虎脑的。从能把他抱起来开始，他几乎成了我放学之后最喜欢的一个玩具。只要写完作业，我就会跑到二姐家帮她哄小永。

没过多久，淑兰二姐就去参加生产队的劳动了。带小永成为了大奶的工作，结果，王民人生中的第二个悲剧由此发生。

大奶是裹脚女人，带小永不太方便。一次她在窗台下带小永，小永要爬下台阶，大奶伸手一够，摔到了一米多深的台阶下面。大奶不能再带小永了，她在炕头上坐着，她的左胳膊青肿得比我的腿还粗，皮肤被紫色的淤血撑得锃亮锃亮的。她的胳膊应该是摔断了。要是一个年轻人摔了那么一跤都不好说，八十岁的老太太一头扎了下去，后果可想而知。大奶就是这样消瘦下去，没多久，她便去世了。隐约记得她是八十一岁。

大奶去世给我印象深刻至极。她的大儿媳妇是她娘家的侄女，她的七个孙子已经有六个娶了媳妇，除了王福有媳妇在天津以外，在村子里的就有五个，加上淑芹这个一手带大的孙女，还有大孙子王福盛家的重孙女水灵，哭灵的阵容相当庞大。那是我第一次看到女人们哭灵，十几个女人悲戚的声音合在一起，就是一场大合唱。她们的哭词不同，但心情是一样的。大奶是沙卜台人人敬重的老人，对每一个人都是那样厚道。大奶一没，沙卜台的女人都要过来送行，王家的女人们一哭，把所有人的泪水全带出来了。只有她的去世，才把村里的女人这样集合起来哭上一场。

女人们在王民家院子里哭的时候，我就站在等待小永出生的那棵杏树下。她们一哭，我就在这面哭，一是我真的想大奶，二是我被王家女人们的哭声感染了。在我三岁的时候，我二姨给我讲电影《卖花姑娘》，我被感动得大哭过。还有一次是我家的母猫刚生下小猫没几天，误吃了老鼠药死掉后，小猫没奶吃一只一只饿死，我和我妈我哥埋小猫时伤心地哭过。印象再深的就是这次了。我在家门口那棵杏树下哭得忘了回家。我妈来找我，她拉着我说，二小，别哭了，我知道你想你大奶，可是人没了就没了。说着说着，我妈的声音也哽咽了。

长大后，我一次又一次想起大奶去世那天的情景，我总在想淑芝二姐那天会是什么样子。那些呼天抢地带有诉说的声音里应该没有淑芝二姐，她是蒙古族女人，她不会像汉人一样哭出声来，应该是就在一旁紧紧地咬着嘴，让眼泪默默地淌着。大奶在时，王民欺负到家里哪个儿媳，大奶还能站出来制止儿子，可是现在大奶没了，王民在家里就成了权威的存在。

大奶去世时，我以一个孩子的目光第一次看到了汉人葬礼的全过程。在下河套的三岔路口，由林向荣指挥王为新给大奶指一条到达西天的路。王为新站在一个凳子上，手中拿着一根棍子，直直地指向我们上学的那条路。河套边上放着一匹纸做的马，雪白雪白的。林向荣说一句，王为新学一句。意思就是让大奶慢慢往西走，别找错了路什么的。王为新就那样学着，学着学着，他哽咽住嗓子，一下子从凳子上折了下来。人们七手八脚地把他扶了起来。虽然我年龄尚小，但那次我含泪看完了这样的一个过程。我能够感受到一个儿子对妈妈真心实意的想念，感受到了世上母子之间的真情。在大奶去世这件事上，我对自己有了一个判断。我不是一个理智的人，情商却是极高。

大奶埋在了沟里的四田地，打开王民他爸的坟，我才又知道了另外一件事，那个坟里不仅有王民的爸，还有另一个女人，也就是说王民的爸以前还曾娶过一个女人。这里面的故事我就不知道了。只是我记住了一个风俗，一个男人若是和两个女人合葬在一起，并不是男人一侧埋上一个女人，而是在右侧，女人按着嫁给他的先后顺序依次埋上。后来，有一年我们在四田地下面水坑洗澡时，我总要看大奶的坟，愣神在想，她直到死了，离她的男人中间咋还隔了一个女人呢。大奶就像是一棵树，枝繁叶茂地给沙卜台繁衍了一大堆子孙。她是沙卜台唯一活着时当上太奶的人。

大奶去世后，淑兰二姐和王民东西屋住着，还在一起劳动，还在一起吃饭。只是吵架的时候会更多。其中有一次是由我引起。淑兰二姐种了一些西红柿，她告诉我说，你自己去摘着吃。但是她忘了告诉我有几个是留下来当种子的。结果我就把最大最红的那几个摘了下来。王民因此和淑兰二姐大吵了起来。他埋怨二姐不会过日子，还批评她随意让我去摘柿子。淑兰二姐当然不愿意王民当着我的面这样说话，她确实太没有面子。淑兰二姐说，我弟弟小，不知道是柿子种，摘就摘了，其他的再留几个标上记号不就完了么，至于这么吵么？但是王民还是结结巴巴地说个没完。我听见二姐手中的铁铲在锅中划拉得刺耳，真怕她也会像淑芝二姐一样把铲子抡到王民的头上去。后来，王福玉二姐夫回来了，二姐把饭菜端上了桌。饭菜压住了所有人的火气，但我能感受得到那天气氛的压抑。

淑兰二姐平时对我是疼爱有加的，但她对我也发过火。有一次中午，她在外屋地做饭，屋梁上的燕子在窝里露出来一排小脑袋，大燕子在烟雾中飞进飞出给小燕子叼虫子吃。不知出于什么原因，我找了一根棍子几下子把燕子窝给捅掉了。几只羽翼未丰的小燕子掉到了地上，吱吱地尖叫起来。淑兰二姐看到我的恶作剧，冲我喊了起来，她说燕子到哪家搭窝是因为哪家有人气，它好不容易一口一口把窝搭起来，把小燕子养大，你却把窝给捅塌了。我从没见过二姐生那么大的气，她越说越生气，最后对我说，你回家去吧。她真是生气了。我真怕二姐追出来打我，我像条狗一样灰溜溜地跑掉了。

淑芹和我二姨家我大姐的关系很好，她们总在一起绣花和刨药材。我管她也叫大姐，在我大姐出嫁之前，她先嫁到了田家庄。那个庄在大凌河南岸，都是平地。也正是她嫁到了那儿，王民家在发生了一系列变故后，是淑芹帮着得到了改变。

王民家的变故是从我家搬离沙卜台之后开始的。我读初一时，有一天回到沙卜台。我二姨像是讲笑话一样讲到了王福玉。她说王福玉突然添了毛病，天天吵着说有人要给他下药，家里的饭菜也不吃了，就自己到河边泉眼挑水。二姨说这事时，我也觉得二姐夫挺好玩的，那么一个老实人怎么玩起了这种可笑的游戏？沙卜台的人都非常喜欢王福玉，对于他眼下出现的情况，谁也没有引起足够重视，都当成了一个生活小插曲。

淑兰二姐也对我说，你二姐夫现在净是作妖，一阵一阵的。

其实，那个时候，王福玉二姐夫已经得了严重的精神疾病。包括精明的王民也没有把这事当成事。王民就是这样大大咧咧的人。早些年，他就是图便宜在外村买了一些生了病的鸡回到了村里，结果那些买回来就病恹恹的鸡身上带着严重的瘟疫，没出半个月，沙卜台的鸡一家接着一家全都倒下了。那年是我家养鸡最多的一年，我爸领着我的堂哥和我哥，把所有的鸡抓到了河套下面，一只一只杀掉了。鸡血把一坑子的水都染红了。全村人对王民买鸡一事深为恼火，但看到他也懊恼至极，别人也不好说什么。

王民对买鸡的态度便可以看出他对生活中所出现的一些端倪的忽视。他没有给三儿子王福玉找医生，也没有给他带来有效的缓解。直到冬天一个深夜，王福玉从睡梦中醒来后，抄起地上的凳子砸向淑兰二姐的头时，王民才从生活中猛然惊醒。

王民听到东屋发出了异常的响动，从西屋奔过来时，淑兰二姐的半个头已经塌了下去。她还在酣睡中，什么也不知道。她的胳膊护在了小永的头上，即便是这样，小永的头也还是受了伤。王福玉跑到厨房抄起菜刀，一连向自己的头上砍去。王民惊慌失措的惊叫惊醒了熟睡中的沙卜台。人们连忙用门板抬着淑兰二姐向村外跑去，刚到白石砬沟，淑兰二姐已经断了气。

一大早，我听到这个消息时，人一下子蒙掉了。我不相信那么温顺的二姐夫怎么会做出这样丧心病狂的举动。我到学校请了假，便和我哥回了沙卜台。走到王民家门口时，地上正烧着一堆枕头瓤，墙上搭着的一床被子上面全是血。我眼泪一下涌了出来，和我最好的淑兰二姐真的死了。

几个表哥和我爸我五叔都在院子里转来转去，刚走进屋，我妈指着躺在门板上的二姐说，再看看你二姐吧。我妈的眼泪哗哗地流着，再也说不下去了。二姐的头被布蒙着，我只能隐约看到布下面一片血迹。我想看看二姐的样子，可是没有一个大人去掀开那白布，我也没敢。我嘤嘤地哭着，和淑兰二姐相处的一幕幕全出现在了眼前。她前前后后在沙卜台就是六七年时间吧，我怎么也想不到当年那个面带微笑嫁到沙卜台的她竟然变成了眼前冷冰冰的尸体。

屋子里的人沉默着。王福玉被送到了精神病院。他把自己的头砍成了西瓜状，医生给他做了缝合。小永也被送到了医院救治。王民急三火四地解释什么，本来就结巴的他话也连不成句子，屋里屋外地转着。好端端一个四口之家，死的死，伤的伤，现在只剩下了他一个老头子了。

二姑父和我爸我叔都是沉默着的，事已至此，还能说什么呢？王福玉没有生病的时候，没有一个人不喜欢这个勤劳沉默的姑爷的。他没有和淑兰二姐吵过嘴，更不用说动手了，就是一门心思过日子。现在，他也是病人，能怨他什么呢？只是表哥们对王民有些意见，但又不是他害死了二姐，现在家里只有他一个人在顶着压力，给儿媳妇张罗后事了。看着他也确实可怜，谁也不能再说什么了。

二姑家没有提其他的要求，只是说淑兰是个苦姑娘，多给穿几套新衣服，另外提出来，她结婚时连个手表也没买，日子现在过得好了，给她买块手表吧。王民把这些事答应得很痛快。就这样，二姐草草地下葬了。不过那块手表没有一起埋了，说是怕有人打手表的主意，还是给小永留个纪念吧。大家也都同意了。

淑兰二姐被埋在了东沟，就在她没有见过面的婆婆旁边。

两个英年早逝的王家女人守在了那条沟。我想念二姐，但是从来没有到她坟上去过。每一次从后山路过时，我都要向沟下张望她的坟。后来我再也不愿到东沟去的原因就是，我总觉得那条沟嗖嗖地冒着阴气。

那年小永五岁，当小永从医院苏醒过来后，他只觉得眼前是一片白，他听到一个声音在呼唤着他。白淑芝二姐告诉他，我是你二娘。小永愣愣地看着白淑芝二姐。在淑兰二姐去世前，小永已经能在河里游泳了，他是那批孩子中学得最快的一个。只要我回到沙卜台，我都要找这个外甥去玩，我见证了他的出生，也见证了他的成长，只是他受伤以后，把一切都忘了。再见到我时，他用陌生的眼光看我，一点也没有亲近感。我心中甚凉，这孩子妈没了，怎么连舅舅也不认了？今年在年前，我联系上小永，问他小时候的事时，他告诉我，他受伤醒来后，以前的事一点也不记得了，包括他妈的模样。我的心好一阵疼，按理说二姐没有时，小永已经五岁了，多多少少能有些记忆了，可他却是全忘了。是他妈下意识地用胳膊护住了他的一条命。如果一直能够躺在妈妈的臂弯中长大，小永将是多么幸福呀。可老天就这样变着法捉弄着王民一家。

淑芝二姐成为了小永最亲的人。小永开始在淑芝二姐家长大。结果，几个月后，王福玉出院回来后，他死活接回了小永。村里的人都很担心他。可是无论他怎样犯病，都没有碰过小永一下。王福玉也一点点知道淑兰二姐是被他打死的这个事实，他几次要到东沟去看二姐，结果每次都是走到村头，刚能远远地望到二姐的坟，便已哭得瘫倒在地。他是真心实意地喜欢着二姐的。他每一次这样去哭，沙卜台的人们总要跟着流泪。我二姨总给我描述王福玉的这种表现，我知道她是在告诉我，不要记恨王福玉，他是一个病人。

小永成为了王福玉的宝贝，几乎要时时盯住。哪怕他的病一点点减轻了，他还是不放心小永。小永只读了两年书就被王福玉锁在了院子里，他总怀疑有人会伤害到他。其实他还意识不到正是自己伤害着小永。淑兰二姐在的时候，王民家的日子红红火火，虽然早年丧妻，但沙卜台再没有一家比王民的三个儿子更顺溜省心。那个院子里，老中少三个男人相依为命的日子开始了。王民重新成为了这个家的顶梁柱。

小永在一点点长大，王民也在一点点老去。可是没出三四年，王民的大儿子王福有被送回了沙卜台。王民最有出息的大儿子王福有被装在一个骨灰盒里回到了生他养他的故乡。他因为肝癌去世了。王民向王福玉瞒住了这个消息，这个突然的打击让王民一时有些招架不住。可没过一个月，他把这事放下了。媳妇死在了手术台上，三儿媳妇横死在家里，现在大儿子才四十多点又病故了，一个又一个打击把王民的心磨出了茧子，他似乎麻木了。沙卜台的人不再计较王民是不是尖酸刻薄，人们都和他躲着关于他儿子的话题，生怕一不小心刺痛了他。

王福有去世的消息最终还是没有瞒住王福玉，他跑到白石砬沟口王福有的坟上哭得天昏地暗。沙卜台的人看见过女人哭亡人的，但从来没有见过一个男人惊天动地的这种哭法。全村的人都在悄悄地跟着他掉泪。王福玉的哭，让人们感受到了亲兄弟间真切的想念，但是他这种肝肠寸断的哭法，让人们忽然发现他的理智正在一点点回归。王福玉确实一点点好了起来，不再犯病，但是眼睛还是明显地发呆。

王福玉在淑兰二姐去世的第二年，又像往常一样去八九代沟我二姑家探亲了。我二姑家所有的人对他都像我二姐在世时一样，只是他每次进了屋就坐在炕沿边上哭。他说不出他的悔恨和内疚，没有人责怪他，只是叹息淑兰二姐的命。

当王民还了阳以后，沙卜台的人们又看到了一个与世相争的他。他变得更加要强，孙子年幼，儿子沉默，他要把这个家经营起来，没有人笑话他，但他也怕别人笑话他。那时，淑芝二姐和淑芹大姐开始更多地照顾这个家，都是一家人，再大的矛盾也不能看这三个老老少少男人的热闹。

王福来二姐夫由于手艺好，人也靠谱。当小凤和小靓读到了高中以后，他在城市谋到了一份活计。老板发现他工作极认真负责，从不偷奸耍滑，把很多放心的事都交给他来做。这份工作他一做就是三四年，哪知，突然有一天他身体感到不适，老板派人带他去检查了身体。拿到检查结果后，老板给福来二姐夫开完了足额工资，告诉他先回家养养病，好了后随时欢迎他回去上班。

在王福来回到沙卜台不久，从天津传来了一个坏消息。王福有的媳妇赵玉芹也因为患癌症去世了。由于王福有去世后，两面走动得少，赵玉芹的骨灰也没有送回沙卜台和王福有埋到一起，这个消息到达时，没人知道王民的心境。

打了几年工的王福来回到了沙卜台。到家后，淑芝二姐就知道他也得上了肝癌。没出几个月，福来二姐夫也去世了。他的去世和大嫂只差了三个月。在相隔不到一百天里，王民接到了两个噩耗。当我妈在家信中告知我这个消息时，我茫然不知所措，一时竟想到了王民，王民这是啥命呀！我的眼泪止不住地流成线，福来二姐夫的样子就在我的眼前转来转去。

我自小是一个比较愿意开玩笑的人。和福来二姐夫开的玩笑也是最多，无论深了浅了，他都是腼腆地笑着。二姐夫家成了下沟第一家后，不论我什么时候回沙卜台，都要到他家站一站，或者是吃上一顿饭。那时，他和二姐包了西沟的果树园，家中的苹果自然成了对我的诱惑。小凤小靓只比我小四五岁，二姐有什么好吃的，拿出来给我们仨一起吃。我在二姐的眼中，其实也是一个孩子。二姐夫和二姐相敬如宾，也看不出来谁当家谁不当家。这么幸福的一家，突然塌了一角，真不知道二姐怎么办。

没出十年光景，王民三个儿子家纷纷出了不同的变故。大儿子、二儿子、三儿媳相继去世，三儿子又得了精神病，只剩下他还精神抖擞地活着。当我看过长篇小说《活着》后，我对福贵的命运并没有产生多大的感慨。因为在我的身边，就真实地活着一个“福贵”，而且王民的命运比福贵还要悲惨，还要波折。多年以来，我一直想要认真地写一本关于王民的书。如果把他的故事写出来，不会是小说，小说也不能如此曲折。如果说是非虚构，读者会说我的虚构能力太过拙劣。生活就是最好的小说。

淑芹嫁得不算太远，自小没妈的她对这个家倾注了更多心血。她放心不下越来越老的爸爸，放心不下久病不好的三哥，更放心不下渐渐长大成人的小永。上个世纪90年代初，大凌河被截流建成白石水库，淑芹所在的田家庄正处在淹没区，她家被异地安置搬迁到了辽阳。在辽阳安下家之后，放心不下老家的淑芹，想办法把老爸、三哥和侄子一同接到了她家附近。

王民搬走时，他卖掉能卖的一切家产，离开了这个让他心伤之地。王民家的老宅子荒废掉了，每次我经过那里时，院子里一点生机也没有。但我总似乎能听到王福玉在墙上拉出的二胡声，像是悲悲戚戚地在诉说着什么。

淑兰二姐去世后，我只在第二松树山下面遇到过一次福玉二姐夫。我俩迎面碰上了，躲也躲不过了。我也不恨他，只是怕他。因为我判断不出他的病情。他直勾勾地看了看我，然后说你回来了。我点头说是。以往，我都要喊他二姐夫。可是那天，我不知道该称呼他什么。我二姐嫁他之前，我叫他三哥，后来改口叫成了二姐夫。其实，那时我更愿意叫他三哥，我觉得这个三哥实在是太可怜了。

王民离开沙卜台时，我听别人说是乐乐呵呵走掉的。他像是一阵风，在这个山沟里刮了多少年。当他要离开时，一切痛苦早已经不是痛苦了。他的心已经没了血色，或者没有温度，只在那个硬壳下扑通扑通地跳着。

我二姑家的三个哥哥都定居在了沈阳郊区。四表哥家的孩子结婚时我去参加了，当听说小永也要来参加他这个表弟的婚礼时，我格外地惊喜。三十来年没有见到我这个多苦多难的外甥了，真的好想他。只是，当天他有事没有来。

年初，我加上了小永的微信。我问他的生活，他说由于没有读过书，只能做一些苦力。他已经是一个男孩的爸爸了，有他爷爷在前面做着样子，他对生活应该不会有太高的期望。我问到他爸的情况，他说，好一天坏一天地过着。

本来我是想和小永回忆一下我们的沙卜台，想告诉他出生那天晚上我焦急的心情，告诉他我像是一个游泳教练一样教他扎猛子，还想告诉他淑兰二姐的一些事，可是小永告诉我，五岁以前的事他全不记得了。这样讲来，他也不会记得我的样子，只是听说过我这个舅舅。他还告诉我，没有读过多少书。恐怕我写他的家史的这些文字他也读不懂的。

后来小永又发了一个信息告诉我，工地上太累，他总要上夜班，不聊了。他平时要养孩子，还要把二姐夫照顾好。唉，小永接过了他爷爷的班。

我和我妈聊起沙卜台时，我对她说，不管王民的脾气性格啥样，沙卜台的男人中，我最服就是他。我妈说我挺懂他的。

有一年我问二姨王民咋样了，她对我说，前几年，小永回来了，说他爷爷一年前没了，埋在了当地，没通知家乡的人。实际上是家乡除了他大哥以外，已经没有可以通知的人了。

王民去世时，大儿子、大儿媳双双因为癌症去世了，大儿子家的孙女小英和孙子小明和王家已经失去了联系。白淑芝二姐在王福来去世几年后，身体也出现了一些问题，没有办法找了一个后老伴去了朝阳。二儿子王福来家两个孙女，小凤远嫁到了江西，小靓的男人出了车祸去世了。算来算去，王民众多的后代中只剩下了小永、王福玉与淑芹一家，而且都在辽阳。其余的一个也没有了。是呀，王民在沙卜台活了一场，除了留下了遍地亲人坟头，和一生的苦难以外，没有一个后代在这里生活了。王民家的祖坟在四田地，那片地生产队解散后分给了别人家，不能再埋坟了，他也没有再和父母能埋到一起。小永如果把他带回了沙卜台又能埋在哪儿呢？小永只好回到沙卜台，把他奶奶的坟起到了辽阳。他的大儿子大儿媳还没有葬到一起，二儿子也不能和他埋在一起。他的去世和大奶去世的风光成了最为鲜明的对比，大奶拥有了沙卜台最隆重的葬礼，而王民死得有些悄无声息。

谈到王民，我二姨骂着说，那王八羔操的，真是刚强！从我二姨的话中，我听出来了，她不是在骂王民，她是在骂王民的命运，活得轰轰烈烈的，咋就这样不声不响地死了？他要是不离开沙卜台，哪怕没了后代在这里，村里人也会认认真真给他办一场风风光光的葬礼的。

有一次，我和白淑芝二姐在微信中聊王民，二姐说，不管我家老爷子以前脾气好不好，但敢为别人讲公道话，他是个热心肠的人，有事说事，说过就完。论刚强这个劲儿呀，那是谁也比不了。

王民活着的时候，我叫他二大爷。这个二大爷，虽然不讨我喜欢，但他不经意地活成了我的偶像。我和很多人讲过，这个世界上没有任何东西可以打败我。我讲这句话时，王民二大爷就在我眼前站着。只是不再结巴，沉默不语。

王为新家

用生命传授沙卜台人的生活真经

王家大奶有两个儿子，小的是命运坎坷的王为民，老大是王为新。王为民如果用事事争胜来形容一生，王为新则是与世无争了。

王为新家住在我家后院，出出进进都要经过他家的大门。最早，我没有把他和这个院子的主人对上号，因为我认识他的时候，他是生产队的饲养员。吃和住都在生产队，我只是以为他是公家的人。

王为新让我记忆深刻的第一件事是，他不知在哪里弄来了十来棵杨树苗，比大拇指粗不到哪儿去。他把这十几棵树苗栽在了他家房后，在吕凤祥家门前隔着三米宽的路边栽了一行。那年我应该不到五岁，我哥还没有上学，可能就是因为好玩，或者是什么我们也说不清的原因，我哥带着我把那一排树苗全部从中间折断了。从我长大后的回忆中看，这件事应该是我哥干的，我的力气还不足以使我能够折断那些树苗。

那天中午左右，我和我哥正在家里，就见王为新火气冲冲地走进了我家院子。那时我妈正在森林屯教书，我爸在台吉上班，每天家里的门都是锁上的。我和我哥只能从窗户进出。王为新来到我家后，顺着打开的窗户跳到了炕上。他的手里抓了两棵折断的树条，不由分说地抽在我哥的身上，我看着眼前的架势完全蒙了。王为新一边抽一边问我哥，还折不折了？他的愤怒可以理解，他每打一下就重复一句这话，好像再也问不出其他。在离开我家的时候，他顺带着也抽了我两下。我是我哥恶作剧时的旁观者，这样捎带的惩罚也一并让我连坐了一下。

那件事情的结局好像是我妈下班回来之后，带着我哥到王为新家赔了礼道了歉，但我绝对相信我妈的赔礼道歉之外的另外含义。她的孩子可以做错事，但别人不应该闯入私宅而对孩子进行惩罚。我妈一生从来没有和别人争吵过，她历来是和风细雨有理有据地讲事情，每当遇到这样的事时，别人都很怕她这个傻老蒙古。我妈不是精明的人，但谈吐不输别人。

在辽西，汉系人总会私下里称呼蒙古人为傻老蒙古。蒙古人实在憨厚，不斤斤计较，与人无争，但是在汉系人心中，有时就变成了软弱可欺或是缺心眼的印象。每当有人这样称呼我们时，我妈总是极为愤怒的。愤怒归愤怒，她从来没有失去过理智。她会和颜悦色地来和你谈，从来不会说出一句脏话，她谈到最后的结果是，你会觉得还不如被她骂一顿更舒服一些。所以，从小我妈告诉我们，有理不在声高。她用一桩又一桩的事向我们演绎了这个道理。长大后，虽然我哥对王为新不再是恨和怕，但是每每提起沙卜台时，王为新的那顿痛打给他的印象还是极为深刻。

从那之后，每次经过王为新的房后，看到那几棵没有了树头的小树时，我都要迅速地通过。那些树委屈地站在那里，看着确实有些让人心疼。王为新房后的那几棵树最终还是长大了。七八棵长成了一排绿荫，村里的妇女们总会聚在那儿聊天。再长大后，经过他家房后的时候，我还要情不自禁地想起童年时的那件事。一直到现在，我都不懂人生中的恨是什么，但我知道一种恐惧，那就是一个黑影突然跃进你家而且直接跳到炕上时的样子。

在写这本书之前，我见到了王为新，他已经九十六岁了，他慢慢地挪着身子往炕上爬，那个样子让你觉得好痛，但又觉得好感动，他还健康地活在沙卜台，成为沙卜台的一棵历经沧桑的树，见证着沙卜台人的成长与村庄的变迁。

王为新是生产队的饲养员，他自己有单独的住处。他的孙子怀志是一个温和的孩子，性格和他爷爷有些像。有时，怀志和我会到他爷爷的住处去玩。生产队有各种农作物的秆可以当成烧柴，王为新有时会烧豆秸。每回烧豆秸时，他蹲在炕洞边用一个小棍子扒拉着炭火，有时会用木棍从炭里勾出几粒豆子，然后再扒拉到一边。我和怀志眼巴巴地蹲在一边等那些豆子凉下来。被烧过的豆子极香，煳香煳香的。但如果掏出来不及时，豆子会烧成炭，吃到嘴里会很苦。

生产队的马和骡子拴在一个圈里，在一排青石做成的槽子上面钻出孔，牲口们头上的缰绳拴在那些孔上。两排石槽的中间是一条供人行走的不足一米宽的路。王为新用大大的竹筛从草屋子端来草料，均匀地撒在石槽里。他端着草走路的动作不急不缓，撒草时也是不急不缓，哪怕有的马急得咴咴地叫着，伸长脖子来够，他也是按部就班地一个槽子一个槽子去撒。听不到他的声音，他沉闷得像是一头即将睡去的老牛。他取草料时，我会跟在他的身后，他要是不在时，我便从那条过道上爬过去，我害怕马和牛大得出奇的眼睛。我在那些蓝瓦瓦的眼睛里，总能看到我的影子。它们的眼睛总在不停地流泪，苍蝇就落在它们的眼角上。

草屋子在牲口圈后面，那里可以算是我们小孩子的乐园。有时我们会爬到碎草堆的顶上，然后痛快地往下翻跟头。或者孩子们分成两伙打冲锋。一伙守在上面，一伙在下面攻。连拉带扯，撕皮掳戴。这个玩乐场的发言权属于怀志，他有时可以用“我爷爷不让玩了”来停止这样的游戏。草屋子里偶尔会发现一两个鸡蛋，每次发现了鸡蛋，卫东都会说这是他家鸡下的。这个理由在我们当中是成立的，沙卜台只有他家离生产队最近了，别人家的鸡不会穿过村子跑到这里来偷着下蛋的。卫东家的鸡真是不让他家省心。当然，在没有人认领的情况下，那些鸡蛋就会属于王为新。我曾经看到他在火里烧鸡蛋。

有一年，村里来了一个要猴子的。要猴子的人临时住在了生产队。猴子在主人挥舞的鞭子下，顺从地做着各样的动作，甚是好玩。王为新拿来了一串荞麦花喂猴子。猴子捧着荞麦花吃得津津有味。当我们看到这个情况时，像是发现了猴子的秘密。孩子们忘记了看猴子表演，满生产队周围开始找荞麦花。荞麦种子应该是上一年打场后遗落在场院周边的，有了适当的时机，它们重新发了芽。一串串的荞麦花东一簇西一簇地开着，红红的秆，白白的花。我们觉得猴子吃荞麦花的可爱样远比它的表演要好看得多。因为我觉得猴子表演的动作像是在模仿我们。

王为新额头上的皱纹是全村最多的，一道接着一道，虽然他也是当了爷爷，但他不是沙卜台最年长的男人。卫东他爷和林木匠都要比他的年龄大。他脸上是凝固住的表情，看不出喜怒，也看不出悲忧，就像是油画《父亲》的原型。

王为新的媳妇是他的表妹，姓单。她是勤快又善良的老人。因为她裹了一双极小的小脚，村里人普遍称呼她是小脚子。我管小脚子叫大娘。大娘的脚实在是小，每一次急急地走过来时，好像就是腿点在地上，根本没有脚的样子。她好像不能长时间停下来，不然会是站不稳的样子。好在大娘的个子比较小，不然我真的怕她的身子把脚压坏了。大娘的眼睛眯得很小，嘴有点尖，脑后一直梳了一个疙瘩髻。

在我很小的时候，我一直以为她是我家一门亲戚。我们两家前后院住着，每次去她家找怀志时，她好像都是在锅台上忙着。大娘做了好吃的东西时，会给我家端过来一份。有时听到我家院子里有咚咚的脚步声时，我就知道大娘来了。大娘一般时候不进屋，隔着窗户把吃的递进来。

由于脚小，大娘除了到我家来过之外，我的记忆中她没有在沙卜台行走过，就在她的园子和院子里忙碌着。

大娘为王为新生了清一水的儿子，四个。老大王福盛是大奶的长孙。他娶了大板东林家的女儿林润珍，不知道从哪里论的，我管林润珍叫二姐。大奶七个孙子里，有三个我叫二姐夫，我家这面的姑娘真是和王家的小伙们结上了缘。

我家搬到沙卜台时，王福盛已有了两个孩子。大的是女儿叫水灵，小的是儿子叫怀志。当我在长大的过程中认识了这两个伙伴后，一直觉得水灵这个名字起得好玩。因为她长得一点也不水灵，她是沙卜台大大小小姑娘当中长得最黑又是最干巴的一个。她应该比我大四岁吧。由于有年龄差，她和我们在一起玩的时候不太多，她和我二姐、秀华往一起聚。王家男丁多，水灵和淑芹是上下三代中仅有的两个女孩，可想而知，作为长孙女的水灵一出生，应该得到王家多少关注了。怀志是王家的长孙。他是我们这批孩子中长得最为周正的一个，我一直觉得他的长相和顺而聪明，可是上学后，他的学习成绩和长相是不匹配的。

怀志是这群孩子中和我处得最好的一个，在我的记忆中，唯有他没有和我打过架。当然，他和村子里所有的孩子好像都没打过架。他的脾气像他爸，他爸的脾气更像他爷。

因王福盛是姐夫的缘故，我最愿意闹着玩的人就是他。不论我怎么捉弄他，他都是笑呵呵的，由于说话有些结巴，他就更不爱吱声。有一年夏天，在他家的炕上，我用一根细绳拴在他的大脚趾上，一直扯来扯去，他就是笑呵呵躲。怀志在一旁看着，也不管。他知道我管他爸叫姐夫，是在耍着玩。

王福盛和王为新用一个厨房，只是另起锅灶。西屋住王福盛一家四口，东屋住王为新老两口、二儿子一家三口，和另外两个儿子。家里的氛围是和睦的，分开来过的原因是另外兄弟也要成家了。

在我上小学一年级的时候，王福盛家在下沟老曹家的前面盖了四间房。王福盛在那里盖房子时，怀志的心情应该是急切的。每天放学他都要喊我们在下沟放学回家，我们能看到那座房子一点点拔高，最后盖上了顶。那个屋子盖顶没多久，怀志一家搬到了下沟。我上学的路上从此少了一个伙伴。好一阵子心里感到不太舒服。

好多年之前，我回沙卜台，在木匠家门口遇到了怀志在往三轮车上装石板。他的身边有一个十来岁的男孩，正在铆着力气搬石头，怀志认出是我，让那个孩子叫我舅爷。我心中一下生出许多感慨来，怀志的儿子已经能帮他干活了！那个孩子话也不多，像极了他爸爸小时候的样子。聊了一会儿，怀志告诉我，他现在住在他老爷的房子。他说的老爷就是王为民。我回头看了一眼王为民的院子，不知道怀志为啥选在了那里。那个院子破败了，一片荒芜。

那时我还没有结婚，怀志是我们这一批孩子中结婚最早的一个。看到怀志孩子那天，我还想到了一个人，是卫东。卫东要是还活着，可能早该结婚了。

水灵在学业上没有兴趣，很早不念书了。当我在集市上看到她卖起小百货时，我发现这个才是更适合她的。不到二十岁的她，对往来的顾客大大方方地介绍着她的商品。我有些不敢相信她是沙卜台走出来的姑娘。沙卜台的人只会卖一些自家产的蔬菜和鸡蛋，从来没有出现过经商的人。现在水灵成了第一个经商的。沙卜台人感觉买进卖出就像是占了别人的便宜，会不好意思。从水灵之后，沙卜台也再没有做买卖的人。

王为新的二儿子叫王福良，他没有像王福盛一样在王为新的大房子里生完孩子住了好多年。这时，生产队正在解散，下乡知青已经返城，空出来的青年点的房子给沙卜台一些年轻人提供了分家另过的机会。王福良带着媳妇冯秀枝和儿子立志搬到了下沟。和之前搬下来的王福来分别买下了青年点的房子。两户王家隔着墙住进了那里。到这个时候，下沟已经不再是曹家和贾家两户，王家已经有了三户。王为新和王为民哥两个，开始为沙卜台扩张人口和户数。

立志也是一个很少说话的孩子，王为新的后代都继承了他寡言的特点。立志和小凤、小靓一起上下学，上沟的另一个同龄孩子凤军也只能从上沟走到下沟来汇合他们三个。自此，沙卜台上沟上学的山路基本上再无孩子的笑声和足迹。那条山路上，最旺盛时期，有十二三个孩子结伴同行。可是到了这一代，那条路失去了它原有的生命。

其实生产队解散后，沙卜台看似一户一户地增加着，但是人口却没见增长多少。计划生育开始了，头胎若是男孩便不允许再生，若是女孩倒还可以再生一个，或者是蒙古族人家可以生两个孩子。在这条政策下，孩子们眼见着少了起来。如今的沙卜台上沟只剩下了十七口人，最年轻的是在外打工的志国，还有独身的林森，然后便是另一个独身的延明了。沙卜台的没落实际是从生产队解散开始的。当年，波台沟大队的工分在全朝阳地区都是最高的。别的地方都已分产到户，而波台沟大队还是咬牙坚持了一年。最后，大势所趋，也只好把这个盘子打碎，一家一块地分掉了。

生产队刚解散时，各家各户呈现着一派欣欣向荣，可是随着人口不断地外流，一点点失去了生机，最后变成了一个残喘的旧车，吱吱呀呀向着岁月的深处缓慢驶去。如果按照我的理想，沙卜台再过几年，人都老了时，再合住在一起，才会给生活带来方便，人们之间才会有个伙伴，生活才会有点起色。不然，就是一个院子里住着一对老人，住着住着就剩下一个了。剩下的被子女一旦接走，就又是一个空空的院落了。这个理想，我也正努力着兑现出来。

立志后来当兵到了哈尔滨，和我在一个军。我俩通了几封信，在一次休假时，我特意到哈尔滨郊区的部队见过他一次。他那时正当侦察兵，他对外面的世界没有太大兴趣，他说再过一年就要退伍了。此后，我俩再也没有联系。有一年，在沙卜台沟门，我看到他赶着一群牛在大凌河边上回来，牛群走得很慢。他跟在牛群的后面，走得也很慢。他的身上找不到侦察兵的痕迹，看着背影倒是极像他的爷爷。王为新的个子高，但是他的儿子和孙子们里面除了立志都没有他高。

王为新三儿子结婚我是知道的。他还没结婚，我妈就告诉我了，王家的这个三哥又要成为我家亲戚，与那三个王家哥哥都被我叫成二姐夫不同的是，这回柏山三哥娶的女人王春华我叫大姑。

春华大姑嫁给柏山的婚礼是我参加的婚礼当中最完整的一个，从婚宴一直到闹洞房。王家第二代兄弟众多，婚礼当然更是热闹。大娘在外屋地上不停地走来走去，她又当婆婆了。我帮大人洗用来做菜的海带。那些干海带经过水的浸泡，涨成了满满一盆，林润珍二姐掐下来一块让我吃，我吃着那块带有咸味的海带时，在另一条海带上发现了一个小小的海螺。以前，我只是在冬天涂手用的蛤蜊油外包装上看到过来自大海的东西，这是第二次。

那天，大人们都去忙着做饭端盘子，我拿着那个小海螺在院墙上一直坐着。那是我第一次想象远方，第一次想象大海。按理说大海在我的脑袋里是没有印象的，可是我在露天电影里看到过大海。现在，我手里握着这枚比指甲大不了多少的海螺时，又想起了大海。在此以前，我从来没有如此渴望过走出沙卜台。在那之后，我每次跟在大孩子身后到南山后放羊时，都是坐在一个山坡上往远处看，我总在想，山后面是什么呢？山后面是什么呢？没有人告诉我答案，但我很肯定翻过一座又一座山之后，一定能够到达大海。在我能够用文字表达内心之后，我的好多作品中都写到了对山后面的渴望。无论主人公是谁，他都是在重述着我儿时的那个梦想。南山后的天空蓝得吓人，我觉得山谷变得无比空荡，而白云在天上飘过时，我竟然生发了一点惆怅。我正在沙卜台长大。

我家搬离沙卜台后，房子卖给了柏山家。虽然我爸辛辛苦苦在沙卜台打拼十年的房子和院子换成了钱，但是我的内心还是有一万个不舍。从此，这里没有了我的家，再回来只是一个过客了。最让我不舍的是园子边上栽的那四棵苹果树，听说转年就要开花了。后来果然是这样，我站在我二姨家园子望向柏山家园子时，看到了苹果树年年开花，开始结果。有好几回，我洗完澡之后从墙下爬进那个园子，偷偷地摘几个苹果。每次吃着那些苹果时，我都在想我家为啥要搬走呀。我一点也不喜欢后来的村庄。

再回到沙卜台，我总要到王春华大姑家玩。她生的孩子叫老胖，是一个一直眯着眼睛笑的男孩。他和小永同岁，王家第二代的孩子管我叫二舅或者二叔，只有老胖成了一个例外，他管我叫二哥。先叫后不改是我家那儿的风俗，我管柏山一直叫三哥。现在倒又成了他儿子的哥。

柏山不爱吱声，我跟他没有什么交往，王春华大姑却是让我暗生佩服。村东头土崖上掉下来棺材板时，她一点也不害怕，有时还敢凑过去看一看里面有没有什么东西。不知道为啥，她的两只胳膊长得一长一短，她通常不会把两只手一起垂下来，那样会让人发现她的这个缺陷。她走路就是背着手，长的把短的一握，再自然不过了。后来，她短一点的那条胳膊上多了一个银镯子，听别人讲，是她在村东头坟场里捡回来的，我觉得这个大姑不一般。我再偷偷看她的镯子时，发现她用另一只手握住手腕，挡住了镯子。

王家最小的一个儿子叫小七。这个名字显然是王为民和王为新哥儿俩生下的男孩的排名。这种排序，会让堂兄弟间更觉得亲近，还会让人知道血缘的重要。随着时间增长，沙卜台的人们开始称呼他为老七，如果不是需要填报表格，可能没有几个人记得他的大名叫王福河。

我和老七哥的交集甚少，有一次，我们一大帮孩子跟在他的后面到大梁南去放牧。羊啊、马啊、牛啊、驴啊撒了一山坡。那时是沙卜台牲口最多的时期。怕马跑得太远，他把马的缰绳拴在了前腿上，这叫绊马。当他把牲口散开后，支使我们去找柴，然后他带头抓起了蚂蚱。我第一次知道蚂蚱还能烧着吃，可是我没敢吃。那些小孩子吃得满嘴黑灰，嘴里往外吐出一股股的煳香。

放牧的日子太过于枯燥，老七突发奇想，他招呼大孩子们把小孩子捉过来，脱掉短裤，解下鞋带缠住小孩的辣椒，小孩子们吓得满山跑，笑声却是从这个山坡传到那个山坡。那时，一山坡的不仅仅是欢快吃草的牛羊，还有沙卜台两代快活的少年。大的十五六岁，小的七八岁。这种沙卜台男孩聚在一起的场景，转过那个夏天之后，再也没有了。

老七娶的媳妇是从波台沟赵姓人家嫁过来的，她和石玉芹大姐她们是朋友，也是沙卜台最漂亮的一个媳妇，她似乎不笑就不会张口说话。当沙卜台的姑娘们一个接一个嫁出这个山沟后，她们的朋友却成为了这里的一员。这让她们再回到沙卜台的时候，多了一种亲切，和一个去处。老七的媳妇叫老六，这是我一直觉得有意思的事。有一年，我二姐跟我说老六老六的，我问老六是谁呀。她说是老七的媳妇。

老六给老七生了两个女儿。这两个女儿都考上了大学。这是沙卜台头一回出现大学生。曹老三、志明、我二姐虽说都是考出去的，但都是中专生。老六的姑娘能考上大学在我们那儿来说，一点也不奇怪。老六娘家的哥兄弟加上下一代们，都是天生地学习好，都通过读书改变了命运。只是不知道七嫂当年为什么没有实现她的梦想。

小脚子大娘去世很多年了，老七老六和王为新一起生活着，王为新大爷却是挺硬朗地活着，九十六岁了还不用别人照顾。他也活成了沙卜台的活历史，这个沟里还没有出现这么长寿的人。

王为新和沙卜台的人吃住没有太大区别，但他却是如此长寿。说起他时，我二姨说，这一辈子就没看到王为新为啥事争过抢过操心过。

写此书之前，我回了一次沙卜台，特意去见了一下这个大爷。他辨识了一会儿，还是认出了我，他不知道我的大名，也没有叫我的小名，而是委婉地说是“前院的二小子”。在如何称呼我的问题上，他在短时间里是思考过的。他竟然知道我在哪里工作，还知道我的一些情况。我心中特别感动，在沙卜台，原来还有人惦记着我。

我问王为新大爷，我二大爷去世的事你知道么？他说，我二弟去西面了。他回答得还是很委婉，没有用到“死”这个字，让人觉察不到伤感。说这些话时，我又想起了大奶去世那天，王为新在下河套三岔路口为大奶指路的情景。

大奶活着的时候，见到了四代人。而现在，王为新见到了五代人。听说，怀志都当爷爷了，只是他的孙子没有生在沙卜台。

王为民争了一辈子，最后在沙卜台除了留下一辈子传奇和传说，其余什么也没争来。王为新一辈子什么也不争，只留下了满沟的子孙。这或许就是命运的安排，或者是在用人生传授沙卜台人生存的真谛。

几十年前，王为民替哥哥当了兵，又替哥哥说了一生的话。王为新沉默了一辈子，连对生产队的牲口也没有大声吆喝过。当然，也不能说他一生没什么可争的。他现在就是和时光在争，争过一天，沙卜台的历史就久远一天。

人命不可抗，王为新终归有一天也会去西面寻找他的弟弟。只是怕他的葬礼上，已经没有那么多人有力气哭了。毕竟他的儿子儿媳们也都成了老人了。他的人生还用别人哭么，最好的送行方式应该像是蒙古人送葬一样，静静地流泪。

吕凤祥家

无力的抗争有时就是有力的行走

站在吕凤祥西房山那儿，王民家院子里的一切都可以看得清清楚楚，他家的地势要比王民家高出几米。

吕凤祥的爸在我六七岁那年去世了，一口大红棺材被人们呼哧呼哧地抬着一路向西，穿过沙卜台，穿过田地，一直到达了吕家坟。我们小孩跟在棺材后面，只是在看新鲜景，完全没有进入送行的状态之中。我没有向任何人考证过，但隐约记得棺材里的人叫吕化能，如果再说有什么印象，真的就没有了。他的生命与我重叠的时间太少，年龄相距也大，但他是在沙卜台和我同吃一泉水的人。

吕凤祥爸爸的坟头被用高粱秆扎起了一个四方框子，正中吊着两枚铜钱。到现在我也没有弄懂这个葬礼风俗表示的是什么，但有一点可以确定，这是汉系人死去时的做法。在那以后，凡是看到有白亮亮的高粱秆扎成方框挂在坟头时，我都知道里面埋下的人刚刚死去不久。几场雨过后，那些高粱秆就会变黄、变黑、腐烂，最后像是死去的生命一样，断裂和坍塌在坟顶。小孩子对坟头上的铜钱是觊觎的，但没谁有勇气跑到坟头把它摘回来。铜钱对于我们来说是制作毽子最好的材料，而不是收藏品。哪个孩子要是能有三个铜钱做成的毽子，哪怕主人踢不上几个，他也是荣耀无比的。吕凤祥他爸的坟在第四松树山的对面，在路上走时，坟头上悬挂着的铜钱在风中荡来荡去，小孩子们没有说出自己的想法，但从歪着头走路的姿势来看，大家想的是铜钱而不是坟里埋着的那个人。

第二年春天来到的时候，那个坟里开始发出尸体腐烂的臭味。当我第一次听到火化这件事时，一下子就联想到了这座坟。我觉得相对于土葬，火化是一件好事。它减少了尸体消失的过程，只需个把小时，一具尸体只剩下一堆干干净净白白的碎骨，找个地方一埋，从此告别。要是把尸体埋在坟里，等它一点点腐烂，这个过程确实有些长，长得有些残忍，尤其是那难闻的味道，对于亲人来说是一种折磨，对外人来说是一种消解怀想。送埋吕凤祥他爸回来，所有抬重的人在他家门口洗手再进院子，他妈在门口的墙上放了一盘饼干，每人都去吃上两块。我也得到了两块，尽管十分普通，但那是我记忆中非常好吃的饼干。但是后来，吕化能尸臭味让我觉得那饼干的味道也不再那么香了。

再是后来，就是我上学了。春天放学时，有一些坟地不知为什么就会刮起旋风。旋风卷着杂草或是树叶形成一个几十米高的巨大柱子，旋转着向我们追来。逃不掉，孩子们只能一起向旋风吐口水，“呸呸呸”地如同子弹一样射过去，说也奇怪，只要这样做了，旋风基本都不会把我们裹在中间，会顺着另一个方向拐走。整个沙卜台坟地，都是安静的，只有吕化能的坟地不止一次地刮起旋风来，真是怪事。当我长大对自然有了一点判断时，我发觉全村众多的坟里，只有他这一座是埋在平坦一些地方的，其余的坟不是在山上就是在坡地上。坟在平地上会突然阻断风的前进，这样旋风就形成了。看来，地主家的祖坟还是更讲究一些。吕家坟选在了平坦的田地里，前面是涓涓流动的河水，后面就是一排的青山。正是应了“前有照，后有靠”的说法。

吕凤祥爸去世后，家里就只剩下了他妈和他弟。他的妹妹凤兰比两个哥哥结婚要早，嫁到了盘锦。吕凤祥是后来被人称呼的名字。在沙卜台，人们更愿意称呼他为大力，称呼他弟弟为二力。我管他们哥俩叫大哥二哥。

我认识大力哥的时候，他已经是生产队的车夫了。一挂马车在他的鞭子挥舞下山上梁下地辗转。大力哥是村里最标准的男人，肤色黑红，面部棱角分明，浑身上下透着力气，而在那个落后偏僻的山村，他却永远是标准的寸头。他有时还为村子里的人理发，但不知道他的发型出自谁手。另一件奇怪的事是，大力哥一直在吸旱烟，却有着一口洁白的牙齿。

我家搬离沙卜台之前，我妈曾经把我二大爷家的我大姐翠英给大力哥介绍过。那时大力哥多大年龄我不知道，总之是因为成分原因错过了婚配。我妈到了沙卜台就把这个事看清了。大哥二哥两个壮劳力又本分又能干，只是差在了成分上。哪个姑娘要是嫁给了他们，差不到哪儿。大哥岁数大了，眼见着被落下了，给他介绍一个有点病的姑娘，他应该会同意。

翠英大姐精神不太好，嫁到不知根底的人家恐怕长辈们也会操心，如果就放在身边，我爸妈至少还可以看得到。其实，这事绝对不是我爸妈多高尚，不忍心看大力哥打了光棍。后来，因为我二大爷家没同意，这事便放下了。等我家搬回老家后的第二年，我第一次见到了翠英大姐。她带着两个儿子来到了我家，我奶和我爸都惊讶于这个傻丫头是咋带着孩子找回的娘家。翠英眯着眼，看谁都直勾勾地笑，一笑是两排雪白的牙，特别突然。如果不喊停，她会端着碗一直吃，一直吃，好像不知道饥饱。看着大姐的样子，我没有同情，也没有觉得可怜，心里就在替大力哥庆幸。别说翠英是个病人，她就是个健康的人，也配不上大力哥。如果不是成分耽误了大力哥，他可能会把全乡的姑娘拨拉个遍也未见得有喜欢的。我在课堂上，第一次听老师讲“炯炯有神”这个成语时，我想到的就是大力哥的眼睛。

大力哥好像是跟二力哥一年结的婚。大力哥娶的媳妇比他小了好多岁，大嫂的姐姐嫁到了下河山，来来回回能够看到沙卜台这个年轻的车夫威风凛凛地赶着马车或是急疾或是悠缓而过。当成分变得不再重要时，大力哥的优秀全展现了出来。何况他当过地主的爸爸已经去世了。

那年，村子里的小伙们井喷一样地结婚。我把王福玉结婚时说的那个道喜歌又在大力哥的洞房表演了一次，这段道喜歌没有换到喜糖，却让新娘子好一顿生气。大嫂不喜欢“今年你们俩，来年你们仨”的速度，或许她觉得我说的这事让她太难为情了。大嫂的声音尖细，眼中也透着一种凌厉。我给她留下了一个不太好的印象。

二力哥家的忠良已经出生了，大哥家还没有收获。大嫂子的肚皮在结婚后的两年里一直风平浪静。这时，沙卜台人私下里已经意识到了什么问题，不好当面出主意，但都是暗暗替大哥着急。到底是他俩谁出了情况，直到现在也没有明确的答案。这个又关别人什么事呢?

二嫂子腿有点瘸，眼睛水灵得让人觉得里面全是皎洁。确实，她是沙卜台顶聪明的女人，她似乎总要用什么来证明自己和别人一样。无论是劳动还是走路，她丝毫不落别人后面。在沙卜台，一般父母都是和老疙瘩一起生活，只有他家成了例外。大力哥和大嫂一直和大娘生活在一起，二力哥却在生产队解散

后，置下了生产队的房子，然后在那儿翻盖起了新房。二力哥家的忠良和二嫂长得极像，脑袋更是聪明至极，但那个孩子从小就让我觉得不应该是沙卜台的孩子，他水汪汪的眼睛里全是灵动，一看就是脑袋里长了许多梦想。多少年之后，二哥一家搬到盘锦，去投奔凤兰姐去了。沙卜台从此只留下了大哥。

沙卜台全是旱地，没有人看见过水稻的样子。凤兰嫁到的盘锦却是盛产水稻的地方。她每年回来住娘家时，都要给家里背一些大米回来。她讲一口盘锦话，调子拉得老长。每次听她说话，我便觉得她怎么会是沙卜台人呢。她像是一个客人。

大哥家门口有几棵杨树，就是当年王为新栽下的，这成为沙卜台妇女坐在一起纳鞋底唠嗑的地方。有时，七八个妇女坐在一起，嘻嘻哈哈，东拉西扯。刚学走路的孩子们在土路上走来爬去，累了就钻进妈妈怀里，掀起背心掏出乳头嚼上一会儿。现在的新闻上偶尔会讲到哪个哺乳期女人在地铁里奶孩子，往往讲的都是有伤风化。对于这种论调我一直是不能理解的。母亲给孩子喂奶，天经地义，人家也不是掏出来给你看，谁故意看了谁心里有病，尤其是拍照的那些人，心里得装了多少肮脏才可以做出这样的行为。沙卜台那些哺乳期女人的乳房我几乎都看过，鼓胀胀地丰满着，乳头周围是一圈暗红色的乳晕，她们把孩子横在腿上，孩子像是小猪仔一样吸着奶水。吃过了这面，女人们再把孩子换到另一侧。有时孩子吃着吃着就睡着了。离开沙卜台之后，我就长大了，再没有去观察别的女人给孩子喂奶。沙卜台的妇女们乳房长得不是一致大小的。每个人都有习惯动作，做活都分左右架势。习惯让孩子先吃的那个乳房由于吃得多，分泌的乳汁多，时间长了就会大一些。而后一个乳房，孩子吃着吃着会停下来，吃饱了或睡着了，分泌和发育就也会停滞，就会小一些。沙卜台的母亲们都不戴乳罩，她们没有把乳房当成观赏品，也没有当成美的象征。她们只把它当成了孩子的口粮袋。她们用创造美的形式呈现着美。

那些妇女在大力哥家门前围成一圈坐着的时候，大嫂也是和她们有说有笑，只是别人开始奶孩子时，她有时会悄悄离开。如果她不回家去，我差不多已经忘了她的婆婆。

大哥结婚后不久，大娘像是在沙卜台消失了一样。以前还能看到她拄着棍在门口转一转，后来就看不见了。直到两年后，她突然又笑容可掬地出现时，我发现那个满脸威严又慈祥的大娘回来了。据说她得了一种重病，在炕上吃炕上拉了两年。全是大嫂在悉心照顾她，大娘真是有福分，找了一个这样的儿媳妇。

我一直到入伍前，对马的印象都不好，深怀恐惧。大概原因是这样。一次是大力哥赶着马车走到王民家门口时，在前面拉边梢的马突然把脖子伸向了我，一口叼住我的后背。大哥正坐在座位上，他一鞭子抽向了那匹马。那马头一甩，把我扔到了一边。我只能用哭来缓解我的恐惧。从此我就离马远了一些。又隔了一年，我到生产队去玩，看到了一匹光溜溜的小马驹泛着一身枣红色的光，在院子里跑来跑去，我欣喜地追上它想要亲热一番，没想到它一抬后腿，直接把我踢到了粪坑里，正在沤着的粪水迅速淹没了我的一条腿。而当我从粪坑中爬出来时，我的鞋里竟然灌进去了几条又白又肥的蛆虫。从此，我记住了，再温柔的动物也有它凶狠的一面。动物就是动物，人就是人。

生产队解散后，大哥买下了马车。他家院子西侧盖起了一个马房，一匹马两匹骡子给他带来了新的生活。大哥嘚驾哦吁地赶着真正属于他的马车，每天出车收车在村子里都会搞出很大的响动。

大哥每次收了马车回来，都要把牲口放出来遛遛。牲口由于被马套勒了一天，终于得到解放，会欢快地在王民家门前不大的空地上撒一会儿欢，然后躺在地上来回地打滚。尘土飞扬中，那马和骡子四脚朝天用力地蹬着，蹬着蹬着就会把身子翻向了另一面。每次大哥的牲口表演这个节目时，我都要站在墙上看着。我怕它们一高兴会向我冲过来。

说不准是哪年哪天，大嫂和大娘抱来了一个女孩，大嫂的脸上满是欢喜，但抱孩子的架势还是有些没有底气。她没有抱过孩子，没有做过这方面的功课，突然抱出一个孩子来不仅是她自己不习惯，别人看起来也不习惯。不知道这个孩子是从哪里抱来的，但大力哥终归还是有孩子了，沙卜台的人很喜欢这个孩子，更是高看一眼。不管她来自哪里，但从此她成了沙卜台的一员。

大哥给孩子起名叫吕忠华。很英气的一个名字。光是听名字，当成男孩也还可以。忠华来到沙卜台时，我家已经搬走了。我对于她的成长了解不多。只是每一次见到大嫂抱着这个孩子在我二姨家出现时，我还是会想起翠英大姐。她那年带回来的两个儿子，和她一个样，也是端着饭碗一直吃，那两个孩子光着上身吃，我一直看到他们的肚子一点点胀得滚圆，我从好奇看到惊叫，我去找我妈，我说那两个孩子肚子怎么会吃成那个样子。我爸赶来后，把翠英大姐训斥了一顿。大姐还是露着白牙摇着脑袋笑，两个孩子什么表情也没有。傻大姐生了两个傻儿子，遗传这事太吓人。看到忠华，我就为大哥庆幸。翠英当年真要是嫁给他，给他生了傻孩子可怎么办？不能明明知道有可能，还要偏偏生出智力残疾的孩子呀，这是对生命的不负责。

哪怕抱养一个，也比生了智力有缺欠的要好很多。

当我写这本书时，我考虑过如何来写忠华。小宽媳妇说，没事，该咋写咋写，忠华知道自己身世，也知道亲生父母在哪儿，她从来不去找。

听小宽媳妇这样讲，我心里甚是安慰。这些年，我关注寻亲的故事太多了，通常会被里面的曲折吸引，也会被真情感动。可一旦把这种事跟我的家乡对应起来时，一切就很平常不过了。

我上学时，学校有很多孩子是抱养的，我知道的不下十个。这样的事在辽西来说是很平常的。无论是外人，还是当事人，都知道自己的亲生父母在哪里。但是很少听说有谁去找，或是闹着要回去的。反倒是有个堂哥家送出去的一个女儿，在那家养到十二三岁时因为家庭出现变故被送了回来，而那个姑娘在堂哥家没待上两个月，又自己回到了养父母那儿。这些年，每每看到寻亲节目时，我都会被节目里亲人相见的画面感动许久，但却总和我的生活对应不起来。我生活中的这些相似的人，在意养而不在意生。就像是一个和我同岁的亲堂妹，自小知道自己的身世，而从来没有找过我们一样。只是在她养父母全去世后，我的堂哥堂姐去找过她，她也很是淡然。

小宽媳妇说，忠华知道自己的亲生父母在哪里。但是她从来没有想过要回去。长大后，她嫁到了她凤兰姑姑身边。凤兰和沙卜台所有的姑娘一样护家，想方设法也要把兄弟姐妹拉到身边去，小云是这样，淑芹是这样，凤兰也是这样。早些年，她已经把二力哥一家拉扯到了盘锦，如今忠华也嫁过去了。大哥和大嫂再老一些时，应该也会被忠华接走的。他家的房子也会变成一座空房。

大哥拴了那挂马车后，我许多时候在放学的路上要搭上一段。好多回，大哥让我撕几页作业纸给他。他要拿那些纸卷旱烟，而我的本子又不是多厚，刚开学的时候撕起来还很大方，越是临近放寒暑假时，我撕起来越是难以割舍。作业写到那时，本子上已经没有几页纸了。大哥也不是逼着我要，而是他烟抽得勤，烟纸已经没有了。但为了能够心安理得地坐他的车，我还是要来得大方一些。大哥抽烟时，表情很是专注。缭绕的烟雾里，我能够看到他忧郁的目光正在穿过一缕缕青烟，他边抽着烟边想着心事。他好像是沙卜台最能揣着心事的男人。

大嫂是一个愿意闯门的女人，她最常去的就是我二姨家。几乎每天晚饭后，她和大哥都会先后到二姨家唠嗑，大哥能把沙卜台外面的新鲜事带回来，大嫂的话题却总是和吃有关。大嫂在沙卜台有些和别人不一样，她像是一个长不大的女人。这一点体现在她有时会主动开口要东西吃。在此之前，沙卜台好像还没有这样的媳妇。但是没出两年，大家都习惯了。想想也是，因为你的东西好吃，人家才禁不住诱惑开口要的，要是不好吃，谁会主动要呢？

在我四年级时，有一次去赶集，在下河山的山路上，话赶话我和大嫂吵了起来，两人甚至要动了手。而我却说到了她不能生孩子这件事上。每次想起这件事，我都后悔得不行。当时只为嘴上痛快，却是揭了人家的短。二姨整整拉了一路架，我们两个人还是在争吵。等到了散集后，我和大嫂却又和好了。

当大姐二姐出嫁，小宏哥落户在了沈阳之后，二姨家里只剩下了二姨父他们两个老人。我问二姨父地是如何种的，他说一直在和吕凤祥搭伙。我二姨父脾气古怪，大哥却是能跟他合作到一起。那时我才意识到大哥也是一个六十多岁的老人了。时光过得真快。

我二姨说，吕凤祥对我俩还是很好。尽管搬到沟外去了，但时不时到上沟来看看有什么活儿。二姨父去世后，二姨把地全转给了大哥来种。十亩地，一年好像只要六百元钱。现在二姨也没了，估计这些地还是由大哥种着。只是大哥大嫂再在地里耕种的时候，会更加显得孤单。

不知道大哥大嫂在地里劳作的时候，是不是还会和他们的二叔二婶子聊聊天。他们几乎是最亲密的两家人。吕凤祥大哥实际上比二姨父只小了十几岁，但他们的关系更像是父子。我只是没有弄懂，他们两个是如何处成朋友的。我二姨他们在大哥身上借的力，要远比小宏哥多得多。

如果不是在年轻时赶上了那个时代，大哥二哥的命运可能会有转机。但现实是没有办法改变的，只能认㞞。就是在这种抗争中，大哥活成了沙卜台最像男人的男人，只是他心中的隐痛没有人知道。他把自己的房子建在了沙卜台的沟口，他没有和二哥一样搬走，他正在守着这一沟的没有秘密的过往。

吕化新家

拼凑起来的家不拼凑的生活

吕凤祥爷爷是地主，时过境迁，当年有多大的家产无从知晓，但从另一个侧面可以推断出他家当年的家底和威风。吕凤祥爷爷虽然去世了，但他的小老婆却还活着，这个小奶奶有多大呢，总之比吕凤祥的妈没大出太多。与吕凤祥爸同父异母的叔叔也还在，就和小奶奶住在吕凤祥家东院。

那是一个有些仙风道骨的小脚老太太，满头白发，额头突出，两腮塌陷，皮肤细腻并蜡黄，弓腰弯背。从我有记忆始，她就有七十多了。吕凤祥管她叫奶奶，吕凤祥的妈管这个小婆婆叫妈。两家墙挨墙，只是早已经分开过了。

从我二姨家那里论过来，我管男主人吕化新叫老舅，管这个老太太叫舅奶。

由于家庭出身成分不好，吕化新一直也没有娶上媳妇。吕家的威风消失殆尽后，吕化新没有得到上辈传下来的福禄。没有办法，他成为了杀猪匠。岁数大的人送给他一个外号叫大皮。听说舅奶在怀他的时候，正好赶上斗地主分田地，要革地主命的人们把舅奶吊起来打，也没有把吕化新打掉。他还是坚强地来到了人世。所以，沙卜台老人给他起了这样一个外号。

在沙卜台，给别人家杀猪，都不付工钱，只是帮忙。吕化新愿意喝酒，有时在人家忙了大半天，吃上肉或者喝上酒之后，他就会控制不住自己，往往要高着调门在村子里吵闹一阵。记得有一年，因为喝多了酒，说错了话，被他表外甥延军给打了一顿。

给别人家杀猪，临走时，东家都会割块肉给杀猪匠。其实就是酬劳，说出来的托辞是夺命太多，要让持刀见血的人心中少一些负罪感。有时，我看到吕化新醉乎乎地拎了一块肉，提着两把刀在村子里出现时，眼前就会出现他杀猪时的凶狠样。

一到腊月，要是听到哪一家一早上传出猪的尖叫，便知道又有一家要杀猪了。我自小对猪肉不感兴趣，但是对杀猪后家家之间的和气氛围感到知足。

沙卜台不论哪家杀猪，左邻右舍都会赶过去帮忙，男人一起去抓猪，女人则是有的切酸菜，有的烧水，有的备面，井然有序地从事着自己熟悉的工作。当天把猪杀了，当天都要灌好血肠。酸菜、肉和血肠混在一起炖上一大锅，然后把村子里每家的主人带上小孩叫过去一起，炕上地上摆上几桌，吃上一顿。如果哪家有事没有派代表去吃肉，主人家便要当天晚上给人家送去两块方肉、几根血肠和一大碗酸菜。这个风俗不知始于何年，但直至现在还是如此坚持着。

当然，那个年代，日子过得拮据，并不是家家都有年猪可杀。要是哪一家没有杀上猪，家家给那家送东西时可能肉块会大一些。今年没杀上猪的人家，来年一定要早早杀上一头，再把大家请过来吃上一顿。一进入腊月，沙卜台就进入了相互请吃猪肉的节奏。基本上今天这家请，明天那家请，吃的内容都差不多，但是吃来吃去，人和人之间又近了一层。

不论每家有多大方，但还是有一个微妙的事。一般人家通

常不喜欢第一个杀猪，家家都熬了一年苦日子，肚子里已经没有多少油水了，第一个杀猪的人家，当天消耗掉的肉都是最多的，人们不是有意往多了吃，但吃着吃着肉就少了下去。而到了最后杀猪的那两家，肉可能端上端下地热了好几回，哪怕是再瘦的，也要剩下了。这种事不是小气，而是生活中的小智慧罢了。

村子里杀猪的事，都被吕化新承包了。那是一个又脏又累又害命的活儿。但没办法，吕化新只能依此给自己争取一些地位。可即便是这样，他的地位也没见得有多高。因为这个和他的脾气不无关系。

我见过他杀猪。是他给我二姨家杀猪，他到了二姨家之后先是喝了一会儿茶，大家估算着猪的重量。等把茶喝透了，他会挪腿下地，把那条皮革做的围裙往身上一扎，便招呼着男人往猪圈去了。这个时候是我最害怕的时候。因为那猪不消一会儿，就会被按住，然后四蹄捆起，尖叫的声音着实吓人，整个沙卜台都会被猪恐惧的尖叫声笼罩住。猪在死之前的叫喊，实际上代替了主人即将请人吃肉的通知。几个男人压住猪之后，吕化新用手在猪脖子处摸一摸，抄起一尺多长的刀子就向猪脖子捅去。那时他的眼神是专注的，露出的都是凶光。血冒着泡，汩汩地往盆里流着，带着一团热气，猪的叫声一点点弱了下去，然后就看见四蹄一点点松弛下来。一条活蹦乱跳的生命不到十分钟就消失了。再不到两三个小时，就变成了盘中餐。

吕化新走路时身子总是往上一蹿一蹿的，呈现着醉态，如果再是喝了一点时，人就更容易进入疯癫。他喝酒后，闹得最凶的一次是把暖水瓶顶在了头上。跳来跳去，任谁也挡不住。我二姨大呼小叫地制止着他，他对他二嫂子说的置之不理。

吕化新喝了酒之后的另一个毛病是回家打他的老婆。他在岁数很大的时候娶上了老婆。他的老婆叫周金枝，好像是木匠媳妇的娘家侄女。周金枝在沙卜台的通称是金枝，她长了一脸麻子，还有抽风病，平时见人也不吱声。有时，走在路上也会突然犯病。有一次在进沙卜台的大坡子时，她突然犯了病，人直挺挺倒在了地上，然后滚下了石坎子，掉到了河套里。好在有人发现及时，找人把她抬了上来。那天村里人抬着金枝回家时，我看到她一脸是血。不知道发生了什么，跟着一帮人后面一直走，听着大人们叫她金枝，我第一次记下了这个名字。

金枝在沙卜台不怎么说话。只要她眼睛发直着走路了，村里人就知道她癫痫病又犯了。她不串门，也不赶集，她像是一个单独的存在者。但是村里没有人欺负她，也没有人瞧不起她。相反是吕化新动手打她时，别人会制止吕化新并批评他。说起来吕化新对金枝的动手，真好像是无缘无故，他总是把生活的不顺撒在金枝的身上。其实，金枝除了智力有些问题外，劳动能力并不缺失。她的手中几乎始终拿了一把镰刀，每次她在村子里出现，肩上都差不多是一捆荆条。夏天一到，她会整天整天地在山上打柴，不出几天，一个山坡的荆条都会被她砍掉。她像是一头老牛，一声不吭地干着。只有吕化新拿她撒气时，才会听到她带着哭声的反抗，有一次她质问吕化新，操你妈，你又打我干啥。我就站在旁边，我觉得一个再老实的人，被欺负到忍无可忍时也会反抗。

我小时候有一次和哥哥生气，哭了许久之后趴在炕头睡着了。我妈费了好大劲儿把我拨拉醒了。她对我说，哭过之后不要在热炕头马上睡，不然会落下金枝那样的毛病。后来，我妈给我讲过一次金枝的病因。说的是她小的时候受了委屈，然后哭着在炕头睡着了。再醒来就得了抽风这样的病。我不知道她是从哪里听来的关于金枝的故事，不知真假。但是从我妈的口气中，还是能听出来她十分可怜金枝。她俩一个是沙卜台最有文化的女人，一个是最沉默的女人。虽然两人之间没有感情，没有交集，但在沙卜台，她们是平等的。

再后来，当我知道金枝是木匠媳妇的侄女时，我就在想，吕化新和金枝的结合应该是由她撮合成的。金枝是一个病人，显然找不到太好的婆家，而吕化新和一个老母亲相依为命，负担也不是太重。这样把他们撮合成一家，也就是将就着过了，彼此不会对对方有更高的要求。吕化新祖上再是厉害，现在也是新社会了，没落了，家里除了三间房一个妈外也再没什么了。

金枝嫁给吕化新一直没有生孩子。吕化新便开始打听哪里有生下的孩子不要了。结果真就打听到了一家，吕化新和那家约好了，生下来就去抱，结果等他去抱孩子时，那个孩子被波台沟小学的一个老师抱走了。送孩子的人家尽管不要新生下的孩子了，但对送出去的人家也是要选一选的。那个是老师，家里只有夫妻俩。吕化新这面是一个老妈一个病妻，他又是一个屠夫，两厢一对比，人家自然要把孩子易主了。吕化新空着两手回来了，村里好多人看到了他脸上的失落。

结果没出两个月，吕化新又得到了一个消息。邻乡有个没结婚的姑娘要生孩子，正在找人家。听到消息后，吕化新把此事定了下来。命运也许就是如此弄人。此前被人抱走的那个孩子到了那个老师家，一直到三个月，眼睛似乎都睁不开，一看就是一个病孩子。而吕化新抱回来的这个孩子，白嫩嫩水灵灵的，他真要是把前一个孩子抱到这个家，日子可真是要雪上加霜了。

吕化新的这个儿子起名叫凤军，按着吕凤祥和吕凤铎那儿排下来，也叫小三。金枝照顾不了孩子，只好由舅奶来抚养。舅奶把这个孙子当成了掌中宝，如果哪个大一点的孩子欺负了凤军，舅奶在路上堵着了就会骂上几句。凤军和小凤小靓年纪相仿。等他再大一点时，就开始和我们大孩子一起玩，只是小了一大截。

沙卜台的孩子都知道凤军的来历，有时看他小，就诱骗他说一些蠢话。例如有一年夏天中午，我们一帮小孩子趴在羊圈边上，看着那只大公羊把母羊追得四处乱撞，木栅栏被羊们冲得咣咣直响，到最后，无法跑掉的母羊被公羊逼到一个角落。公羊兴奋地立起两条前腿，然后把身子砸在母羊身上。每到这时，母羊也知道自己无法逃脱，干脆停下来让公羊趴在身上歇息一会儿。公羊也不安分，会把裆部一把红色的刀子没入母羊的体内，每当公羊有些惬意地完成这样的追逐后，小孩子们懵懂的思维似乎被一点点启蒙了，他们发现了羊们这种游戏中所暗含的微妙。好多回儿，大一点的孩子安排凤军，你哪天回家看看你爸和你妈是不是也在“打栏”[①]。第二天，大孩子们遇到了凤军，就会问他看没看到结果。凤军小，不知道大家问的到底是什么，睁着眼睛直晃头。

凤军自会说话开始，嘴就是极甜的。沙卜台老老少少大大小小，他都会准确地叫出对应着他身份的称呼，见到谁都知道打招呼。大人们也喜欢这个孩子，只是有时会叹息他的命真苦，摊上了这样一户人家。确实，吕化新家应是整个沙卜台日子过得最艰难的。上有老，下有小，病的病，弱的弱。可即便是这

---

① 打栏：辽西民间对公羊母羊交配的称呼。

样，吕化新还是咬着牙把日子挺了下来。

凤军上小学时，我家已经搬走。但每一次回到沙卜台，他都会来找我玩。他最喜欢的大孩子是小宏和我。有时，我俩去放羊他也跟着上山。我们放羊，他抓蝎子。每次不论抓了多少，凤军总会往多了说一些。我二姨一听凤军说抓了多少蝎子，就说他又吹着说了。凤军这样做的原因可能是在找一种自尊，因为尽管没有人给他细说他的身世，但他从大孩子的口中还是知道自己是要来的。尤其是看到哪一家拼凑到一起的成员时，渐渐长大的他心里还是有着自卑的。

吕化新主外，金枝像是一个踏实的仆人。家里做饭做菜的事全落在舅奶身上。这个年轻时风光的地主小老婆成为了沙卜台老人之中最辛苦的一个。她颤巍巍地行走，一手抱柴，一手还要拄着棍，她的脚行动起来确实不便。

中国有句老话：瘦死的骆驼比马大。对于这句话，我深信不疑。不管吕化新家败落到了什么程度，在他家昏暗的屋里，还是看得出大家族的气派的。

沙卜台一般的人家结婚都要有两个柜子，用于存放衣物等物品。至于是什么木质什么款式是没有多大讲究的。柜子上放一面或两面镜子，左右两侧和上面摆着楹联。我的记忆中这样的楹联都是毛主席诗词。而吕化新家的柜子却是暗红色的，靠着北墙发出阵阵古旧的气息。那两个大柜子上镶着铜鼻，四边有着银色和绿色的花边。柜子上面放着的镜子也是陈旧的，镜子正中靠上的位置没有写毛主席语录，两边的楹联框里是我看不懂的内容和古代人生活的经历。镜子和楹联的边框镶着精细的银白花。那种白花的材质光滑而细腻，只有在我长大后，看到贝雕时，才想起吕化新家的镜框上面那些花，竟是用贝壳拼出来的。

吕化新家的柜面上，像是一个博古架。带镜子的梳妆台，一米多高的青花瓷瓶，一尺多高的花瓶，另外还有一个直径有一尺半的圆柱形盒子。舅奶告诉我，那个叫帽盒，是古代用来装帽子的盒子。这些都是吕化新家的日常生活用品，是祖上用过并留下来的。那时，我们觉得他家的日子实在是穷，别人家都打上了立柜，墙上装了大衣镜，而他家却还在用着那些老得不能再老的物件，只有长大后才知道，他家所有的东西都算得上是古董了。他家每一件大大小小的家具里，都透着岁月流逝和曾经的辉煌。

舅奶的柜子里装了什么东西我们不知道。只是凤军时不时会在家里拿出几枚铜钱和我们交换，他交出的是铜钱，我们回报他的是带他玩的机会。我自小喜欢铜钱，喜欢听那叮叮当当的声音。我第一次回艾林皋时，我大舅教我蒙古话以后，他说了一个谜语让我猜：叮当响，响叮当，又圆又扁又四方。他刚说第一句，我的眼前就出现了铜钱的样子。当他描述完最后一句时，我告诉他答案是铜钱。我大舅捏着下巴看了我一会儿，回头对我大舅母说，付秀荣的这个孩子就是聪明。其实，他根本没有想到我对物件的观察能力。如果没有凤军从家里带出来的那些铜钱，估计我不会那么迅速猜出大舅所说的是什么。在我开始创作之后，我一直在强调，生活就是创作的基础。

凤军拿出来的铜钱有些泛着金光，有些则锈迹斑斑。我们把铜钱放到毡子上迅速地摩擦。羊毛和铜钱快速接触后，铜钱就会露出上面的字迹来。我不知道康熙、乾隆、道光、同治、咸丰、光绪等这些字代表的是啥意思，也不知道它们之间相互的关系，但每遇到一枚自己没见过的铜钱时，还是有些兴奋。

当凤军家的铜钱越来越少时，我听到过舅奶问他，是不是又拿了她的铜钱。每次在墙外听到舅奶的训话时，我都提心吊胆。再到后来，村东头的土场刨出了一些坟，我们找铜钱的注意力开始转向了那里。有时，土场的半空中又出现了一具棺材时，我们就盼着哪天它早点散了架从土崖上面塌下来。

沙卜台每家和泥、抹屋顶、垫圈用土都是到村东头的土场去拉。在最早之前那是一片坟场，不知道是哪朝哪代的了，有人说那里叫高丽坟。有时刨着刨着一具棺材就露了出来，但没有人故意把棺材刨开，只是等到土自然挖到那儿了，不得不碰动它时，才用镐头敲一敲棺材板。大多数的棺材在地下埋了上百年，都已经朽掉了，哗啦一下，木头和人骨会顺着土一下子滑下来。村东头的坟场隔不上半年，就会掉下来一具棺材。有一年，我们小孩子实在没东西玩，竟然抓着大一些的骸骨拼起了架，被大人发现后好一顿骂。

那些骨头被人们拨拉到一边，路过坟场的时候总能看得到。我在看《尘埃落定》，读到骷髅里长出了花朵时，又猛地想起了我们小的时候。记得有一次，我们在坑子里游泳，游着游着，水面上漂来了一个骷髅，这帮小孩没有一个害怕的，竟然争先恐后地去抢它，就像是电视里播放的水球比赛那样的画面。

凤军一点点长大了，我能感到，他会长成沙卜台一个有出息的青年。哪怕我家离开了沙卜台，沙卜台在我心中也还是一个家，我总是在打听沙卜台的情况。凤军十二三岁那年，听说金枝没有了，好像是添了什么病，在炕上躺了半年，她终于咽下了人生最后一口气。金枝没有了之后，吕化新家就剩下了祖孙三代了。

凤军上学时，波台沟的那个老师当上了校长。他的儿子和凤军年龄一般大，正好分在一个班里。那个孩子两只眼睛极小，又努力地向两侧长着，个子看上去要比同龄的孩子小上两岁，听说好像连自理都有些费劲。而凤军却是大眼睛，个头也正常，学习成绩也不错。不知道那个校长对于人生这样戏剧性的安排有何感想。也不知道凤军面对自己这个同学时，知道不知道他们两个人在出生前，人生还曾做过另外一种安排。

再是后来，我听说舅奶疯了。其实应该叫老年痴呆。八十多岁的她有时会爬到墙上去走。听到这样的描述时，我就在想她的拐棍放到哪儿去了，她的那双小脚是如何爬上墙头的，她的手里还拿没拿着她长长的烟袋杆，她雪白雪白的头发像是旗帜，在墙头上飘。

舅奶是一个抽旱烟的老太太。没事时，她会把烟袋锅伸进烟笸箩里，用烟锅一挖，再用右手的拇指把烟末按实，然后用火柴点上烟，一股辛辣味就开始飘了出来。冬天的时候，舅奶会用铜火盆装上一盆从灶膛里掏出来的炭灰放到炕上。那些灰里面埋着炭火，用插在里面的铁棍一拨拉，红红的炭火就会露出头来。此时的舅奶抽烟不再点火，她把烟袋锅对准那块炭火，用嘴使劲地一连串地吧唧几下，烟就点着了。

舅奶抽烟的样子很富态，悠然自得的样子。从这个架势中，还是隐约可以看出她曾经的富贵的。沙卜台的男男女女中，只有她这样抽烟。她的烟嘴是玉石做成的，包括装烟的布口袋上拴着的绳子上面，都系了一块红宝石。生产队解散后，村子里来过几个收古董的，一来就盯着舅奶的这套装备。再是到后来，听说舅奶把那块红宝石卖掉了。不知道家里遇到了什么过不去的坎，不然她不会做出如此下策的。

当舅奶也去世后，凤军长大了。他到大连去打工，然后在那里落了户。我二姨说，凤军那个孩子出息了，也没忘本。他把吕化新接到大连去了。好像是安排在哪儿给人看厂子。

凤军在外地是娶了媳妇的。可是不知道为啥，听说那个媳妇被人害死在了家里。这个案子传到沙卜台的时候，没有人感到震惊，因为大家只是听说他娶了媳妇，也没有见过那个女人。

凤军虽然不是吕化新的亲儿子，两个人的命运却是如此相像。原先四个人拼起的家、拼起的日子，已经成为了沙卜台的陈年旧事。只是不知道风烛残年的吕化新躺在床上看到凤军时，是不是还能够回忆起他在沙卜台的成长。

富贵的日子也能过，苦难的日子也打不倒。生活给予这家人的回报是抱来一个别人遗弃的孩子，含辛茹苦带大，吕化新拉扯凤军长大的过程确实是艰苦的，不易的，没有经验的。

吕化新当年抱回凤军的目的是养儿防老，如今来看，他还是实现了这个目的，也还算是成功吧。

二姨家
看透一生不是叹息一声

沙卜台最东面第二家是我二姨家，这家的存在使我与沙卜台产生了几十年的交集。

二姨父叫石永贵，他大哥叫石永富。两人名字的组合便是富贵。沙卜台的沟里有一片地，地里有几座坟，叫石家坟，由此推出，石姓在这个村子也是生活了几代。

二姨父的大哥成家后，搬到了梁南的小杠沟。二姨父的叔叔由于没有儿子，在二姨父小的时候定下来将来他去世后要给他叔叔顶脚。顶脚的意思就是埋在长辈坟的下方位置，有陪伴之意，也代表坟主有儿子的意思。

二姨父和二姨的结合多少有点机缘巧合。二姨父在乡上的供销社上班，而二姨付秀芝却是艾林皋最能赶集的蒙古族姑娘。没有读过书的二姨有一个让我们晚辈佩服的本事，口算她眼前的物品，不用算盘，不用纸张，当然也没有计算器，她只需叨咕叨咕，就能准确地说出价钱。这应该是在她十几岁开始卖枣和药材时练就的。

那个时候乡上还没有正式的集市，卖自家的产品都是在供销社门口，二姨和每天在此出出进进的二姨父就这样认识了。二姨家姐妹五个兄弟三个，姥爷年事已高，又是一个不会讲汉语的蒙古族老人，二姨便决定了自己的婚事。和二姨父确定下婚事，二姨才知道二姨父先前结过一次婚。二姨对这些倒没太在意，沙卜台的人说二姨父的前妻是一个好吃懒做、有些神道儿的女人。辽西一带喜欢把做事不按正路、思想行为怪异的人用“神道儿”这个词来形容。那个女人临走时，带走了女儿。

这些是我出生前二姨和二姨父的前史，我出生时，她家已经有了我大姐、二姐和小宏哥。我家刚到沙卜台时没有房子住，在二姨家的西屋借住，我就是生在了那里。我四岁左右时，二姨家拆掉了上院，在坎下盖起了新房。从此，这个房子承载了我和沙卜台的所有联系。

由于在供销社有一些账没有记清，二姨父被辞退回到了沙卜台。又过了多少年，他当上了生产队长。每天敲响林木匠家门前挂在树上的一截铁轨，开始带领社员们日复一日年复一年地劳作。

二姨父脾气有些古怪，沙卜台人几乎很少有人看到他的笑。他脑壳上只有零星的几根头发，他索性剃得光光的。二姨父爱喝红茶，一喝茶头顶上会沁出一层细密的汗珠，有时鼻尖上也是。每当看到他用搭在脖子上的毛巾擦汗时，我都感受得到他浑身的通透。这样喝过了，便是他一天劳作的开始。辽西的老人都爱喝红茶，是那种低质的茶末，浓酽得像是一碗酱油。家家的茶碗里面都积着一层厚厚的茶垢，干干净净的茶碗喝起茶来在感觉上差了一层。这样的茶碗是不脏的，每次用完都要涮干净的，只是用得时间长了的原因。

我家众多亲戚的下一代中，好像没有人和二姨父太亲近的。只有我是例外。二姨父对别的外甥不冷不热，但对我却不这样。我二姨贴的饽饽是出了名的，不论是谁到二姨家，都要让她贴饽饽吃。二姨更是以此为美事。她做的其他饭菜也好吃，我这辈子最爱吃的就是二姨做的饭菜，不用多少油，不用大米白面，二姨能把一日三餐调换出花样来。每次围坐炕桌吃饭时，二姨父都会把手中饽饽上的“嘎吱”揭下来给我。“嘎吱”是玉米面饽饽贴在铁锅上的那一面，金黄金黄的，又脆又酥，带有一种煳香，那是我认为天下最好吃的美味，没有之一。二姨父的牙不太好，他不愿费力去咬“嘎吱”。其实孩子们都在用眼角盯着他的手呢，没有零食吃的孩子哪个能禁受得住“嘎吱”的诱惑呢。二姨父通常连小宏也不给，直接递给我。有时，我故意不再拿一个新的吃，因为那样的话，容易太早吃饱，会吃不下二姨父递给我的“嘎吱”了。有时，他会跟我商量还吃不吃，我要是吃，他就再吃一个饽饽。在这事上我们爷俩达成了某种默契。

我家在沙卜台时，由于年龄小，对二姨父没有太多了解。记得最深的是我五岁左右的时候，有一天去二姨家，刚一进门，看见他和二姨正在外屋地上扭打，他把二姨按在了地上。我飞快地跑回家去找我妈来拉架。在孩子的印象中，谁欺负了他的亲人他就会成为坏人。

我四姨家在沈阳的郊区，在我儿时的印象中，那是一个遥远的存在。有一年，四姨父带着他的大儿子来到了沙卜台。他们带来了一个手提录音机，我们跟在他的后面看新鲜。四姨父不比二姨父年纪小，好像还要大上一点。虽然不是住在大城市，但离沈阳不太远，说话的口气自然有些大，嘴里老是说着“小逼崽子”，不这样说，他好像不会开口。他喝酒有一个特点，叫拉长谈。一顿下来可能得六七个小时。我记得非常清晰的一次，二姨做完饭翻山去乡上买菜，准备后几天的食物。结果她翻山越岭地回来了，四姨父的酒还没喝完，二姨父作为东家自然得陪着。

这样的时候多了，大家说话自然也不客气。一天夜晚，二姨父和四姨父话赶话吵了起来。好在家里人多，不然就动了手。我第一次看到二姨父的脾气竟然那样火暴。以前只感觉他沉闷不好吱声，没想到他骂起人竟然直指要害。他告诉四姨父要是装回苏家屯去装，不要到沙卜台来显摆。看大人打架还是很过瘾的，那种雄性的冲突让人觉得沙卜台不再寂寞。我相信左邻右舍都会听到争吵，因为我大姐那天哭的声音实在是大。我在一旁偷偷地看我大姐，我觉得她的哭声不是被吓出来的，可能是生气，也可能是她故意哭得这样大，用哭声来制止这场战斗。那天战斗的结果是四姨父拉着他的大儿子连夜要走。我爸妈自然要劝架而不能站队。但那晚，虽然我不记得是因为啥吵了起来，我站在了二姨父这面，估计我爸也会站在他二姐夫这面。

那天晚上，四姨父带着他大儿子，还有我大姐，简单收拾了一下东西上了后山。在此之前已经说好了，大姐要到他家去看四姨。即便他们吵了一架，这个计划还是要正常进行。我妈和我二姨一直追到后山梁上，往回劝我四姨父。我跟在后面，不知道他们会怎样收场。那天晚上，月亮很亮很亮的，走到后山，冬夜变得干巴巴地冷。先前我四姨父火气还很冲，可是走着走着他也不咋吱声了，可能是天气把脾气冻没了。

那天晚上，四姨父住在了我家。第二天天一亮，什么事情都过去了。我爸、二姨父和四姨父又坐在一起开始喝酒。录音机在一边吱吱呀呀唱着《妹妹找哥泪花流》，我不知道具体的歌词是什么，就是学会了那一句，有时我非常正式地拉开架势，但是唱完“不见哥哥心忧愁”之后，下一句再也不知道是啥了。直到今天还是这个样子。

我家搬离沙卜台时，我十一虚岁，在此之前和二姨父没有更多的交往。只是我家离开后，再回去就住在他家，是和他一点点熟悉起来。我正在长大，他也开始看到一个成长的我。

我喜欢在土地上劳动，每次去沙卜台，几乎都是要帮二姨父到地里干活。他家有十块左右零碎的土地，每一块我都找得到。

当大姐出嫁、二姐考上了师范、小宏外出打工后，其实我成了二姨父身边的一个孩子。我在十五岁那年和他到温家梁耪地，他在前面拿垄打头，我在后面跟着。他告诉我耪地时要先用锄头打苗眼，也就是把靠近苗根部的草先仔细除掉。他是一边说一边做的，非常认真，好像要把我培养成他当队长时的一个社员。我一边和二姨父劳动一边想事，我发现在那个时候，我已经学会了观察生活和理解生活，而且我还发现，周围和我一起长大的孩子可能还没有意识到思考的重要。二姨父是一个标准的农把式，活儿做得精细且不拖泥带水，一锄头伸出去，将近一米长的垄背被翻成了松土，顺着垄一面一锄，田地冒出了土的味道。每一次我爷俩耪完一条垄时，他都要在地头往回看一看劳动成果。因为每次都是他打头，所以他总要领先在我身前一两米，这样干活儿才互不干扰，还能有比赛的感觉。跟在他身后，我心里是不服输的。一般时候，他到地头时，都会伸出锄头帮我几下。把这根垄锄完。

那天快到中午，我俩在温家梁回到家时，二姨已经贴好了饽饽，炖了一盆土豆和豆角。吃饭时，我二姨父突然对二姨说，二小子将来一定出息得了。这是我第一次听到成年男人这样当面夸我。我爸生气时有时会骂我啥也不是。不论我给老叔干多少活，他有时也会对我半嘲半讽。我身边这三个成年男人中，二姨父第一个欣赏了我。

那天的午饭因为劳动累了，吃得格外香，二姨父脱光了膀子，他的脑壳上不一会儿又蒙上了一层汗。我下地给他拿了毛巾。他笑眯眯地接了过去。二姨父好像只对我笑过，对我哥、对我其他表哥表弟们没有这样的笑容。他吃饭和其他人不一样，总是一小口一小口夹，好像很挑剔的样子，吃完饭后，总是把身子先向后退去，然后才把筷子往桌子上一扔，哧溜一下，两根筷子便前前后后地分开了。我妈十分不喜欢二姨父的这个举动，给人感觉对当天的饭菜不是很满意。我也观察过，确实那个样子不太好。二姨父对吃喝上的标准一点不高，他不爱吃太多的肉，杂七杂八的东西更是不吃。只有西红柿炒鸡蛋才是他的最爱。有一年，我听说他过生日，去他家时，从集上买了几个西红柿给他。他知道我懂他。

那天下午，太阳不太热时，二姨父喊我接着去温家梁耪地。结果我俩到了地里一看，他就笑了。他耪过的地方，经过一中午的晒，草已经干巴在地上了。而我耪过的地方，还有一些草东一棵西一棵没精打采地活着。二姨父对我说，干活儿不能图快，要把草看准，下锄要深，把草根除掉它才不再活。那件事让我知道了什么是标准，欲速则不达呀。割地的活儿是我三年级秋天我爸教会的，耪地这件活儿，是二姨父把我教会的，做针线活儿是我奶奶教会的，当兵之前，我对于农活儿的掌握已经使我能够生存下去。但我不是一个土地能够留住的人，一次次地在沙卜台劳动，我深深地体味到了，我可能热爱这种生活，但这种生活绝对不是我的追求和目标。尽管那时还很迷茫，可我已有了远方。尤其是在沙卜台的山上一次又一次望向远山时，心中都在升腾起梦想的力量。当我有能力教导身边的年轻人时，我告诉他们，哪怕眼下还没有路，也不能失去寻找远方的理想。

还有一年，二姨父在小庙梁种了地瓜。每次临要吃时，就现去往回刨一些。那年的地瓜长得有些出奇，根本不是往年圆滚滚的样子，一个个细长细长的像是胡萝卜，刨得稍微浅了，或者急于往外拔，便会断在土里。二姨父在前面刨，我在后面捡，他看看我，再看看地瓜，笑了。我突然想到了我的体型。我十三四岁，身体极瘦，除了骨头好像没有什么肉。二姨父的眼神是极富内涵的，他什么也没说，却好像什么都说了。他挑着筐，筐里面装着地瓜，上面覆盖着地瓜秧。我扛着镐头跟在他的后面，他挑了一会儿把筐从这个肩膀换到另一个肩膀，也不歇歇，看着那个身影，我真是觉得劳动者真美。我对于劳动的人是在内心尊崇的。我现在的家门口有一个拉面馆，每次去那儿吃饭，差不多都会遇到一个长得很黑的五十岁左右的环卫工人。她穿着橘红色的环卫服，很显眼，她坐在那儿吃面，然后慢慢喝汤，很优雅。有时别人会用一种怪怪的眼神看她，我觉得别人不应该这样看她。她在自食其力，在人格上与每一个食客都是平等的。除了吃饭能遇见这个妇女，再遇就是看她扫马路，一下一下，很认真。我对于劳动的认知是从沙卜台开始的。这种认知不是技能上的，而是劳动的意义。

我家搬到的那个村子，人口多，山也少，家家的柴都不够烧。说不清什么原因，我家好多回都是等着做饭了，可院子里却没有柴。每次看到我妈因为没柴烧着急上火，我最大的梦想就是给她存下一大垛柴，让她想怎么烧就怎么烧。有一年下雨，我家竟然没有一点干柴，我妈一边把准备捆笤帚的高粱秆从东屋顶上取下来烧一边掉眼泪，我躲在东屋哭了许久。我放学的路上，总是在寻找着可以当作烧柴的东西。我敢肯定，我是那个村子二三十个孩子中，唯一在放学路上往家捡柴的人。春天到了，我到地里刨玉米根，夏天到了，到山上打荆条，我怕看到我妈天天到山上刨柴的样子。所以，我看到一个朋友在他的《回鹿山》书里，写到他们兄弟分家，面对一垛柴如何分割的情景时，我完全懂了那个朋友的过往。

我要给我妈存下柴烧，那些柴就疯狂地长在沙卜台的山上。我在内心喜爱沙卜台的原因和那里山上的柴有直接关系。在课堂上，我一直盼着暑假的到来。我是三年级时搬到后来的村庄的，那年暑假考试我考了双百。取完试卷我没有回家，而是直接奔回了沙卜台。为了赶回去快一点，我抄了近路从下河山翻了山。结果走到最山顶时，天空下起了大暴雨。天地白茫茫一片连在了一起，雨水蒙住了眼睛已经看不清东西南北，只能凭意识在山上跟头把式地跑着。本来走的就不是路，在所有的荆条丛里我东一下西一下地跳着。我没有害怕，奇怪的是我觉得下了山就会到二姨家，脚步却慢了下来。那是我第一次把二姨家当成了家，我爱着我的沙卜台，如果不把二姨家当成家，沙卜台哪里还能收留我呀？在风雨漂泊中，我找到了一个家的方向。

我让雨放纵地淋着我，只是死死地抱住了书包。因为书包的后隔里放着我的试卷，隔着一层帆布，它紧紧地贴在我的胸口。雨慢慢停了，西边很快出现了一道漂亮的彩虹。如果不是湿透的衣服提醒了我，真不知道刚刚发生了什么。走到河套时，沟里的水头已经轰隆隆地下来了。那天，我把试卷展给了二姨父看，他抽着旱烟说，二小子，你长大后指定能考出去。他还是鼓励了我。

暑假到了，我要到沙卜台给我妈打柴烧。二姨父为我准备了镰刀。那天早上我还在睡觉，他就开始给我刷刷地磨刀了。二姨父平时总轮班上山放羊，他知道哪个山坡上的荆条长得壮实。打荆条要一年一换山坡，头一年砍了，第二年长出来的都是嫩芽，不禁烧。选打柴的地方，荆条要连成片，这样不用东跑一下西跑一下浪费工夫，将来往山下挑的时候也方便。

二姨父告诉我南沟西坡的荆条今年长势好。我拎着镰刀去了南沟。全沙卜台的沟，只有南沟有两个名字，它又叫观山沟。果然，整整一山坡绿意葱葱的荆条，在风的吹动下，荡着绿的波浪。我的眼前出现了我妈舒展的眉头。我选了一个荆条长势好的坎边，开始了我的劳作。那天上午，我是快乐的，我成为了沙卜台一个可以独立劳动的少年，身边没再用一个人陪伴，我童年的那些伙伴已经散向了四面八方，而我，走出沙卜台几年之后，已能够用我的劳动呈现我的价值。我的劲儿很足，我急于证明成长的能力。

那天中午吃饭时，二姨问我打了多少个柴。我脱口而出八个。沙卜台把一捆柴说成一个。捆虽然没有一个具体标准，但大小还是差不到哪儿去。二姨笑着说我，二小子就是能吹。二姨父对着我说了一个字，操！我不明白他这个词代表了什么。是质疑我的数字还是批评我急于求成。一个壮劳力，一个上午也就是能打八个柴？我一个十四五的孩子一上午也完成了这样的任务，显然有些夸大战果。下午还得接着上山，二姨父这回给我磨了两把镰刀，刀磨得快一些，打柴也省力。他一边磨刀，一边用手在刀刃上来回地拭着。他把刀交给我的时候，说了一句，悠着点。

下午上山打柴，我的手痛得抓不住刀把。早上刀把在手里还是稳稳当当，可是下午刀把好像变粗了，一把已经握不住。一把锄头半把镰。我连半把也把不住了。我坐在山坡上看着手，指根部三个水泡明晃晃的，像是要把手心里的肉皮撞开。我用指甲一点点地掐漏水泡，然后再一点点把积液挤出来。这样虽然会火辣辣地疼，但不影响打柴。我必须要在天黑之前把柴打到六个。因为下午劳动时间比上午要长，而我在中午已经向二姨报上了八个这个标准。我自小好强，无论什么事都没有低过头。如今我总对朋友说，这个世界上再没有任何事能够难住我，这都是从小在劳动中积累和思考出来的。

太阳跑到西山后了，沙卜台家家的炊烟从烟囱里飘了出来，不一会儿淹没了半个村子。我得回家了，那时汗已经落了，浑身上下一片冰凉，我少年的脚步第一次感到如此疲惫。以前的各种劳动只是体验，这一次，是我人生真真正正劳动的开始。吃饭时，二姨又问我打了几个。我说打了六个。二姨父一边吃饭一边点点头，这个数还靠谱。

那天晚上，吃过饭我到大坑子去洗澡。月亮爬上来了，透过枫树枝和叶斑驳地洒在我的身上。溪水哗哗地唱着，我浸在水里听着各种虫子的合唱。沙卜台真好，它能够包住一个少年的梦想，也能驱除一个少年的劳累。阳光晒了一天，溪水还是有些凉，一动一荡的水波涤荡着我的身体，月光在水面上变得细碎而令人心醉。在那天晚上，我惊讶地发现，自己已经是一个男人了。我有些脸红心跳地告诉自己，再也不能光着身子在沙卜台洗澡了。我的童年就此结束了。我从水坑里爬上岸，爬过我们小时候比赛撒尿的那道墙，回到了二姨家。那天，小宏哥我俩睡在了屋顶。天上的星星亮极了，我俩开始一颗星星一颗星星地辨识。其实我们只知道七八个星星名，除了北斗星以外，其余的全对不上号。这一夜我觉得是最美好的。

第二天接着打柴。中午放羊回来的二姨父从我打柴对面的山坡路过。吃午饭时，二姨没再问当天的收获，但二姨父却突然开口说了一句，今天我从山上下来时看过了，二小子真还是没吹牛。砍下的荆条只需一天就会干得差不多。山坡上其他地方还是绿油油一片，而砍倒的荆条左一铺右一铺在山上连成了断续的波浪，黑乎乎的一片，很容易看得出来多少。

第三天再上南沟打柴，我没有从南沟口上去。走的是前山，爬上前山，隔着南沟，往西坡上一瞅，我都惊呆了，我砍过的地方，山皮裸露了出来，山坡像是没有理完的头，出现了一片斑秃。

那次打柴，我只休息了一天。是因为不小心镰刀把手割破了。镰刀笨了，砍不断荆条，一滑，刀就顺着荆条秆走到了左手食指上。我的左手食指现在至少有十几条刀印，都是少年劳动时留下。当时留下时是教训，长大了，再看那些刀印，是回忆，是荣耀，像是少年时期的勋章。

我第一次手指被砍是在六岁时。我跟在二姨身后去碾盘沟砍柴。我在四五岁的时候，我妈给我讲述她在沙卜台生活的艰难，其中讲到我不到一岁时，她把我哄睡了之后，就跑到离家最近的地方砍柴，还不等砍到一捆就得往回赶，怕我醒了会哭。可能是因为她对柴的缺失太过于恐慌，我六岁上山砍柴时她没有制止我。二姨只是要带我上山做伴，她砍的柴随手会扔到我的堆里，我装作看不到，我是希望自己能够多背一些回家的。就在我东一下西一下砍柴时，左手的手指被割破了。二姨过来后，大声告诉我把裤子脱了。我不知道脱裤子干啥，哭哭叽叽地说疼。她让我使劲地挤出尿来冲伤口。可是我脸涨得通红，一时半会儿也尿不出来。二姨只能顺手抓起一把粗沙攥在了我的手指上。二姨攥了一会儿，松开了手，干的沙子哗的一下掉在了地上，血浸过的沙子在我的手指上洇成了一团黑色的泥。

二姨怕荆条的气味熏到我的伤口，她给我捆了一捆，不再让我打柴了。我坐在那儿看着二姨干活儿，看着看着我的尿意突然来了，二姨说，那快点尿吧，消消炎。一股温热的尿浇到了我的手指上，泥被冲得干干净净，手指上没了血迹，我看到一块肉皮正翘在食指上，刀口像是噘起的一张小嘴唇，红扑扑的。其他几个手指不好意思看这个受伤的兄弟，蜷曲起来，只有拇指陪着它伸在手上。

这次打柴停工后，我又受了一次伤。这次来自于马蜂。打柴的时候也会被马蜂蜇，但疼一会儿忍一忍就过去了。可是当我停止打柴，开始寻找榆树梢用来捆柴时，在西沟遇上了一窝体型极大的马蜂。我刚把榆树梢抓到手里，就听嗡的一声，一群马蜂飞了起来。那时我才看清，那丛榆树上竟然盘踞着一群黑乎乎的马蜂。尽管跑得很快，但还有一只马蜂成功地追上了我。以往被马蜂蜇都是蜇在裸露的皮肤上，这回却是被蜇在了肚皮上。等我跑回二姨家时，肚皮上肿出了一个大红疙瘩，而被蜇的针眼处又隆起了一个乳头大小的包，二姨父找来了一把马齿苋揉在上面，然后帮我往外挤，毒水一滴一滴地往外流，我低头看着肚皮，那里像是长出了一个哺乳期的乳房。最后，我的肚皮上留下了一个豆粒大小的疤，每次洗澡看到这个疤时，我都会想起那次糟糕的经历。

打柴期间，二姨赶了一次集，她给我家捎信，过几天可以来拉柴了。我爸来拉柴的前两天，二姨父说，我帮你打一天柴吧。他是怕我打的柴不够拉一车，一是我面子上过不去，二是家里已经找了车，十几里地来一回，能多拉一些就多拉一些。我们爷俩第一次在打柴上合作，他弓着身子一下一下地挥着镰刀，不急不缓。我虽然砍得有些快，但却没见得比他砍得多。

他的姿势很沉稳，下刀没见得多用力，刀砍在柴上的嚓嚓声却非常有节奏。生活给了劳动者最美的舞台和无穷智慧。

我爸和我大堂哥来拉柴了。二姨父准备了两条长扁担，他和我爸到山上把我砍的柴挑下来。扁担每头捆了四个，看着他们挑着小山一样的柴捆从山上下来时，我感受到了成就感。我在后来的写作中，总喜欢用“付出总有收获”这句话，其实它来自于那天的感受。那天挑柴一直挑到中午才完工，在二姨家吃饭的时候，二姨父一直在向我爸夸奖我的劳动能力。我爸听得美滋滋的，那满满一车柴成为了二姨父赞词的注脚。

当上兵之后，手里有了津贴，虽然每月只有三四十元，但每次探亲，我都会给二姨父带上一点礼物。我在大连给他带回过一副花镜，他很是喜欢。再是后来，挣了工资，见了他都要表达一点心意。我们俩其实更像是一对忘年交，之间没有承诺什么，但似乎都了解彼此。他知道我的要强，我知道他的倔强。但是我的要强在他的身边都会化成弱小，而他的倔强却从不是对别人来的。听说他得了癌症时我已经调到北京工作，心里着急却是回不去。我没有让我爸把钱捎过去，而是特意汇到了邮局。我要让他看到那张单子，而不是钱。我一直认为，用钱来回报什么，会太过于直接和浅白，会消解亲情和友情。我要让他在生命最后时刻，知道有一个孩子正在远方惦记着他。我帮他联系了沈阳最好的医院，可是他听到天价的医疗费时，没做手术也没打招呼就回了沙卜台。医生打电话找到我时，我才知道他跑回了老家。他不是生活的逃者，他是要用这种方式减少子女的负担。尽管我表态只要是治，我在经济上可以出一分力，但他还是不同意手术。是的，他一辈子攒下的钱不够一次手术费用。

二姨父去世前把我爸叫到了沙卜台，他希望我爸能够陪着他。我爸和他睡在一起，整整一星期，他把后事全交代完了，走得明明白白。只是他不知道我只能焦急却有多么无奈。他去世的消息家里没有特意告诉我，只是他一个远房侄子给我打电话，告诉我他二大爷去世了，大家送埋回来正在吃饭。我把电话打回去问了情况。他的后事办得很简单，当天就埋到了石家坟。他年轻时就定下来给他叔叔顶脚了，他终于在七十七岁这年完成了一生的行程。

二姨父在沙卜台和谁基本上都过得去，好像除了吕凤祥没有更知心的朋友，但是看不顺眼的人，他连句话都懒得说。我觉得他把笑脸只给了我，总是嘿嘿地冲我笑。去年回家给我二姨父上坟时，我在坟边流了许久眼泪。这应该是我第一次在他面前哭，可是他再也不会夸赞我了。

二姨在沙卜台的善良和包容是出了名的。谁家的大事小情，都会成为她的事。她一生中平凡得不能再平凡，但我认为她做了一件非常了不起的事。嫁给二姨父之后，二姨才知道他之前还有一个女儿。那年在沟门口的二河滩种地时，老曹媳妇神兮兮地告诉二姨，她得知消息，二姨父前妻带走的那个姑娘到北票县去买东西，今天要路过沟门口。老曹家在搬来之前，和那个姑娘住得不太远，她当然了解这其中的一切。二姨自然明白老曹媳妇的意思。二姨说那你看看能不能领回来看看。老曹媳妇在沟门口等到了那个姑娘。那个姑娘知道自己的身世，经老曹媳妇一说，便跟着来到了沙卜台。这是我长大以后才知道的。因为二姨家一年当中那个大姐总会出现几次，我便问了原委，才知道其中还有这码事。

那个姑娘叫石玉英，她也是沙卜台的孩子，只不过是流失了多年。当她又出现时，已经十几岁了，她自自然然地管二姨父叫爸，管我二姨叫婶。每次她回到沙卜台，和我二姨之间一点隔阂也没有，二姨也是把她当成了闺女。石玉芹大姐嫁到了上园乡有些远，石玉梅二姐长了肿瘤做了大手术，小宏在沈阳一年也回不来一次，二姨父年老时，只要家里有事，就给距离二十里的石玉英打电话，她的爱人于海文每次来得都很迅速。我妈不止一次地向我谈到石玉英大姐这两口子，说二姨父晚年真是借了他们不少力。我妈谈这些的时候，她忽略了我二姨的功劳。如果二姨是个不通情理的女人，根本不同意和大姐走动起来，最后他们也不会得到这样一份亲情。是二姨用一种母爱的包容，为大姐寻到了一份父爱。哪怕那时大姐已经长大不需要二姨父照顾，可是父亲的存在就是一种爱呀，只是有没有能力爱的问题。一个人要是没有了父亲，便是真的没有父爱了。这件事，是我二姨一生中做得最明白的事，她的开明她的包容，让她在我心中一直高大着。不论二姨多么能算账，她算得最清的是亲情。我从小到大得到她的全是鼓励和爱，这就是她看得清的一笔账。我在三岁时被她讲故事哭得上气不接下气，她还看不清我是什么样的孩子么？哪怕她到了晚年，强壮的我能轻易地把轻飘飘的她抱起来走几步时，我还是觉得我依然是她身边的孩子。

我妈书教得好，但是针线活儿却是差了一些。我记忆中没有穿过手工做的鞋，全是买现成的。我上初中时，有一次跟二姨说我一直没穿过手工做的鞋，她揪了一会儿耳朵上的拴马桩，然后让我脱鞋上炕。她用手比划着我的脚，比划比划着，她突然从旁边抄起笤帚疙瘩在我脚上轻轻地敲了一下，她说这脚长这么大了。一个星期后，在集上她把一双新鞋给了我，不大不

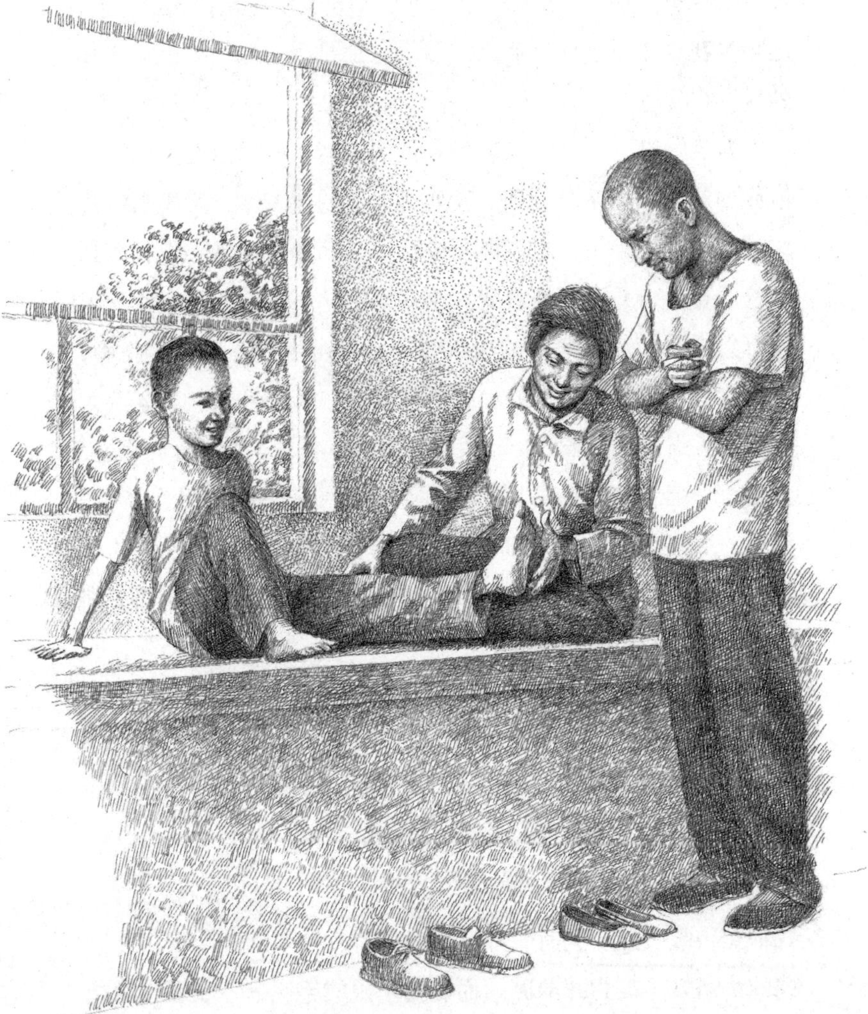

小正合脚。

我的脚右脚背上有个痦子，二姨说，这个地方长痦子，将来会走到很远的地方。我的大脚趾特别长，二姨说大脚趾长养爹娘。我的脚在她的眼里全有说法。二姨打我脚的那一下，我当时没有明白是什么意思。她看我的脚长大了，是怕我走得远，还是怕我走得不远呢？后来我懂了，那是她看到一个生命成长的欣喜和嗔怪。

据我妈讲，我是无意来到人世的。当二姨知道在她家临时借住的妹妹又怀孕时，她对我妈说，大的才一岁，又要生？我妈说，那既然来了，也不能不要呀。二姨说这话是心疼我妈和我爸的日子，并不是冲着我。当我妈把这事讲给我时，我从来没有怨过二姨，人家讲的也没错呀。我出生在春天一个凌晨，天刚刚要亮，我爸在远处上班不在家，二姨和另外一个老太太接的生。当我生下来后，二姨扒开我的腿看了一眼，告诉我妈，又是一个小子，就叫二小吧。我刚一出生，二姨就给我命了名。当我一点点长大后，我的小名失去了它的功能。在我人生的各个阶段，我有了无数个称呼，而这些称呼都在随着身份和工作的变化在变化着。很多人叫我老师，叫我老胥，叫我开心果，叫我科长，叫我干事，叫我老哥，叫我二叔、二大爷、二爷……叫得我好累好累。只有我爸我妈还有二姨还在叫着我的小名，每一次听到他们叫我二小的时候，我觉得心里是那样地透亮，那样有依靠感。可是有时有朋友在场时，我爸我妈就会叫我得意，甚至他们也叫习惯了，有时也不叫我小名了。偶尔地叫一声时，我都觉得很突然。只有二姨，啥时候都在叫着我的小名。看来我的小名她不是为我取的，而是为了她能够叫一辈子顺口给她自己取的。

二姨父去世后，二姨的晚年陷入了难堪之中。大姐想接她过去，但她家还有一个和二姨年龄相仿的婆婆。中间去住过几次，但大姐在家时一切还好，她一旦上山去做活儿后，她的婆婆就会拿话敲打二姨。她向我二姨讲得最多的是她生了一个好儿子，意思是说我大姐夫在养我二姨，二姨借了她生的孩子的光。这样的话二姨装作听不懂，忍着不做声，怕使大姐为难，啥也不敢和大姐讲。可是临到过年时，大姐的婆婆告诉二姨，在她们那个地界，外人在别人家过年，是要拿礼钱的，不然不吉利。意思是二姨得给她包红包。我二姨比她岁数大，又是一辈子要强，但也只好忍气吞声。二姨和我说这些时，我内心是极不平静的。她为了大姐家的和睦，把自尊都抛下了。

其实在二姨父刚没时，二姨在我家住了一段时间。我爸我妈都同意，尤其是我哥更是没意见，我听了更是高兴。可是二姨住着住着就觉得不舒服，自己有儿有女的，怎么能跑到妹妹家来过晚年呢？

二姐最担心二姨，可是她却无能为力。二姨父生病期间，她一边化疗一边往沙卜台跑照顾二姨父。当她头发都掉光时，二姨竟然都没有发觉二姐过度的消瘦。二姐夫人不错，可他是一个严重的贫血病患者，每个月都要输血，自己上下楼都很费力。二姐把二姨接去住过几回，可是高高的十六楼像是一个监狱一样关住了一个在农村生活了一辈子的老太太。所有的电器使用方法让二姨望而生畏，二姐上班后，她只能趴在窗户上向外望。最可恨的是二姐所住的楼，电梯总坏，物业也不修。因为物业服务不好，业主又不交物业费，形成了一个恶性循环。一次，二姨生了病需要送医，几个人硬是从十六楼顺着步梯从另一个单元给抬了下来的。自此，二姐那里二姨也不敢再去。

其实她也是心疼她弱不禁风的二女儿。

小宏回来接二姨去沈阳住过一回。没出一个月，二姨坚决回来了。这些年了，小宏还在租房子，日子过得很拮据。小宏脾气火暴的媳妇说吵就吵，说闹就闹，在这些年她回沙卜台时二姨早已经领教过了。以前她要小孩子脾气是偶尔回来时才有，现在变成了天天在身边上演，二姨确实受不了。小宏两口子天天上班，买回来的饭菜根本合不了二姨的胃口。于是，她又回到了沙卜台。看到二姨回来了，沙卜台人是欢迎的。吕凤祥两口子把她请家里去吃饭，吕凤来家的三嫂总过来陪她说话，二姨又活了回来。可是，突然有一天，她厨房屋顶断了一个檩子，房子成了危房。二姨还要坚持住下去，但是姐姐们已经不同意了。

石玉英大姐把二姨接去住了一段时间，尽管照顾得不错，可毕竟不是亲闺女，二姨不好意思在她那里住。后来，二姨父的侄女石玉秋又接她的母亲去住了一段时间，虽然二姨和她的妯娌大嫂一辈子相处的很好，但二姨也是待几天又走掉了。她不忍心拖累了二姨父的侄女。二姨的晚年心病很重，自己有儿有女，可是哪一家也待不下去。妹妹家、侄女家倒都欢迎她，她却不想麻烦别人。我在县里给我爸妈租完房子后，特意给二姨买了一张床，让她住在我家。可是她也像是客人一样住了半个月又换了地方。其实她和我妈在一起时是幸福的，她们兄弟姐妹总共八个，到了晚年她还有一个哥哥一个妹妹。两个耳聋的姐妹在一起打扑克，谁也听不清对方在说啥，但也玩得津津有味。我爸对我二姨是尊敬也心疼，可是谁也没有办法决定她的选择。在二姨父去世后，我曾召集我哥和大姨家的表弟，同二姐夫商量把二姨送到敬老院。可是她的条件不符合公立敬老院的要求，私立的又太贵，即便我咬牙能负担得起，可是她有儿子，我做不了主。一旦她病倒了，我在外地也管不上。小宏毕竟说得好好的，他谁也不指望着帮，他的妈他自己当然要管。可问题是他没管，也没管好。

我在当兵后的探家过程中，只有一次没有见到二姨。只要见到了，我俩有无数的贴心话要讲。看着那个佝偻成一团不足七十斤的老太太，我就想着她年轻时的样子。二姨父去世后，二姨我俩至少有两次躺在炕上谈到了后半夜，她和我一个一个地讲沙卜台的人和事。聊着聊着又聊到了她的晚年。她对小宏赡养晚年不抱任何希望，她说小宏这些年在外面打拼，日子很困难，每次过年回来都是空着手，走的时候肉呀米呀背得满载而归。尤其是在二姨父去世这事上，她把小宏一下子看明白了。他从沈阳回来没掏钱不说，还和媳妇把二姨装在饭盒中藏在炕洞里的钱也翻了出来。小宏急于卖掉二姨还没有卖掉的玉米，借口是马上接二姨去沈阳生活。实际上他是怕他走了之后，这些玉米被大姐卖掉。二姨父的遗体被装上车拉往火葬场时，我爸在大门口拦住了小宏，问他带钱没有。小宏说没带。我爸说这个事上的钱得是你出。他才回到屋去取，还是找我二姨要的。看透了这个世界的二姨早看得明白了，她的儿子娶了一个永远长不大的女人，那个家全靠着他一个人做零工打拼。所以，小宏找我帮什么忙我都帮，不讲任何代价，但是我不喜欢他对二姨的口是心非。一个人如果做不到，就不要承诺什么。

二姨我俩之间是默契的。例如二姨父去世后，我听说小宏要接她走。我给她打了电话，意思是要阻止她。还没等我说出口，她就说耳朵听不清，正在和小宏媳妇他们说事儿，过后再打吧。事后，我俩见面时，她对我说，那回我就知道你要说啥，你得罪他们干啥?

二姨家房前屋后有许多山枣树，这些树上结出的枣和别人家的枣不同。它皮薄核大，但口感却极好。二姨知道我自小爱吃她家的枣，从我当兵之后，每年她都会邮一些枣给我。我的战友们全吃不惯，我暗自庆幸着自己慢慢地品尝。即便晚年各家辗转之时，她也还惦记着秋天要回到沙卜台给我捡一些枣留着。晚年的她已经上不去树了，她只能等枣掉在了地上再捡。那来自故乡的枣让我备感亲切。二姨去世那天，我哭得不能自已时，我的女儿依波乐出现在了我面前，她不知道她坚强的爸爸为何变得如此失态。她害怕地站在一边看着我。我告诉她，你二姨奶没了。她每次回老家，二姨都要看她去的。她对这个二姨奶有印象。有一次，她突发奇想让我给她孵小鸡，我无意中说了一句，你二姨奶才会孵，她看鸡蛋都能看出能孵出公鸡还是母鸡。这句话依波乐记住了。她看我哭，她也抽泣了起来。没有人教她，她是第一次面对亲人的亡故，她是用蒙古人的方式哭的。只是流泪。然后哽咽着问我，那我以后再回老家，谁给我孵小鸡呀?她的一句话，却让我咬着牙呜咽起来。依波乐还小，她想的不一定是二姨奶，可是她知道她失去了什么。可是我哭的时候，想的却是失去了一个年年给我邮枣告诉我她还健在的人了。那些枣是联系着的亲情呀，是血脉，甚至是我内心最柔软处的温暖。所以，当隔壁的三嫂千里之外捎来了二姨家的枣时，我不仅仅是在感激着三嫂，我甚至想是不是二姨生前向她做过这样的交代。她知道我喜爱沙卜台，她怕她去世之后，沙卜台会和我断了联系，她怕我走得太累，找不到心灵回家的路。人一旦追逐物质的脚步太快，灵魂就跟不上了。我不想拥有太多财富，那些有什么用呢?我只想拥有灵魂，让我的灵魂有安息之处。

二姨是在大姐家去世的。我们所有人都得感谢大姐夫的功劳。在农村，老人殁在了谁家，谁家就会成为功臣。家里还是没有人告诉我这个消息，但是那天我还是莫名其妙地往家里打了电话。我哥告诉我他刚刚进我妈屋，还有小宏，还有四姨家的表哥云桥。我吃惊得不行，小宏怎么回来了，云桥怎么也来了。然后我哥告诉我二姨没了，刚刚埋完，他们过来看看我妈?我顿时觉得天旋地转，我心疼二姨，也感到她终于解脱了。我长这么大，任何一个亲人去世我只是流泪，都没有哭出声来。只有二姨去世，我觉得如果不哭出声来，我会疯掉，我的胸里塞得满满的，像是要炸开一样喘不过气。我躲在楼顶，号啕大哭。她的外甥还从来没有如此为一个人心疼过，痛哭过。我似乎替她发泄出去了一肚子的不甘，一肚子的苦楚。她终于不再飘零，终于去寻找她的老伴了。听说，把二姨送回村时，得到消息的人们都来了。在沙卜台，谁能说出二姨的不是呢？她用宽容包住了一切亲情，没有外泄出她对生活的无奈。二姨活到了七十九岁，三嫂子对我叹息着说，二姨应该走在她后面的呀。

大姐石玉芹是沙卜台最爱美也最手巧的姑娘。二姨家的镜子里，镶着她各种各样的照片。当姑娘时，每隔上半年，她都要到县里的照相馆照两张相。如果是现在，可以称做明星照了。只是当照相技术发达时，她已结婚生子，生活让她来不及美了。有生产队时，大姐在果树队修剪果树。上小学前，我总跟在她后面在果树园里刮树皮、剪树枝，我帮她把大的树枝捡成一堆，我得到的回报是她刮下来的树皮和小树杈能给我拿回家当烧柴。

我敢肯定地说大姐是沙卜台绣花绣得最好的一个姑娘。可能因为二姨父是生产队长的缘故，大姐在村里的姑娘当中好像挺有地位。绣花时通常都是聚在二姨家，而且她的花样子也是最多。大姐另两项技能也挺强，一件是织毛衣，另一件是钩花。钩花确实需要耐心和技巧。她用白白的细线钩出的茶盘罩能吓住人。那么细的线在她手上缠来卷去，看得人眼花缭乱，她低头忙一上午也只能钩出半个手掌大小来，我不知道她为啥要这样自讨苦吃。但等她把一大块茶盘罩展现在眼前时，不由得让人称道精致而漂亮。

大姐喜欢的另两件事更有意思了。她喜欢给我们抓虱子和掏耳朵。我和小宏都十二三岁了，晚上睡觉前，她还让我们把裤衩脱下来扔给她。她翻过来之后，在灯下顺着缝仔细地搜寻，看她两只手一挤一挤的动作，觉得她特别有收获感。有时就看到她激动得喊，又出来一个，然后手忙脚乱地用食指追捉那个目标。她用手指先是轻轻地按住，然后"哜"的一声用两个指甲把虱子挤成了一朵血花。她抓虱子通常是放小抓大，只有虱子少时，她才去对付那些刚刚长出一层薄薄白皮的小虱子。如果虱子太少时，她的表情就有些寡淡，好像没有过足杀戮的瘾。大姐两个指甲盖上挤了红通通的血之后，她往上轻吐两口唾沫，用拇指尖相互擦一擦完事了。她的这个形象让我觉得和那个爱美的大姐反差太大，她只要走出沙卜台，脸上都要抹上胭脂，戴上凉帽。后来，又开始涂口红和指甲油，她是沙卜台姑娘穿戴潮流的引领者。

大姐还喜欢给我们掏耳朵。有时，她类似于求我们一样。当我们美滋滋地躺在大姐的腿上，仰脸看大姐的专注时，觉得她的感觉比我们还享受。她用那只小耳勺在我的耳朵是一下一下划着，耳膜里像是安了扩音器哗啦啦地响起噪音。

爱美归爱美，大姐却是一个好劳动力。二姐在上学，小宏还小，她读完小学就成为了家里的主要劳动力。田地包产到户后，她和二姨二姨父打点起了家里所有的劳动。有一年，农忙假我是在二姨家过的，大姐带着我间了一星期的苗。地太零散了，今天我俩到西沟间谷子，明天又到了大沟里间高粱，我们姐俩又在一起劳动了。只是我不再是早些年跟着她在果园里捡柴的小屁孩。

大姐的婚事很让人操心。二姨那两年和我妈所有的聊天内容都集中到了大姐的婚事上。我记得我妈就给大姐介绍过几个。我觉得倒不是大姐标准太高，而是二姨太挑剔了。二姨虽然不识字，但是对属相什么的要求却很严格。她弄了一个老日历，只要上集她就要翻开看，虽然她不识字，她能看得出日历上写的当天是吉是凶，宜做什么。我觉得她把字当成了符号。

大姐嫁到上园后，我妈挺担心她的脾气。她是沙卜台的大小姐，娇气着呢。哪知道她过了门之后，过日子特别能吃苦，对婆婆又是极好，这是娘家人所没有想到的。一个女人结了婚，对公婆好是正道。只要对公婆好，丈夫对媳妇就坏不到哪里。这个家便和睦了。要是女人蛮横不讲理，再遇上强势的婆婆，日子就过不好了。大姐在沙卜台长到二十五岁，她对于如何为人处世早就开通了。

二姐石玉梅是沙卜台读书最用功的。她成了我妈教育我的活教材，从我上小学开始，一直讲到现在。事实也是这样，只要想起二姐，就是她在油灯下看书的样子。她的钢笔字写得极好，我妈老说像是男人写的。在我众多的表姐表妹堂姐堂妹中，她是无可替代的一个。她从小到大，不声不语，几乎没有人听过她大声说话，她和我妈所有的交谈都像是在窃窃中进行的。二姐是沙卜台第一个通过考试改变命运的女孩。当她成为一个教师后，又迅速地成为了先进。只是二姐的命挺苦的。结婚之后，她才知道二姐夫的身体一直不好。但她是一个认命的人，嫁了就要把日子过好。二姐夫是煤矿上的专业技术人员，长得一表人才，技术也好，只是一犯病时，二姐就要操起心来。有一年二姐带着二姐夫来北京看病，她背了两个包，一直推着二姐夫走，推一下二姐夫才能往前走两步，不推他都走不动。那次来北京是二姐夫听说北京一家医院有了能治他病的好药才奔过来的。我手头也不太宽裕，给二姐拿了一千元钱，她和我撕扯了好久。那件事之后，我才忽然想起来，二姐是一个自尊心极强的人，我那样做可能是伤了她的面子。等有一年，我带孩子回家时，她到底还是找理由把那钱还了我。她说当年就算你借给我的，这钱你得收回去。我只好照做。

二姨父生病的前一年，二姐却查出了肿瘤。在医院里找了熟人做手术，结果打开后一看，县城里根本做不了这个手术。在手术台上等了四个小时，从沈阳请来的救急的医生才到。那是一次地道的医疗事故，二姐算是捡回来一条命。因为是找的熟人，这种官司是打不了的。二姐日渐消瘦着。我妈总是跟我说心疼她的话，但谁也没有办法。就在这节骨眼，二姨父又查出了癌症晚期。二姐向娘家人瞒住了她的病情，在学校请了病假，化疗期间她还要往沙卜台跑，来看二姨父。二姨父去世第二年，二姐夫病情突然恶化，住进医院没多久，也去世了。又隔一年，二姨也没了。连续三年，二姐身边最亲的三个亲人纷纷走掉了。我真不知道她是怎么挺过来的，有时我非常为她心疼，但也不知道怎样才能替她分担。有一次和二姐吃饭，说着说着话，二姐哭了起来。我不想劝她，我希望她多哭一会儿，只要她在我们这些弟弟面前呈现出了软弱，她可能会更真实更放松。她承重太久，我怕她再生出病来。二姐真是太苦了。

二姐夫去世后，每个年节二姐都要到乡下去看她的公婆。哪怕她的身体很累很累，她还要尽着做儿媳妇的一份孝道。在辽西，所有的蒙古族女人都能做到重情重义，孝敬老人。

我妈和二姐住得相对近一些，只要一个月不见，她就开始想我二姐。像是有心灵感应一样，只要我妈想得甚了，不用通知二姐就去了。两个人面对面坐着东一句西一句地聊着。我妈和我二姨长得极像，很多人在集市上都会认错人。二姐看着我妈时，可能会觉得自己还是有娘家的人。

二姨给二姨父生了两个女儿一个儿子。儿子小宏年长了我两岁，从小一起长大算是形影不离。他是我动手最多的一个伙伴。他个子没有我大，我敢和他动手。他是我哥，打我时不会下重手，我敢和他动手；他妈是我二姨，他和我干架我会告状，我敢和他动手。这些因素加在一起，我俩便成了对头。可打归打，我还是跟他学到了许多玩法。我童年和少年时期所有的游戏基本上都是他教会我的。到了初中后，我俩都分到了蒙生班，坐成了同桌，仗也打不起来了。

小宏从小玩心就重。他会做冰刀，做火药枪，会修自行车，还敢修收音机。我家那个收音机就是他修了四五回，终于给修坏的。到了初中后，他开始骑自行车上学，我到沙卜台的时机就更多了。他可以用自行车驮着我。冬天，他就住在我家。夏天我就住在他家。他性格有些酸，一说事脸急好翻脸，但我俩处得还是挺好。只是他在外结婚之后，我发现他已经不像是沙卜台走出来的人。每一次提到他时，心里都是说不出来的感觉。可是见了面，又像是以前一样了。是生活把他拖累成了这个样子，他原本不应该是这样的。有时我想，他要是没有离开沙卜台，会是什么样子呢？恐怕也会和延明一样没有结婚。对于他的生活现状，我也是心疼的，所以便有求必应了。

没有二姨，我不会成为沙卜台的孩子；没有了二姨，沙卜台离我还有多远呢？在给二姨第一次上完坟之后，我和二姐说出了我的想法，退休之后我要回到沙卜台。我要回到这里看一山的枫叶红，我要回到这里尝红枣满枝的秋，我要回到我出生的地方盖一个房子，守住这一沟的故事，还要陪着活着的和故去的人们。

二姐说，她也想着老了时要回到沙卜台。等我们回到沙卜台重新生活的时候，村子里的人恐怕更没有几个了，又会空出了几家房子。因为，我们俩离退休的日子还有好多年。梦想是梦想，但很多梦想只是做梦想一想。例如我，这些年无数次地做梦回到沙卜台，在尽情地玩耍。可是现在，二姨没了，沙卜台还有我什么呢？只剩下了记忆。我只能在回忆中幸福地活着。

写这一章时，我几乎是从头流着泪写完的，流泪不是耻辱的，流泪是高贵的。至少它说明我无论在外多少年，我还是没有走出沙卜台的孩子。好多年了，我没有比现在更幸福过，想到了二姨，我就又成了孩子。关于二姨，我还有无数的故事，无数的亲情，只是，我要收起来一些，独自回味。

二姨啊二姨，唉——

林延明家

计算不清的日子算计不清的账

沙卜台的树都有自己的属地，进村是连着的四座松树山，西沟是整整一沟的苹果树，前山是整山的枫树，而在村子东头，却是一大片梨树。苹果开花是青绿色的，而梨花却是雪白雪白的，没有一丝杂质的白，每一片花瓣都凝着一层奶脂。苹果花香由西飘来，梨花的香从村东头溢进，一到春天，沙卜台的人们便奢侈地沉醉在了花香之中。

林延明家原先在吕风来家的后山坡上，地势比较高，到他家去要沿着石板路走上二三十米，再上几级石台阶就能到达。全村只有他家有台阶，小时候有一次延明没事坐在台阶上面抠肚脐眼儿，一下把自己抠晕了过去，折下了台阶。自此，沙卜台又告诉了我一个生活常识，人的肚脐再脏也不能用手去抠的。我妈一直到现在都不愿意洗澡，她的肚脐里总是存着好多黑泥，以前我每次提醒她时，她倒是又来提醒我，肚脐眼可不要没事抠着玩，延明那事你忘了？可见，延明抠肚脐把自己伤到了这件事，怕是延明早忘了，而我妈却还记着。

有一年洗澡时，我发现肚脐里裹住了一块黄泥，非要把它洗出来，结果，泥下来了，肚子却疼了一天。肚子一疼，让我想起了延明小时候做的这件糗事。那时他小不知道危害，但我已经是大人了，生活中给我们的教训怎么还是记不住呢？不听老人言的后果确实严重。

延明有两个姐姐一个哥，但沙卜台的人大多还是以他给这个家命了名。用延明来代表他们家是有道理的，他的两个姐姐嫁出了沙卜台，哥哥延军又在二十多岁就去世了，他成为这个家的支柱，唯一留在沙卜台的孩子，当然得用他的名字来说他家了。

延明在他家老房子那儿发生的故事很多。一年冬天，几个小孩在他家厨房玩火，不知道怎么搞的，延明的棉裤被烧着了。等大人发现把他拖到屋外撕掉棉裤时，他的左大腿上面一块皮肤已经被火烧烂了。那次事故发生时我还小，大孩子还没开始带我玩，没有在场，还原不了事情的真相。有的孩子说延明自己玩的火，延明说是别的孩子弄着的，众说纷纭成了一桩无头案。在沙卜台，这件事即使找到了真凶也不会有具体的处理办法，只能自认倒霉，得到一个要远离火场的惨痛教训。但这件事，延明妈一直讲的是别的孩子点着了延明的裤子，多少年之后她还在这样讲。其实这样讲是没有任何意义的。

当四五岁时，我能够和大孩子们一起在河套洗澡时，我看到了延明的腿上那块吓人的伤疤。那块疤比一只鞋底要大，它随着延明的年龄一直在长。有时我俩游泳游累了在河边坐着时，我还用手去按，问他疼不疼，他说那块肉变成了死肉。我仔细地端详过那块疤，白色和粉色相间，像是一团缠绕在一起的花，也像是一块大理石的横切面，表面不再是皮肤，是一种相对有些光滑感并透明的图案。延明平时不穿短裤，这块疤确实显眼而有碍观瞻。烧伤时延明也不过四五岁，他还原不了当时的疼痛和经过，但我总认为，他每次看到这块疤的时候，应该想一想童年的伙伴。他曾经的伙伴都离开了沙卜台，只有他成为了一个坚守者。

延明属狗，比小宏、怀志、卫东和我哥都大了一岁。差一岁也没差到哪儿，虽然他也和这些孩子在一起玩，但总还是觉得差了点什么。可能是别人都没有哥哥，他有一个哥的缘故。冬天，我们做了冰车，从沙卜台上沟开始滑，一直可以滑到老曹家下面。哪怕是遇到冰坎也能从上面一跃而下。我们的冰车都是用铁锹截掉一块做成刀刃的，我们称之为单刀。而延明和延军每年冬天都是在他家坎下的冰面上自己玩，他俩的冰车没有刀刃，是用两段钢筋做成的双刀。双刀冰车不会翻车，特别稳当，我曾和延明商量着玩过一次，那个家伙太笨重，而且滑起来一点也不快，我以后再也没有玩过他的冰车。小宏是滑单刀的好手，他的冰车可以随时让我玩。

我管延明叫二哥，他和我没有打过架，上学放学时有时还能等等我。但上学时，我却从来没有等过他。他家在路边有个小屋子，夏天的时候他和延军总愿意住在那个小房子顶上。有时我都上学去了，他还在屋顶上睡觉。我们只能喊太阳晒屁股了，以此来嘲笑他一下。延明还有一个特点是对学习不感兴趣，有时说不去就不去了，我们哪能等得起他呀？等他起了床，一句今天我不去上学了，大家就是白等了。所以，后来延明小学没读完就不念了时，我挺理解他，一点也没感到吃惊。

沙卜台的蝎子要比其他沟多一些。延明能抓蝎子，他通常喜欢一个人上山，或者和延军一起去，他除了游泳时和我们结伴以外，其他的事不太愿意和我们在一起。他水性是我们这伙孩子中最好的，扎猛子的时间也是最长的。别的孩子无师自通学会的姿势是狗刨，“咚咚咚”在水里用脚搞出好大动静，有时就是这个动静向大人们检举了孩子们又下了水。而延明会另外一种姿势，叫漂洋。其实，漂洋有点类似仰泳，脸冲天，身子在水面上一蹿一蹿的。延明教会了我漂洋，我乐于跟在他的后面在水里漂呀漂。但后来我发现，我还是比不上他的技术。他把腰用力往上挺时，他的小辣椒能在水面上立出一点点头，在水波中若隐若现，他整个身子几乎平在了水面上。而我一直也做不到。等我长大后在游泳馆里可以做到这种动作时，穿着游裤，再也找不到在沙卜台裸泳的快乐了。

沙卜台的水坑是我们天然的游乐场，延明是我快乐的游艇，他是唯一可以让我趴在背上而他还能游起来的选手。我喜欢这个二哥，但有时也要恶作剧。他在背着我往前游时，我会把他的头按住不让他露出水面。有时，他挣扎着出不来，一翻身把我倒扣在了水里。

延明家还有一件让我觉得新奇的事。他家竟然在水缸里养了一条鲇鱼。那是一条一尺多长的鲇鱼，黑乎乎的，在缸底伏着不动。只有抓起水瓢舀水时，才能看到它在缸底转着圈游动。如果不是渴得受不住，我们都不太喜欢在延明家喝水。为了喂鱼，他家的水缸底上总有一些米粒，水少的时候，一舀水就会把沉在缸底的米粒舀出来，那些米粒在水瓢里转动着，要好一会儿才静下去，我们只能一小口一小口往嘴里抿。沙卜台的孩子们喝水从来没有表现出这样的文明。延明家那条鲇鱼为啥养在了水缸里，这是我的一个谜团。

应该是1978年左右，延明家在村东头的梨树园子里盖起了新房子。在那个新家，我再没有看到过那条鲇鱼，它不知去向。但我敢肯定他家不是把它吃了。在辽西，直到今天也没有养成吃淡水鱼的饮食习惯。这和那里受藏传佛教的影响不无关系。

早在几年前我回老家，一个叫陈宝军的对我说他第二天到水库边钓鱼，我还挺纳闷，大板这里的人怎么吃上活鱼了？结果我再一问，他说是钓鱼回家给狗和猪吃，不然还得喂粮食。第二天，我到河边去找他时，他和另一个人每人都钓上来十几条了，都是七八斤重的鲢鱼。陈宝军钓了一会儿回家了，我问他怎么不弄了，他说今天弄的给猪吃已经够了，明天再来弄新鲜的。再以后，我一讲这些故事给别人听，总是挨骂，说我吹牛。直到现在，沙卜台的人吃的都是刀鱼、青鱼和燕鱼，也就是海里的冻鱼。在我的饮食当中也是这样，淡水鱼只是不得不吃时才去动动筷子。根据以往和现在这些事实的判断，延明家水缸里的鲇鱼应该没有被他家吃掉。但它又到哪里去了呢，这是我几十年以来，一想到延明家时就会想到的谜团。

延明家在梨树园子盖了新房，成了沙卜台最东头一家。再往里，就是大沟里了。所以他家在那儿盖房时，我心中第一个高兴的事，是我家不是最把东头的了，沟里的狼再出来光顾的第一家不是我家了，我妈也不用派我和我哥睡觉前到东房山敲盆子了。而延明家的猪圈就修在了房东头，等于是敞开等着狼来了。奇怪的是过了那么多年，一直也没听说他家的猪被狼吃掉。

他家的房子盖在梨树园里，让我心中唯有的不舍是我们自此没了梨树园。原先的梨树属于生产队，梨花一开，孩子们就在梨园中捉迷藏，树大树小都可以藏得住我们。树叶子再大一些时，我们爬上树，力气小的骑在树枝上，力气大的用力摇，摇晃的树枝成了飞机，成了汽车，成了火车，我们死死地抓住树枝，疯了一样笑着。笑声和树叶抖动在一起，摇着摇着天会慢慢黑下来，吃饭的时候到了，大人们喊着自家孩子的乳名，声音在炊烟里飘来荡去。等到梨子长到小孩子拳头大小时，我们可以把梨摘回来吃了。那是极酸极酸的麻梨，只能在锅里煮烂了才能吃，解决了可以咬得动的问题，味道也是酸的。这是我们一年中吃水果的开始。那个时候苹果还不能吃，只能用梨开个头。现在，梨树全成为延明家的了，我们再也不能随便摘梨吃。梨树下面就是路，人们走路时伸手就可以摘得到梨子，延明妈把屋后的梨树看得挺紧。她这样做带来的好处是，我终于在秋天吃到了成熟的梨子的味道。在那之前，我们从来没有让梨长到过秋天。

春天，延明家住在了梨花里，房前屋后二十来棵大梨树把他家围住了。秋天，他家满院子飘出了梨的味道。真是羡慕死人了。

这个梨园属于延明家之前，它不仅属于全沙卜台，也属于一个南方养蜂人的。沙卜台由于水好，植被好，每年都会有南方的养蜂人来到村里。他们在河边支起帐篷，搭上锅灶，就成为了沙卜台的临时一员。那些养蜂人说着我们听不懂的南方话，整天围着蜂箱转来转去。成群的蜜蜂合成一支多声部大合唱，只是缺少了领唱。每当村里有人经过蜂场时，养蜂人会沏上蜂蜜叫人们到帐篷中品尝。冲蜂蜜要用最凉的泉水，越是那样越是甜。养蜂人尽管在沙卜台只能待三个月，但会和村里人处得极为相洽，有时他们会到邻近的菜园买菜，沙卜台人一般不好意思收钱的。时间一长，他们也懂了沙卜台的风俗。我拿你点菜，送你点蜂蜜。这样便成了礼尚往来。

那一年，梨树园开花了。生产队长却发现这一年的花里长了虫子。队长派人把所有的梨树都打了农药，几天后来了养蜂的，每个人都忽略了打药这件事。结果养蜂人的蜜蜂成群成批地死掉了。刚到沙卜台落脚，赖以生存的蜜蜂全死了，养蜂人哭得天塌地陷。看他们哭得如此可怜，好多沙卜台人也哭了，像是做错了一件大事。当然，生产队也不会就此做出赔偿。东一家西一家拿出了一些粮食和蔬菜安慰着千里迢迢来到沙卜台的养蜂人。

早些年，贾英莲的堂妹就是吃了养蜂人太多的蜂蜜，从而不顾一切地跟一个养蜂人离开了沙卜台。等几年后，她带着一个女儿一个儿子回到沙卜台时，大家才知道带着她走南闯北的那个男人在安徽老家竟然还有老婆孩子。在那以后，凡是养蜂人来到了沙卜台，大家都尽可能与他们保持着距离。沙卜台人没有见过外面的世界，还不知道防范被骗？这回看到养蜂人哭得如此伤心，沙卜台人对养蜂人又有了重新认识。毕竟此养蜂人不是彼养蜂人。听说，当年骗了贾英莲堂妹的那个老徐，回到安徽就被原配给告到了法院，被判了刑。

梨树园成为了延明家的私产之后，沙卜台人就失去了一个梨园。孩子们也失去了一个天然游乐园。

延明爸叫林玉山，他应该是落户到的沙卜台。因为延明妈石玉珍的娘家就在沙卜台，她一辈子的光阴都是在这个沟里过的，也是沙卜台养了她一辈子。可能是缘于这一点，她有些和村子里其他妇女不一样。她是一个非常要强的人，脑子里面装下了许多主意。我管石玉珍也叫二姨，因为她是我二姨父的远房堂姐。石玉珍是村里最胖的女人，从生产队那个年代她就是那个体型，到了八十多岁还是那个样子，不同的只是头发白了。

石玉珍的目光中带有一种沙卜台人不具备的内容，评论哪一件事时，有时她眼睛一瞥，嘴也一撇，然后下个定论。我小时跟她在一起的时候也挺多，那时我家买了一个书本大小的收音机，而石玉珍又恰恰最爱听评书。只要到播评书时间，她就会赶到我们家，夏天时是用胳膊趴在窗台上听，冬天时就坐在了炕上。我妈对她这个二姐挺尊重。石玉珍每次听完评书，都会表达她的观点与感慨。我在一旁似懂非懂地听着。有一点可以肯定，我觉得她太神通广大了，天上地下，从古至今，好像什么都懂。

有一次我妈到学校教书没有回来，石玉珍站在她家老屋院里喊我，她要听评书，可又有些事来不了，让我把收音机拿到她家去。因为时间马上到了，而我还不会开收音机，我抱着收音机飞一样地跑起来。结果脚下一绊，收音机从我手中飞了出去。等我在土里捡起收音机，吹掉上面的土时，我发现壳上磕出了一个坑。一连好多天，我都怕我妈发现这个问题，弄得我提心吊胆。

林玉山是如何到的沙卜台我不知道，他给我最早的印象是开党员会。他和老曹还有我妈，是村里的党员，每次到大队开党员会时，他们都是同行的。所以，我觉得这个二姨父应该也是一个厉害的主儿。可能是外来户的原因吧，家里的一些事大概都是由石玉珍来定夺，他似乎很听石玉珍的。

林玉山家的两个女儿分别叫艳秋和二秋。艳秋大姐和我二姨家大姐年纪相仿，我和她的接触就是姑娘们在一起给自己忙嫁妆的时候，她说话的声调有点长，有时会无缘无故地笑，显得挺幽默和亲切。后来，她嫁到了义县，没出一年，再回来的时候，说话已经完全是义县味了，声调拉得更长了。

我认为二秋是沙卜台最厉害的一个姑娘。她的长相和性格都随了石玉珍。所有的姑娘当中，我无缘由地有些惧怕二秋。我总感觉她的脾气会暴发，而别的姑娘却不会这样。当然，我也仅是看见她发过两次火，也不是冲我来的。她是嫁到了靠近义县的上园乡。再见她的时候少了又少。

辽西是世界上第一只鸟飞起的地方，也是世界上第一朵花盛开的地方。有一百多个乡村发现了古生物化石，尤其以上园乡的化石出名。有一年，我到上园去看一些人从地下挖恐龙化石，在发掘现场我看到几个妇女在远处的山上巡视。我问身边的一个人，山坡上的人是做什么的。他告诉说是放哨的。政府一旦要是来抓了，这些人会发出信号。我问，政府的人只从这一条道来么？他对我说，有时也会从杨胖子沟上来。然后指了指不远处的村子。

二秋嫁到了上园的杨胖子沟我是知道的，觉得那是一个很远的地方，没有去过。但过了三十多年突然听到眼前这个沟就是杨胖子沟时，我还是穿越了一下。我说，沙卜台的二秋是不是嫁到了这里？答是。远远地望去，杨胖子沟要比沙卜台人家还要少。沙卜台交通已经非常不便了，但好在走出沙卜台就能到达公路，可是这个杨胖子沟，交通好像还不抵沙卜台。

站在山坡上，望着杨胖子沟，我心中一顿感慨。二秋从沙卜台走出来，竟然又嫁进了这样一个沟。这也就是那个年代，如果是近些年，这些姑娘要是出去打工，早就嫁到了外面，哪还会回到家乡来找婆家呀？二秋只是生在了那个身不由己的时代。

延明在1989年参军去了。这是我万万没有想到的。他走的时候，我回到了沙卜台，他本来个子就不小，穿上军装后显得更加高大了。我以前一直叫他延明，从那次之后，我便开始称呼他二哥。

延明当兵去的是黑龙江省密山县（今密山市）。他当兵后，密山好像成为了沙卜台的一个新话题。自从大林退伍后，十多年之间沙卜台还没有走出军人。延明也差不多成了村子里新的

光荣。延明由于小学没读完，写起书信来也不太勤，我俩好像还通过一次信，他用半页纸就为我描述完了我想象的军营生活。他当的是边防兵，可能边防兵的生活枯燥吧，反正他探亲回来时，也没有谈部队更多新鲜的事。

可是石玉珍能谈到延明的新鲜事。有一次她对别人说，延明在驻地处了一个对象。沙卜台的人开始想象延明带着一个外省姑娘回来的样子。毕竟沙卜台娶来的女人差不多都没有超出八十里地，这来了一个外省姑娘会是一个什么样的景呀？尤其是当听说延明当兵的地方对面就是苏联时，我还想象他领回来的这个姑娘会不会是一个像俄罗斯女人一样的姑娘。我小学同学王振军他爸和我爸一起在黑龙江边境当兵，他退伍时带回了一个黑龙江姑娘。我见到她的第一眼就觉得她和我见过的人不一样，我爸告诉我，她们叫二毛子，也就是中国人和俄罗斯人混血的后代。听到延明处了边境一带姑娘时，我心中就想他领着二毛子嫂子出现在村子里会是什么样子。

延明一直在部队干得挺好，目标很明确，就是要转成志愿兵，成为部队上的人。石玉珍也是这样算计的。可是，延军的突然去世改变了延明家的一切计划。

延军长得敦实健康，是沙卜台年轻人当中体格最健壮的一个。王春华把自己的妹妹介绍给了延军。结婚之后，生下了一个儿子。延明在外当兵，有可能留在部队。延军守在父母身边，已娶妻生子。延明家过了那么多苦日子后，终于过得顺顺当当。可是沙卜台几年一出的英年早逝的事却降临到了延军身上，早些年先是卫东，后来是淑兰二姐，现在轮到了延军身上，多少年之后，是曹老三，再后来是胜利，这像是一个魔咒一样。听说延军在给车上装弗石时，向后倒退了一步，一下被绊倒了，后脑勺磕在了石头上，血顿时流了出来，那样活蹦乱跳的人说没就没了。我在第一次探亲回到沙卜台时，在我二姨家的房后见到了石玉珍。她正坐在路边的枣树下的石头上，她一看到穿军装的我，就哭了起来，她说我那大儿子咋说没就没了。我看得出来，她是见景生情。那个时候她已经从失去延军的打击中走了出来，但是想儿子还是真想的。她以汉人的哭法一边说一边哭，时不时地用力抹着眼角。哭了一会儿之后，她自己停下来，像是突然收住了似的。她切换到了现实的语境中，问我啥时候回来的。讲实话，听她讲起延军哥的时候，我的眼泪一直在流，还在安慰她，现在反倒是她先停下来了，我的情绪竟然有些缓不过来。那次我俩谈话，讲到了延明。其实延明和我当兵是在一个地区，相距不到四百里。我拿出五元津贴给了她，她推脱一下接了过去。

生产队解散后，村里出现了一个新名词，叫困难户。评上困难户的家庭政府每年要发一些粮食或者有限的救助金。沙卜台享受这个待遇的是延明家。在我看来，吕化新家上有老下有小，更有资格享受这个，何况当困难户并不是什么好听的事。可是延明家却一直是。再后来，我才知道另一件事，在乡上当民政助理的，是林玉山的亲弟弟。

由于延明家一直当着困难户，给别人印象是家庭不富裕，随之带来的问题就是娶媳妇的事。延军去世后，沙卜台的人们有些异想天开，他们觉得延明也到了婚娶年龄，和嫂子过还是一家人，房子是现成的，侄子还小，当不当成亲生的，也是亲侄子。大家都觉得这样顺理成章。可是石玉珍不同意这件事，她计算着得给延明找一个姑娘来结婚。延军的媳妇带着孩子改嫁到了另外一个村子。过了几年之后，又改嫁到了其他村。最后嫁到了我姥家艾林皋。每当听到延军媳妇带着孩子换了人家之后，石玉珍就后悔当年的决定。她对我说过，我的大孙子那么好，今年姓人家这个姓去了，管别人叫爸，明天又改姓了另一家姓，我听到心里就难过，当年不如把孙子留下了。她说的只是当年应该把孙子留下，她还是没有说出当年应该不应该把大儿媳妇也留下。

当了五年兵之后，延明退伍回到了沙卜台。沙卜台的人讲，延明本来是可以不回来的。是他妈一封又一封信把他催了回来。林玉山和石玉珍在信中描述着他们老两口在失去大儿子后，在沙卜台受着外人欺负。为了父母，延明只好回来了。但是这个消息不知道是怎么流露了出来，人们很是吃惊，沙卜台人竟然会欺负了他们老两口，他们信中所说的欺负他们的人又该是谁呢？这是万万不可能发生的事情，拿我二姨的话说，石玉珍不欺负别人就是好事了。

延明个头高，模样不错，人能干，身体也健康，在沙卜台的青年中来比是不差的。尤其还当过兵，更应该排在一等的。可是他的婚姻却卡住了。相了一个又一个，都是没有成。沙卜台人现在都没有琢磨清到底差在了哪儿。如果说是差在沙卜台偏僻，可是在延明之前所有的小伙都娶上了媳妇。如果说是差在了延明家里有两个老人负担重，也不现实，哪个人都要面对赡养老人的课题呀。

“非典”那年，延明三十三岁了。他走出沙卜台好几天，听说去远地方相亲去了。村子里的人都盼着他能够相成。可是后来发现他回到沙卜台好几天还没怎么出屋，一打听，石玉珍叹息着说，那个姑娘被“非典”夺去了生命。“非典”真是吓人，也是害人不浅。我问我二姨，她是咋知道延明回到村里的？她说在后山上的小路上，看到了两个脚印，一看就是延明的。沙卜台真是小，小到看了脚印都知道是谁的，沙卜台还有什么秘密呢？

近些年，沙卜台的小伙子只要到了打工年龄就都外出打工去了，然后一边打工一边寻找机会结婚留在外面。小宏是这样，风军也是这样。按实际讲，延明比他们两个的条件都要好找对象。只是延明太孝道了，他爸妈已经失去了一个儿子，他不能再远走，他要把他们两个照顾好。可能等石玉珍和林玉山百年之后，延明会沿着沙卜台的路出去寻找他的爱情，可是一时半会儿这件事实现不了，石玉珍和林玉山活过了八十多岁，身体硬实得不行。

我二姨父去世后，我二姨独居那个院子。我二姨身体不太好，菜园子也种不了了。我二姨把就近的地和园子都白送给了延明家种。那年我去看她，正好林玉山在我二姨家的院子里种菜。那天，石玉珍也到了我二姨家，她声音还是那样爽朗，只是说到我二姨父时，她突然又要哭出来。我的二姨父是她堂弟，也是一门亲戚。

我那天正好带了钱，掏出了一百元递给了石玉珍，我说我二姨告诉我，我二姨父没了之后你没少照顾她。我也没带什么东西，你自己买一点吧。石玉珍夸我对我二姨真是孝顺。她走后，我二姨对我先是眯着眼看，然后突然笑了，说，你给她的那钱，就算是我花到了。

延明种过地就在前山后山打一些石板。沙卜台的人只要勤快，就会穷不着。这里的青石板非常有名，打一块就是一块的钱，从来不用愁卖不出去。延明在山上叮叮当当地敲打石头的声音驱赶着沙卜台的寂寞。但是时光是不驱赶也要走掉的。

那年我打出租车回沙卜台掉进了冰窟窿，正一筹莫展时，延明骑着摩托过来了。三下两下一指挥，我们的车就出来了。然后他骑上摩托就向沟里去了。看着他的背影，我暗自纳闷，他是沙卜台为数不多走出去见过世界的人，为了一份亲情又回归了这里，真是守得住这沟里的世界。他实际守着的是父母一天天的苍老，守着的是他的不离不弃，他父母的心灵上已经有过创伤，他要用他的方式一点点弥补，让创伤愈合。只是不知道，他年迈的父母每每想到多少年之后，延明孤身一人在沙卜台时，心里会是啥心境。这件事可能石玉珍也算计过。

石玉珍是沙卜台顶能算账的人。据说所有人家的鸡蛋都卖不上她的价。那年我哥订了她的鸡蛋，结果带着朋友去取时，她的每个鸡蛋长了五分钱。她是摸准了买家的内心的。石玉珍二姨听过太多的评书，尤其是《三国演义》她最喜欢了。生活中的事她没有摆不平的，包括年龄，她和王为新一道，成了沙卜台土生土长最老的两个人。我写这本书之前，她是不知道的。如果她知道了，会好好给我讲一讲沙卜台的前生。但我知道她讲不出沙卜台的后世。因为，沙卜台的后世可能会因为这本书而带来些许改变。这个是她没有计算到的。

胥积发付秀荣家

只要努力这个世上没有事情做不成

我妈叫付秀荣，是一个蒙古族的民办教师，将近三十岁了还没有结婚。不是她太挑，是确实没有合适的，她有文化，是党员，又是地区的先进，不可能随随便便找个农民嫁了。在农村又能去找谁呢？拖来拖去，成了大龄女青年。

我爸五岁不到我爷爷去世了，我奶奶独自拉扯一大帮孩子，在我爸十八岁时把他送到了部队。兵当到第六年时，部队给放了探亲假，意思是趁着还穿着军装，回家把媳妇娶了。

我二姑父离我妈的娘家住得近，他为四小舅子物色对象时，一下子想到了在他们村子教书的我妈。我妈和我爸见了面，一个家穷，一个年龄大，虽然差了五岁，但相互没多少选择余地。我妈看中我爸的是体格好，是军人，军装上面有三块红，还有另外一个打动她的条件，他是个预备党员。我爸更是处在弱势，没读几天书的他根本没有想到能娶一个教师，是军装让他占了便宜。

从见面到结婚，一星期。结婚第三天，邻居们来到家里搬走了属于各家的镜子、挂钟、被子。在我奶奶的里屋，我妈和爸只剩下一床被子。两人还没互相了解，我爸归队了。我妈对这个婆家是完全陌生的。我妈又回了娘家。一年后，我爸退伍了。我妈才又回来。我奶、我爸、我妈还有我五叔，在一起生活。1971年早春，我哥在我奶的土屋里出生了。那时，我爸被安排到煤矿当救援队员，我哥出生的时候他没有在家。那年我妈三十一岁，应该算是高龄产妇了，也没有合计去医院，就是在自家生了。

五叔要结婚，家里只有三间土房，我爸自小要强，我妈又极看重尊严，都是自食其力的人，不能再挤在我奶那里过日子，得把房子给我五叔空出来。于是，我妈抱着一岁的我哥到了我爸工作的煤矿，那里没有住房，只有一长溜的帐篷。我爸我妈和我哥团聚在了一起，日子虽然艰苦，倒也是其乐融融。转眼到了秋天，天气一点点冷了，雨布做成的帐篷抵不住冬天的风寒，我妈和我哥无家可归。

那时，我二姨在沙卜台扎下了根，二姨父正当着生产队长。二姨不忍心看着她的妹妹抱着一岁的孩子无处可去，她让我妈搬到她家的对面屋来住，在冬天到来之际，我妈和我哥终于有了一个临时的家。

奶奶分给了我爸一口黑色的边沿出现了许多豁口的缸，我爸借了一个驴车，车上放着那口缸、一床被子、一口柜，我妈抱着我哥，来到了沙卜台。沙卜台用宽广的胸怀收留了这一家三口。

当时，不仅是我家一户投奔了沙卜台。林少春家、邵志金家、赵树森家、苏景志家都是投奔到了这里。只不过他们在这里只是生活几年，不等生产队解散度过饥年后便先后搬走了，他们不算沙卜台的主，只是过客。

二姨家有四间房，东面两间自己住，西面一间腾出来给我家，厨房在中间，两家共用。二姨做主让我家住进来的，她对我妈自然要好一些。可是当生产队长的二姨父性格古怪，脸色并不是欢气。但是没办法，寄人篱下只能低眉顺眼。

由于二姨父是生产队长，平日里客人来得比较多。大队上来人，自然在他家吃饭。只要二姨家来了客人，便是我妈和我爸最难过的时候。不喊我爸过去跟着吃，有时面子上过不去，可一旦去了，我爸在人家面前没有地位。那个年代，农民都拿着工分，日子相对过得还是好的。而我爸当了工人，只能从粮食本上领一点粮。不过，每月都能开一次支，虽然不多，应急过日子还是勉强能过。我爸在一百多里外的煤矿上班，一个月能回来一次。二姨家来客人时，我爸如果休班在家，我妈便把他支到山上去打柴，她也抱着我哥跟着上山。可是若是冬天，却是躲也没地方躲。

我爸把打回来的柴垒在二姨家柴垛上，平时我妈都是在借着二姨家的光。在家期间，我爸要时时盯着水缸，只要缺了水，就抄起扁担去挑水，他既然在家了，这样的事不能让二姨父再去干。

我哥一岁多时，我妈无意地怀上了我。二姨有些嗔怪我妈的粗心大意，自己房子还没盖上，大的刚会走，怎么又开始要孩子？我妈也很无奈。那个年代还没有打胎的事。每当听我妈讲这段家史时，我都庆幸那个时候医疗的落后。七八十年代生育上有个词叫误增，我的生命是那个词汇的证明。

我妈是民办教师，只能算半个农民。她落户在沙卜台后，队上只给记半个工分。一家三口全是靠着我爸的那点可怜收入。而我爸又是一个极孝顺的人，从当兵开始，每月五元钱的津贴都能攒得下来，每年给我奶邮一些回去，当了工人之后，每月开三十多元钱，更是每月要拿出五元给我奶。对这事，我妈是绝对不挡的。因为，她比我爸更孝顺。当年，我爸和我妈刚见了一面，我奶怕我妈不同意婚事，专门让我姑父把我妈约到了一个叫敖宝营的地方，向我妈哭诉她带着七八个孩子过日子的艰难。她讲这些的目的实际是怕我妈要彩礼，她哪知道我妈会那么容易被打动？再一次见到我奶时，就用工资给她做了一件大绒袄。从此，我妈在我奶心中留下傻老蒙古的印象。一辈子，她都成为了我奶奶的贴心小棉袄。

当我哥会说话时，只要二姨家做饭的味道飘出来，他就会喊饿。为此，我妈总先于二姨家做饭，先要把我哥喂饱，免得他的叫声让我妈揪心。但是锅台对着锅台，二姨看得到我家天天在吃着什么。每次她做完饭，都要假装上厕所，然后迅速地从窗户上走猫的洞口向内塞进一点吃的。那时大姐八九岁了，她能够判断出我二姨每次做完饭之后就上厕所的目的，好几回她在我二姨一出屋时，就等在了我妈的屋里。然后的事可想而知，她会不分场合地检举和揭发我二姨的所作所为，二姨父面上不吱声，可能他不介意二姨送吃的给我妈，可是二姨背着他的这种举动自然会引起他的不悦。

1973年三月初八，天快要亮了时，我在二姨家的西屋炕上出生了。我的出生，让我妈我爸坚定了一个信念，哪怕借钱，也要把自己的房子盖起来。最早，家里是攒了一点小米准备我妈坐月子时来吃。可一旦下了盖房子的决心，那小米也不能动了，要留给干活的人们吃。

沙卜台的民风好，盖房子垒院子都是帮工，早上在自家吃完饭过来干活。可是午饭和晚饭东家得管。干活已经免费了，再不给吃点好的就过不去了。可是那时没有大米，小米就是待客最好的东西了。

波台沟大队的主任是我妈的表姑父，也是个蒙古族干部，工作干得好，成为了省里代表，说话非常管用。由他做主，在沙卜台划给了我家一块房基地。沙卜台本来就是一个细长的小沟，到我家盖房子时已经没有宽敞的地方，只能在王为新家的前面河坎上，圈起一道墙，垫上土之后盖起了房。为此，我家是离河套最近的，也是离前山最近的。前山的枫叶长得茂盛时，隔着河都要伸进我家园子了。

盖完房子，我家院子几乎没有多余的地方了，只有一米半宽的一窄条在屋檐下。我爸妈是知足的，没有给沙卜台做过任何贡献，又不是这里老户，竟然能在这里落户，这是搬来之前都没敢想过的。

我爸上班的地方离沙卜台太远，回一次家至少要转三次火车，然后再走十里山路回到家。他不敢浪费下班的时间，每次下班后起早赶黑地往家奔，他要用休息时间攒够盖房的各种料。这家买根梁，那里买两根木头，有空了，我爸就到山上起石头。最后，又在林万有家借一根檩子，才把盖房的料备齐了。

春天里，我家的三间房终于垒够高，还没等盖上房顶，我妈抱着我哥和我迫不及待地住进了新房。躺在炕上望着天上的星星，我妈的心比天都敞亮。终于有了自己的房子了。尽管二姨对她很照顾，二姨父也没说过过头话，但是寄人篱下的滋味是小心翼翼的担忧，是不敢声张的隐忍，是说每句话时的掂量，是对生活无望的苦楚。哪怕是和我爸拌个嘴，都怕被人听到。这种日子我妈体会太深了。后来，我家搬回老家后，我堂哥冬天和大爷分家另过时，拉了一车东西没地方住，我妈主动把三哥一家约到了我家东屋。我五叔说我妈我爸多事，说我三哥和自己爸妈都过不到一起，怎么能和叔婶过一起呀？他没有借住别人家的生活体验，当然不知道我爸妈这样做的想法。

房子盖完了，院子也在一点点地长大。这时，好强的我爸又做出了一个令人惊讶的决定。他要打井！他的这个计划在沙卜台看来，简直是异想天开。祖祖辈辈过来了，沙卜台人就是在河边那个敞口井打水吃，哪有一家打过一眼井？刚到沙卜台没两年的胥积发真是会开玩笑。

沙卜台村中有一条到河边的石路，沿着那条路走下去，是一个光溜溜的井台，全沙卜台的人家都在那口敞口井打水吃。那口井井沿到水面差不多有两米，挑水的人用扁担钩把水桶挂住，放到井里，一晃一抖，水桶就沉入水中，然后再用力一提，一桶水就上来了。打水也是一个技术活儿，习惯了不觉得怎么样，可我妈每次去挑水时，都心惊肉跳的。黑洞洞的井像是张开的大嘴，好像随时能把人给吞进去。常年打水的人可能会控制水桶，想打一桶打一桶，想打半桶打半桶，而我妈是一个柔弱的教师，到沙卜台之前她从来没有干过这类的活儿。尤其是到了冬天，水会洒到井台上，时间一长井台上总要结上厚厚的一层冰，人们要站在冰上面打水。沙卜台人打水时，不争不抢，如果男人先来了，会帮着后来的女人把水从井里提上来。可是一旦遇不到人时，冬天里，我妈只好到河里不冻的泉眼挑水。

当然，村里的年轻人有时看到我妈自己挑水费劲，还不等她说话，就挑了一担水送到了我家。这些我爸妈都是记在心里的。我爸要给我妈打一眼井，他不想看到自己的园子旱着，也不想再让我妈一个人跑到河边挑水。我爸是能够做到这一点的，拿他话讲，虽然他五岁时没了爸，但自小他就没让谁欺负到我奶和我叔。他十六岁时，在大西梁看中了一块荒地，硬是一个人把地给开了出来，让我奶多了一块地。他想做的事，几乎没有难倒他的。

我爸说，满河套都是水，沙卜台就不差水，只要一直向下挖，就能找到泉眼。沙卜台的土薄，挖下去不足一米就是石头。那一个来月，我家房子天天都是晃动的。一支接一支雷管引爆着沙卜台地下的石层。我家打井时，我已经有记忆了，一放炮时，我就看到大人们急忙躲进屋里，然后再看到我爸从还没有打出水的井下，快速地爬到地面。接着用不了几秒，就听“轰”的一声，房子晃了一下，鸡飞猫叫，无数的碎石从井口向空中飞散着，继而是一块一块石头落在屋顶，砸向河套，飞向菜园。

打井的那段时间，村里许多壮劳力都来帮忙了。他们也盼着我爸做成他们想都不敢想的事情，家里热闹得要命，可是我却发现我妈的脸整天阴着。她只是一个教师，哪里看过雷管一支接一支地响呀？那么大的巨石都能炸开，这放炮的人要是从井下还没上来，炮响了可咋办呀？我妈的担心是有道理的，我上小学一年级时，班里转来了一个学生，她爸就是在井下点燃了炸药而人没有爬上来，人连石头一同从井下飞上来的。

半个月后，有一天人们正从井下用撬棍撬着石头，不知是谁惊叫了一声，出水了！真的是出水了，辘轳摇上来了一筐碎石，碎石筐里正滴滴答答向外流着黄泥水。接着，井下的人们又装上来了半桶水。

那天，打井的人们停工较早。晚上，他们喝起了酒，一大帮男人划起了拳。划拳的喊叫声像是打架。我家新换上的那个大灯泡一晃一晃的，像是白天放炮震过之后还没有停止。

我家的井打成了，我爸别出心裁把它弄成了洋井。这在沙卜台更是新鲜景。一根长长的铁管伸到了井下，地面上只露出一米半左右。井头是个稍粗的钢管，把井抽子安在管里之后，倒进水封住口，用井把嘎哒嘎哒压上十几下，清凉的井水便从地下引了出来。

沙卜台有了第一眼人工井，而且是洋井，这是谁也没有想到的事情。这也成了我爸引以为荣的事情，他这个沙卜台的外来户，终于在沙卜台做成了一件事，简直是壮举。井打成了，接下来的事情开始不断发生，几乎村子里的所有人家全来我家开始挑水，我家的院子热闹起来，从天亮开始一直到天黑，窗前始终没有断了人的走动，由于我家东西两侧各有一个门，我家开始成为村子里由东到西的又一条通道。

这眼井解决了我家吃水和浇菜园的问题，那井水甘冽丰沛，有时浇菜园压上一两个小时水也还源源不断，我爸自豪地说是打到了水脉上。但到了冬天，这井便带来了巨大的麻烦。每天到晚上，要在上冻之前把井头里的水给落下去。就是把井头里的井抽子用铁钩钩上来，让井头里的水顺着井管回到地下，井管一空，就冻不住了。可是，很多时候最后的一个挑水走的人一旦忘了落井水，第二天井会被冻死。解决的唯一办法是架上木柴烧井管，有时烧上一两个小时也化不开冰。我爸不能和村里人发火，只能拿我妈发火，埋怨她没有及时落井水。我妈也是无辜的，一天管着两个孩子都忙得够呛，有时就会忽略这些事。

打完井后，我家就没再消停。有时还没起床，挑水的人已经进院了。而井离窗户不到三米，水桶也是叮咚地响，挑水的人没有太在意这件事，大家已经觉得这口井就是所有人的。那个时候，我爸从最北边的和尚沟煤矿调到了台吉车站。他成了煤矿铁路的连接员，开始三班倒的生活。台吉离家也是换乘两次火车再走山路，距离却只有四十里，我爸每次下班都要回沙卜台。我爸回家时候多了，又有了自己的房子，不用再顾忌太多，脾气开始大了起来。有时一句话不合心意，张嘴便骂了起来。我妈结婚以前最怕找一个没有文化脾气又不好的人，没想到生完孩子以后，她越怕什么样的男人我爸越是变成什么样的男人。我爸做活儿急，过日子是拼着命的，我妈对人情世故讲究，对日子却不是精打细算，她想的只是孩子和教学。一口井成为了他们之间的矛盾点，冻上一次吵一次。我不知道那些粗心的村人是不是知道我家不停发生的战争。

那一口井在沙卜台是具有革命意义的。随之是二姨家、王为新家、王为民家，一家接一家全都打起了井。人们像是突然开了窍，原来沙卜台是可以打井的。到了最后，除了吕化新家由于地势高和财力不足还在吃别人家水以外，三年之内家家都有了自己的井。

沙卜台以前的菜园子在河套两岸，靠着河边挖个坑，把河水引进去，再垒起半拉井，安上辘轳便可以引水浇菜园了。各家院子里的菜园子由于离井远，挑水太费事，菜长得面黄肌瘦。等各家院子有了水井，沙卜台所有的院子都开始生机盎然起来。

从此，河套边的那口井成了沙卜台忆苦思甜时的话题，再也没人去那里挑水。光滑的井台总是吸引着我们小孩，我们凡是玩泥巴时，就跑到那个井台上，一坐五六个。我们用泥做成碗状，然后用力向石板上摔去。泥碗坏出多大窟窿，别的孩子就要赔多大的泥巴给堵上。这种天然的玩具不需花一分钱，既环保又安全。只是现在城里的孩子已经体验不到这种游戏了。

多少年后搬离了沙卜台，我才发现我爸在那里的十年给沙卜台带去了什么样的改变。原先沙卜台的人家都是自己家做大酱吃，生产队分的豆子只有那么几斤，过年时做豆腐都不太足，怎么还能吃更多的大酱呢？家家户户的大酱都接续不到年底。

缺大酱的人家一碗一碗地出去借，也是想不起到县城里去买。当我爸挑着两桶大酱乘火车，翻山路回到沙卜台时，沙卜台人才知道原来还有这样一条吃大酱的渠道。于是，我爸又为自己揽了一项活儿，上班时就挑着两只空水桶去了，趁着下班的空儿，到酱油厂为村里人买大酱。他是三班倒，下班时通常有两个时间段，早上九十点钟和夜里八点多钟。只要夜里八点多，二姨家的黄狗叫上几声，我妈便在屋里对我哥和我说，你爸回来了。夜里挑大酱怕给人家弄洒了，我爸每次都是早上下班挑着大酱回来。直到生产队解散，沙卜台家家的大酱几乎都是我爸挑回来的。

我爸是个知恩图报的人，沙卜台给了他一个安身之地，他便要回报沙卜台的人们。挑大酱实际是一个操心受累的活儿，四十多里外挑着几十斤的重物回来，走在山上路上又是上坡又是下梁，但他从来没抱怨过，他为能有机会回报村人而觉得倍有价值。除此之外，他下班之后，村里谁家要是有盖房搭屋的事，不用别人找，他主动就去了。他要努力活成沙卜台人的样子。

可不论怎么活，他都是与众不同的。例如，我家房子刚盖起几年，他又在东西两面安上了铁大门。我家的铁大门也是沙卜台的新事物，在此之前，家家都是木板门或是木栅栏，还不知道铁板焊起来，安上轱辘竟然还能做成大门。等沙卜台开始普及铁大门时，已是十多年之后了。

我爸这一辈子可能是缺房子缺怕了，他后来的一生都在和房子打交道。每用不上十年，我家就要盖一次房子。沙卜台的三间房子盖成没多久，他又在东面接出来一间。我家也和别人家一样变成了四间房。东屋的用途不太大，当成了杂物房，窗户上留了一个口供鸡下蛋时来回出入。到后来，我妈到森林屯教书去时，那个窗户口成为了我来回出入的通道。那时，我妈给家里安了一把锁头，原因是她怕我和我哥在家玩火。她一上班，就把我和我哥关在屋子外。

到生产队解散时，我家的东屋东面又接起来了一间稍低的房子，做成了羊圈。生产队解散了，我家有了自己的第一只羊。那是一只母羊，可是来到我家两年了竟然一点下羔的迹象也没有。住着新圈，吃着干草，别人家分到的羊生的羔子都又产羔子了，而我家的羊却一点也不为没有下羔而羞愧。它外号叫尿窝子，总是把尿尿到尾巴上，趴到地上睡觉时，尾巴就会粘上许多羊粪，粪一干巴到尾巴上，尾巴就变成了一个串铃。生产队的羊虽然分到了每家，但各家各户还是按着羊的多少排出顺序轮流着来放，只是圈羊时才各回各家。为了有所区别，每家的羊都涂上了不同的记号，而我家的尿窝子不用任何记号，谁都知道它是我家的。它只要跑起来，远远就听得到哗啦哗啦的响动。

那年冬天，我爸决定找人杀了这只羊。哪知道杀羊人刚刚把尿窝子按倒，竟然发现它的奶头都鼓了起来，肚子里也有东西在动。三天后，尿窝子产下了一只羊羔。它的孩子救了它一命。羊都是在冬天下羔，当第二年冬天它没下羔，我爸一直忍到了快是开春决定再要杀了它时，它又奇迹般地生了一只羊羔。从那以后，我家再也没有动杀了它的念头。我长大后，看到很多家庭过得一点也不幸福，但因为女人生了孩子而对付着过时，我便会想起那只尿窝子。冲着尿窝子连着下了两个羔的份上，它独享了我爸盖的那个羊圈也算是该有的待遇。

我家到沙卜台以后，我妈在很短时间内展示出了知识分子的能力，在短短几年内，她织出了一张亲戚网。刚到沙卜台那年，贾英莲的堂妹贾小五带着一儿一女从外地回来了，跟一个南方人走了这些年，哪怕再是为了爱情，这一段经历和两个孩子对她的婚姻还是会产生影响的。而此时，和我爸同岁的我大堂哥，正因为娶不上媳妇天天在家里闹，我奶奶把这个任务强加给了我妈，抓紧给得林介绍媳妇。我妈一眼瞄上了贾家小五，几个回合下来，贾小五嫁给了得林大哥。多少年之后，我家搬回我爸出生的胥家沟时，大嫂子坐在我家炕上骂我大哥当年捡了她便宜。她当年要不是图占养蜂人便宜，得林大哥哪能捡得到这个便宜呀？我自小知道人生的每一步都要走得慎重一些。贾小五成了我爸的侄媳妇，贾英莲也算和我家成了亲戚。

接着我妈又把她娘家表侄女白淑芝介绍给了王为民的二儿子，几年之后，又把我二姑家的淑兰姐介绍给了王为民的三儿子。当年我二姑父把我妈介绍给了我爸，这样一算，也算是还了二姑父一个人情。加之，在我家搬来之前，已成为王为新大儿媳妇的林润珍，我家在沙卜台有了一片亲戚。

我妈在沙卜台也是与众不同的。当别的妇女扛起锄头上地时，她穿得干干净净的带着一群孩子去上学了。她在森林屯有一间教室，三四十个孩子分成三个年级，全由她来教，一年级学拼音时，二年级在做算术，三年级的可能在写生字，真不知道她是如何摆布那些学生的。我走得了山路时，有时会和她到学校去，看着站在讲台前的那个老师，我怎么都不觉得她像是我妈。由于在学校里待得早，上小学之前，我一年级的算术题基本全会做了。要不然，离家那样远，波台沟小学是不会收我这个年龄的孩子的。

我妈下班时，田地里总有一些人在劳动。那时全民正热火朝天地学毛主席语录和文选，远远地就有社员喊她停下来给他们读一读书和报。我妈在那时是极有尊严的。周围围了一圈社员，她字正腔圆地给他们读报，遇到社员不懂的地方她还要停下来讲解一番。她不是卖弄，她是认真的，她在沙卜台做不动劳力，只能用这种方式为大家做一些回报。

我妈对教学是认真而尊重的。她是一个把尊严看成等同于生命的人，她把这个品质遗传给了我。有一年下大雨，森林屯生产队的羊没有地方关，队长让羊倌把羊关进了教室。第二天，我妈到了教室发现了这件事，带着学生找到了生产队长去理论。生产队长的说辞是教室的房子也是队上的财产，怎么用都无所谓。我妈不这样认为，我妈讲教室是坐孩子的，不是关羊的，这样做是对孩子们的侮辱。生产队长的鼻子里喷着怪气，侮辱？在他的意识中，他从来没有听过“侮辱”这个词，他也没有把羊和孩子联系到一起。我妈不是强词夺理，她必须在这种事第一次发生时发出抗议，不然以后再下雨牛也可能关进来，猪也可以赶进来。我爸给我讲我妈这个故事时，我特别佩服我妈，还写成了一个小说，名字就叫《这里是教室》。

我妈虽然不会骂人，不会吵架，但论起理来，几乎没有人不怕她的。不是她会论理，而是理就在她这一面。被人欺负到了，还不奋起维权，那理也不存在了。正义永远是正义。正义是不偏离方向的道义。从和生产队长论战之后，我妈不仅在森林屯，在沙卜台名声也出来了。人们知道了这个身材弱小、性格温和的付老师是绵里藏针的，是不好惹的。生活又告诉我一个道理，有时人内在的性情是低贱的。你要是软弱了，他便觉得你好欺负，如果你强势了，他反而来高看你。我当兵后遇到过无数这样的事，领导或是机关的办事人员，不讲道理或是无缘无故地刁难我时，我向来都是不留余地地直接撕破脸皮奋起反击，我不惧怕权力也不怕非议，不惧怕后果也不怕报复，因为我妈所有的奋争已经告诉我了，正义就是正义，正义是压不倒的力量。所以，每一次抗争过后，都是风平浪静，没人报复我，打击也只是悄悄的，不敢明目张胆。相反，还有的对手竟然成了我的朋友。有一年全团都外出演习去了，各个连队只留下了几个兵留守。国庆节这一天，我把营区里所有的兵收拢到我连会餐，结果在餐后，军务股长突然到了营区，以私自喝酒的名义把炮兵三连的一个兵带上了车。这时，有个兵急忙来连队找我报告情况。这个兵不是我连的，但他是在我连喝的酒，尤其还是我允许他喝的酒，所以我必须要出面。我在大门口挡住了军务股长的车不让走，隔着车窗指着他让他下车。那时周围聚了二三十个兵，他们都吃惊一个指导员怎么敢和上级机关股长这么来。军务股长下车后，我提了几个问题，一是今天所有的兵都喝了，为啥只抓了三连的一个；二是虽然他不是我连的兵，但是我搞的会餐，责任在我，要抓先抓我；三是你们军务在这个院里执勤的兵会餐也一同喝了酒，你凭啥不抓。这件事发生时，部队会餐的时候还是允许喝酒的，只是不要喝太多。军务股长对三连有些意见，我知道他就是来找事的。军务股长警告我不要多管闲事，我说这事我管定了，必须放人。我们僵持在了那里。我把看热闹的兵赶回各自连队后，汽车旁边就剩下了军务股长，还有那两个也在我连刚喝过酒现在却变成执法人员的纠察兵加上三连的那个兵了。我扔下一句狠话回连队了。我告诉军务股长，你把兵带走吧，我看明天是你送回来，还是我到团里找领导要人。我刚走到连队门口，就听到汽车“嗡”的一声开出了院。我敢肯定，他没有带走那个兵。果然，不一会儿那个兵呼哧带喘地跑到了我身边，眼泪汪汪地看着我。没有想到的是，在此以后，这个军务股长凡是和别人聊起我时，竟然佩服得不得了。从这一件事上，我真的看出了人性的低贱。无非有时人性的低贱被眼下的权力所掩盖住了，让人看不清它的面目。这样的事情在我身上几乎每年都在发生，我不躲避更不惧怕。我妈瘦小的体形站在魁梧的生产队长身边的时候，她也是高大的。

我妈一辈子对自己的身高不满意，一般时候她不愿出头露面。但是她身上却给予我极大的力量。有一天放学，她带着我刚从森林屯爬上回沙卜台的山梁，一只母狼带着一只小狼出现在了我们前面四五十米的地方。我妈猛地停下了脚步，小声告诉我，有狼，别怕！然后她一把把我拉到了她身边。我紧紧地靠着她的腿，脑袋从她的小臂处往外望。那对狼像是没有发现我们一样，按着固有的步伐翻过山梁下了西面的沟里。我不知道那天我妈害怕没有，但靠在我妈身上，我真是忘记了害怕。接着往家走，我妈的脚步也是固有的步伐。只是她时不时地回头看一下。那是一对狼母子，我们也是一对母子。我们在急着回家的路上，回到家我妈还要做晚饭。而那对狼母子可能是已经吃过了晚餐，不然它们怎么会对我们熟视无睹？

在我上学的路上，孩子们之间有无数关于狼的话题。例如狼的心不能吃，例如狼咬人是先把两只前爪搭在肩上，等你一回头咬住你的脖子，例如狼皮做的褥子可以预知小偷到来等，可是不论说了多少，倒是谁也没遇到过狼。这在我心中是一个不小的遗憾。

不论我妈多坚强，她在我印象当中是一个极易掉泪的人。她的掉泪是动情，不是悲伤。我没有见过她的悲伤，再苦的日子也没有见过她有多少忧愁。但别人家遇到了坏事苦事，她听了后眼泪会不由自主地流。她太容易被感动和感染了。其实，这叫情商。只不过当年还没有这个词。我妈的情商不是一般地高，她在理智的同时却特别容易被感情所打倒。不然，她怎么会在和我奶奶见第一次面之后就给她做了一件衣服？一般未过门的儿媳妇都是在趁着未过门之时，要多敲婆家一些竹杠的。可我妈是当年的一个另类。看来，人家叫她傻老蒙古也是有道理的。

那年我家的母猫产崽几天后误食老鼠药死掉了，小猫一只接着一只饿死，我妈带着我哥俩在房后一边埋一边哭。结果这事被老苏发现了，他满村子对别人讲我妈哭得像是家中死了人。我妈去找老苏，我妈问他，你家少了一个成员你哭不哭？我妈觉得老苏偷窥了这件事，又往外说，是玷污了我妈同情我家一个成员的感情，而不是说她软弱。我妈不认为流泪是可耻的。一生中，我见过我妈的泪水无数，都是因为屈辱、同情、感动、激动、幸福、惊喜、思念，而从来没有因为疼痛、失败、表演等，哪怕我进入叛逆期后惹她流泪时，她的泪水也不是乞求，不是失望，是急于表达一个母亲内心的呈现。

我和我哥只差了两岁。那时虽然我奶奶有能力帮着带一带我们，可是她还有一个老儿子需要她倾注关心。我妈只好把我姥姥接到了沙卜台来带我。我姥姥一句汉语也不会说，在一个汉人生活的环境中，她变得更加木讷。我姥姥在我四岁那年去世的。她能够留给我的印象只有两个，一个是有时早上我醒后，她会拿着一个缸子让我往里面尿尿，她要喝掉我的晨尿，这是没有钱买药，用来治疗她气管炎的偏方。一个矮矮的老太太，穿着黑色的衣服站在炕沿前，我光着腚，披着被子，哗哗地往她递过来的缸子里滋出醒来的第一泡尿。黄亮亮的尿柱在铁缸子底敲出清脆的声响，有时我还有意无意地往她的手上撒上一点。另外一件，是我四岁时的春天，姥姥做了菠菜汤，我和我哥等在炕桌上，她一碗一碗往上端。就在她把第一碗放在我面前又去端第二碗时，我哥伸手直接打翻了我眼前热乎乎的菠菜汤。菜汤直接浇在了我腿上。我的尖叫声让姥姥慌慌张张地跑了进来。

我的大腿被菜汤烫伤了。我妈下班后没有埋怨姥姥。自小她告诉我埋怨不解决问题。我妈的当务之急是如何先瞒住我爸。我爸脾气不好，怕他说了重话姥姥受不了。我爸下班之前，我妈已经叮嘱好我了，你爸上了一天班，太辛苦，先不要对他讲。可是那天晚上，躺在被窝里，我还是不停地哼叽着喊疼呀疼呀。看此事瞒不住了，我妈悄声对我爸讲，妈年纪大了，给带孩子不容易，千万不要在她面前讲过头的话。我爸脾气不好归不好，在老人面前还是能忍住的。他要看看我的伤情，煤油灯点上了，我爸看到了我的大腿。姥姥那天一定是在场的，虽然她不会说汉语，内心一定是忐忑不安的。我爸尽管没有说什么，可是他脸上流露出来的心疼还是能让姥姥感到无比内疚。不久，姥姥回到了艾林皋。她认为她年老了，连给女儿带孩子的能力也没有了。我妈很早的时候给我讲过，我姥爷吃药的钱一直都是她在拿，姥爷没了之后，姥姥的身体也不太好，药钱也是她在出。两年前，当和我妈问起我小的时候，她在上班，是谁带我时，我妈说，一直是你姥姥呀。直到那时，我才把我记忆中那个慢慢悠悠进进出出不说话的老太太对上号，原来那是我姥姥呀。那年清明，我到艾林皋去给姥姥上了一次坟。站在坟前，我突然对“母亲”这个词有了更深的理解。我们看似都在随着父亲的姓氏，好像血脉是如此流传下来的。可是，人的生命传承正是由母亲的母亲的母亲，以至我们无法查寻到具体是哪一个女人，是由无数个女人的身体延续下来的。女人才是最伟大的。

尤其一些男人，自私的、狭隘的、卑鄙的、肮脏的，连和女人比的资格都不具备。在我妈身上，我能深切地感受到，一个女人决定了一个家庭的氛围和团结，如果一个家庭没有一个好女人来主持和维护，且还天天胡搅，不亚于婚姻遭遇了一场横祸。

我哥自幼多病，每年冬天他的气管炎一犯时，嗓子里发出的几种掺杂在一起的声音像是火车从远处开来。他的这个病让我妈很犯愁，我每次去林万有家取药，不用说他都知道是给我哥取的。我哥的这个病好于哪年我不知道，但从上小学开始，我就一直给他背书包。不然，卫东一喊跑时，他根本追不上那个队伍。再大一点时，我不跑，在后面陪着我哥。其实有时，我也在怀疑我哥生病是假象，因为他生病时一点也不影响他的吃喝。他是一个极能吃肉的人。那年生产队分肉，他作为我家的代表去取，一路上端着碗边走边吃，等到家时已经吃得剩不多了。家里一直缺肉，我爸在班上买回来肥膘熬成荤油。每次看到我妈舀半勺荤油做菜时，我都觉得那个东西脏兮兮的。可是没有办法，我没有挑食的权利。我在最小时，宁可吃咸菜和葱蘸酱也不喜欢吃猪油太多的菜。现在吃起清真餐后，咸菜和蘸酱菜还是我的最爱。我哥一生病挑食时，我妈就拿羹匙给他舀一下荤油拌在饭里，他吃得很香，好像病也没了。但吃过饭以后，一走路，他的气管还是要“喉喉”地响起来。

我哥另一种病是每年春天嘴要干裂，其实是炎症。那时家里管他的病叫上火长疮，只要他一上火，嘴唇上下都要裂出一层干巴巴的皮出来。嘴丫子边上结着黄痂，看上去都替他难受。正是因为我哥身体弱，我才变得有些倔强。凡是敢跟我哥动手的孩子，全是我攻击的对象。但每次我动了手之后，都有一个令我不解的现象发生，我哥像是一个观众，连当个拉架的裁判都不是。搬回老家后，李福洲在骂了我哥后，我动手把这个大我六七岁的大男孩从马车上拖到地上，我哥见我要吃亏，一跃而下加入了战斗。那是他第一次帮我，也是我第一次觉得有个哥真好。那天，我们兄弟俩大胜而归。我用那场胜利在村子里进行了宣誓，有谁敢欺负我哥，得先过我这关。谁也别想欺负我，我是有哥的人。从那之后，我哥成功地翻身了，我发现他成了一个敢于还手不说，而且在谁惹怒了他时，他是一个敢于下手的男人了。那年赵三喝多了酒半夜敲我家大门，把我妈吓得气都要上不来，我哥拎着火铲出去后把赵三一顿猛拍。从此，谁也不敢惹的赵三成为了他的铁子。这件事，还印证了我妈说的道理，你的对手全是纸老虎。只要你拿出比他还要凶狠的一面，敌人就会臣服在你的脚下。毛主席说的语录我妈几乎倒背如流，她也在实践当中把毛主席的许多观点灌输给了我们，例如自力更生、艰苦奋斗。我家从房无一间地无一垄的艰苦开始奋斗，不也一样活得挺成功么？靠天靠地不如靠自己，这就是自力更生。

我哥的病确实是病，但有一个是毛病，他极爱美，村子里除了女孩用雪花膏以外，男孩子只有他用。到了冬天，他每天早晨上学前都要往脸上涂。我记得最清晰一次是我们都走到河套要上山了，他把书包递给我之后说忘事了，就往家跑，结果是那天他忘了擦雪花膏。以往我给他背书包都是走到半路上，或者他上厕所时，我背上之后，他不知不觉就忘了要回去，我也背习惯了。那天我却是从开头一直背，而他却是臭美去了。

男孩子们玩的游戏除了游泳之外，我哥一般不参与，例如砸杏核、弹杏核、关小刀、剜心、打靶等，他看书画画的时候多，相对还属于安静一些。但他毕竟是男孩子，偷果子时少不了他的。在我三岁时，他和男孩子们到果园去偷果，把我也一同背了去。结果看果的关荣宪发现小孩偷果后，几声大喝便把他们驱得如鸟兽散了，只把我扔在了果园里。关荣宪赶到果园查看损失时，我还坐在树下吃着大孩子们从树上扔下来的果子，根本不知道发生了什么。沙卜台就那么几个孩子，加之论起来我管关荣宪还叫舅，他当然知道刚才跑掉的孩子都有哪些了。他把我送回了家，还捎带上搭了几个苹果。

沙卜台的苹果园是孩子们的快乐大本营，几乎所有的快乐与期望都和这些果园有所联系。上学放学天天在果园里走，你不摘苹果它都有可能掉到你的头上。那些苹果都归大队所有，不属于生产队，每年一坐果，大队便会派来看果的。看果一般不用本村人，都是亲戚里道的，不给几个尝尝哪好意思？要是外村来的人，脸一拉，人家才不管这个。只要苹果看到秋天，交到公社，就给集体创收了。辽西的苹果当时是全国含糖量最高的，那里产的国光都远销到了日本。真是为国争光呀。

我们不会望果止渴，那是长在沙卜台土地上的果树，我们当然有权利去吃。伏果成熟得最早，全村只有三四棵，伏果长到一个月时，像是鸡蛋黄大小，已经不太酸了，小孩子的胃口已能容纳得下。那时，看果的人还没来，我们可以肆无忌惮地爬到树上去摘。可是一旦国光能够吃的时候，关荣宪便会准时到来。他典型的做法是每天站在沙卜台的后山上，那样可以隔着河套把南面山上所有的果树一眼网尽。大人们有集体观念，没有人去偷果，只有小孩子才会做这种没有出息的勾当。看到谁摘果子了，隔着沟关荣宪会大喊起来。有时，其实没人偷果，他也会大喊一声，哈哈，又来了。好像他发现了谁。时间一长，我们知道他是在使诈呢。

每一次快要到果园时，我们走路都会变得极慢，给关荣宪造成一种就是这种速度走路的假象。但只要进入果园，会迅速跑向各棵就近的果树，急忙摘下一两个果子。我们行动的这个地段有一个二三十米长的山包正好能挡住他的视线。等我们又走进他的视线时，又恢复成了原先的速度。偷果练就了我们的斗智斗勇。

智斗斗不过关荣宪时，孩子们便来了一次勇斗。那次，是我哥带的头。关荣宪看果住在一个小房子里，在西山坡上，沙卜台人管那个小房叫小窝棚。小窝棚除一个门外，三面都有一个窗户，是瞭望用的。我上二年级时有一天，我妈和林玉山到大队开党员会，放学的时候我和她一同回来的。正从山上下来，走到离小窝棚不远的地方时，他们两个同时发现小窝棚的一面墙上出现了一个窟窿，走近一看，这个屋子被人扒出来一个大洞。

不用猜，这一定是孩子们的恶作剧，而且一定和关荣宪看果有关。沙卜台上学的孩子被集合起来了，不用打骂，只是一问，就招了。他们只是有勇气表达对关荣宪的不满，还没有足够的智慧。但是这批少年已经开始懂得反抗了。在那之后，小窝棚的窗台上，总会出现一些被喜鹊吃掉一半，或者是生了病的，或者是掉在地上捡回来的苹果，整整齐齐地在那儿摆着。不用客气，那是关荣宪放在那里给孩子们准备的。每一次放学，大家都从第一松树山的山坡上飞快地跑向小窝棚，先去挑选自己喜欢的那个。

在我哥的带领下，这次斗争还是见了效果。关荣宪也知道了沙卜台的孩子正在长大，已经敢于挑战他的权威。孩子们也给了他新的方法，他用几个破苹果拉拢住了孩子们，大家再也不去偷了。我们管下一步的摘叫拿，大大方方摘一个吃，心安理得地品尝，这些果子和孩子是一样的，都长在沙卜台的土地上。“偷”这个字眼对于沙卜台来说太过于耻辱。就像是我家搬回我爸老家后，村子里竟然有人偷庄稼，好几家都在做这种事情，我觉得实在不可思议，这在沙卜台是从来没出现过的。

每年苹果园里最大的盛事是摘苹果。大队会派来许多男男女女，他们赶着马车，拉着果筐，分头奔向各片果园，只需一天工夫，就把树上苹果摘下来运走。那些人知道沙卜台人从春天就看着这些苹果开花，见着它结果，而没有人去动过占为己有的念头，也都在等着这个秋天的收获呢。摘果的人有意无意地会把一些枝头的果遗落在那里，加之他们没有看到的，树上总会留下很多。孩子们和年轻的媳妇们便会在收果的人走了之后，大大方方地走进果园。无论大人还是孩子都把这个当成了极富刺激性的游戏。在河沟边，在草丛里，在低垂近地面的果枝上，一个个红苹果露出了甜美的笑容。它们像是愿意藏在那里，不想被摘果的人收走一样，等待着它们真正的主人。

国光苹果留下来的是少量的，果园里有两棵特殊的果树，摘果的人年年不收。一棵叫槟果，一年只能产一百多个，大队不至于摘下这几个果子占用了一个筐，整棵树的果子都会留给沙卜台。还有一棵叫絮果病的。果子倒是非常甜，密密麻麻长得像是鸡蛋大小，皮上面是褐色的一条条印痕，看上去长得极丑。这棵树上的果也会全部留给沙卜台。果树的叶子还在绿着，人们的笑声在林子中窜来窜去，那一天是沙卜台人的一次联欢。

大人们不怎么去和孩子争这些苹果，我妈也不去找，每次都是我哥带着我。他确实是一个找苹果的好手，也许是他的心思比别人细吧。总之，我觉得我哥和其他的孩子们永远不一样。他愿意披着我家的一条毯子唱戏，有时他玩得不尽兴时，还要拿个床单把我装扮起来跟在他的后面在炕上表演。累了一天的我妈愿意她的两个孩子表演给她看，经过她简单的指点，这个节目又变成了我爸下班后的欣赏曲目。一般时候，我爸顶着一身风寒回到家，坐在炕桌前吃着我妈端上来的热乎乎的饭时，我哥俩就要出场了。我爸的下酒菜极其简单，有时就是咸菜，有时是撒上白糖的苹果块。我现在和我爸一样，喝酒时从不计较吃了什么菜，复杂也好，简单也好，奢华也好，素淡也好，喝的无非是情趣，聊的就是生活。日子不是日日的大餐，日子就是沙卜台日夜奔流的溪水。喝什么不重要，吃什么也不重要，和谁喝、聊的什么才最重要。沙卜台早就告诉我人生的这个真谛。

日子不论多么清苦，只要不争吵，我家就是和谐的。我光溜溜地钻进我爸被窝，他健壮的身体像是一盆火炭。我现在回家搂着他睡觉时，他的青春没有了，但是我还是想靠着他，我靠向了他，他便还是一个强大的父亲，我便还是一个孩子。我在内心里多么希望我的爸爸妈妈一直在呀，一直到我走不动才好。

我是村子里第一个尝过橘子的孩子。我爸上下班要路过县城，有时他会买回三五个。冬天里，他一进屋，我刚跑过去给他焐耳朵，他吓唬我，轻点，别弄掉了。他的大耳朵冻得通红，硬硬地支棱在脑袋两侧。其实木匠媳妇叫他大耳朵一点也没错。那两个大耳朵被屋里的热气一包围，不一会儿就变得红乎乎的。我妈一直告诉我，你爸上班不容易，要学着心疼他。我自小接受的孝道就是从我妈这里学来的。孝道不是给长辈多少物质，关爱、体贴、理解这些都是孝道。后面我理解到，男人更需要关怀。懂长辈，也是一种孝道。所以，我长大后，从来没有让父母操过心，完全凭着自己闯了出来。我爸有时说，这小子从

小要强，但他忽略了他给我树立了一个什么样子。我有一个永不服输的爸爸，还有一个极度自尊的妈妈。这是我在外拼搏时内心里的底气。我一直对别人自信地讲，我可以被超越，但永远不可以被复制。谁有我一样的童年，谁有我一样的爸妈，谁有我的沙卜台呢?

橘子和苹果不一样，橘子可以分瓣吃。我爸会在我焐耳朵之后，把冰凉冰凉的橘子塞进我哥和我的被窝，我们惊叫着喊凉的同时，心里是温暖的。我爸又给我们打食回来了。我和我哥头顶头一瓣一瓣地吃着橘子，我妈和我爸在一旁看着。橘子让我们懂得了分享。我成年后，只要有好吃的东西或者物品时，总会不由自主地想到我最好的朋友。

我家在沙卜台的日子过得虽然清苦，但家家都是这样。当我家盖完房子，一点点缓过气来之后，家里开始添置物品。有一年，我爸决定买一台收音机。这是我家购置的第一个大件物品了。在他买回收音机下班那天，我妈带着我哥俩翻过了后山去接他，一直快要接到“吕忠孝打盆处”了，才看见我爸从大坡下上来。一抬头他看见了我们娘仨，远远地就拧开了收音机。悦耳的声音从他的身边传了过来。在山梁上，我们一家四口停了下来。我爸让我哥和我先后摸了摸收音机，一人又拎了一下，便交给了我妈。这是我家最贵重的物品。当时，沙卜台除了王为民和王为新家里各有一台很大的坐式收音机外，我家的收音机又给沙卜台带来了新的气息，这台收音机可以拿到山上，也可以拿到菜园，方便极了。小孩子们放学要来听小喇叭，大人们吃过饭要来听评书。

又隔了一年，我爸又买回来一辆自行车，他把车擦得锃亮。这辆自行车给我家带来的改变是我爸不再用饭盒从单位往家带煤，而是用自行车往回驮。我爸所在的铁路归矿务局所有，主要任务就是拉煤。我爸抽空在火车道边上捡的煤都够我家冬天使用了。我家成为了沙卜台唯一冬天用煤生炉子的人家。煤多了起来，有的人家办事，也开始到我家来拿煤炒菜。我爸为沙卜台带来了新的改变。有一次，由于他用自行车带的煤太多，在铁路桥上骑行时，袋子挂到了护栏上，我爸连同自行车一起落下了六七米高的桥。好人好报，从那么高的桥上落下去，他竟然还骑在车上。我爸缓了半天之后，才慢慢推着自行车爬上了路基。那天他回家很晚，我妈一直担心他出了什么事。因为在我很小的时候他在路上得过一次阑尾炎，要不是别人发现得及时，可能都会出了大事。那天我爸推着煤回到家后，他向我妈讲述了这次遇险。我妈哭叽叽地求他，以后可不要再这样了。

我爸当过六年兵，胆大心细，一般事都不太放在心上。他勤快且乐于助人，什么回报也不图。在我八岁左右那年，一次他下班拿了一个印着鲜红“奖”字的铝锅，还有一张报纸。原来，他在火车即将撞到一个横穿铁路的行人的千钧一发，把那人从火车头前推出路轨，而他犹如一道白光冲出铁轨时，呼啸而来的火车头已经刮到了他的衣服。他只是淡定地站在路边掸一掸衣袖，坦然地数了数那火车一共有多少节车厢。他讲得犹如武林故事，布满悬念，又轻松，但我妈却吓得不轻。而我再把这些重复给同学时，同学都认为我在吹牛。可是我爸的头像却真真实实上了报纸，也拿了奖品。几年前，偶然问起我爸后来又见过那个人么，他嘴一撇，总见，一句话也没有。我心中有些不平。他又笑，那个人智商有问题。我又问，那你救一个傻子干什么？唉，那不也是一个命么？他答得异常平静，说完又端他的酒杯。

生产队解散后第二年，我爸决定搬家。原因是我们上学太远了，他上班也远。在外闯荡多少年之后，他要回到他的老家去。他的老家土地相对平坦，交通方便，村子都是以胥姓来命名的，一大半都是这个姓。那时我五叔在当生产队长，生产队正要分地，是落户的好时候。我爸是那里土生土长，回去落户理所当然。对于我爸的决定，我妈是同意的，我没有基本的判断，心中只有不舍。现在想来，他也是在寻找自己的故乡呀。

我家的房子卖给了王柏山。搬走的时候，一辆马车拉家具，一辆马车拉柴，一辆马车拉杂物。在沙卜台奋斗十年，我家已经有了一口柜两个箱子。十年前，我爸我妈带着我哥落户沙卜台的时候，只有一床被子、一口柜和一口黑缸，而十年后，我爸拉着三车东西，耀武扬威地荣归故里了。最最主要的，是他还在沙卜台收获了一个儿子，收获了一个懂得感恩、懂得上进、懂得可以继承血脉中优质品格的儿子，而这个儿子在多少年之后，成为了他一生的骄傲！

我爸是回到了他的故乡，但是他从来没有想到一个孩子却从此失去了故乡。再回到沙卜台，我已经变成了客人。我没有在内心喜欢过胥家沟，我到了那里之后发现了许多沙卜台从来没有过的事情，例如男男女女之间说不清的关系，例如两户人家合在一起十几口人的对骂，例如手腕粗细的野树的归属，例如秋天地里丢失的庄稼，例如对老人不孝的儿子。所有人世间的卑劣都在这里让我领略了。

马车走出了沙卜台，石玉梅二姐带着我哥俩从沙卜台的后山步行去我们的新家。我们三个手里端着我家的那盏煤油灯，在山路上我们一直走呀走。我在讲座课上，和很多人交流时讲到，人生的路上一定要有一盏灯在远处指引你前进，而不要只用一个灯笼照亮你脚下的路。只要远方有了目标，人总会奔向那光明而去。所以，我愿意成为别人的路灯，一直告诉别人怎么走，给他理想，而不愿点起灯笼，给他现实。这就是我所理解的理想。我一生再也没有忘记过我二姐手中的那盏煤油灯。

我家到了胥家沟之后，买下了生产队的两间房。当第二天醒来时，望着黑乎乎的屋子，我哭了，我妈用手拍着我的头说，二小，别哭，这是咱们暂时住的地方。咱家来年就盖新房子。第二年，我爸在生产队的原址上盖起了四间气派的平房，那是胥家沟第一次有水泥盖板的房子。又隔了二十年，我家搬出了那条沟，在镇政府旁边给我哥盖起了一座房子。一年之后，离我哥不远处，我爸也盖起来一座房子。每盖一座房子，我爸都要精心设计，天天盯在工地，他就是喜欢盖房子。

又过了十年，我哥在县城买了楼房，他卖了他在农村的房子，给我爸我妈在他旁边也买了楼房。搬家那天，我妈给我打电话说，你爸这一辈子净是盖房子了，我和你爸先后搬住过十个房子，这回我们老了，不盖了。这是最后一所了，哪儿也不去了。隔着电话，她说这些话时，我能感到她的目光从她抱着我哥到煤矿生活开始，一直穿过沙卜台的岁月，穿过我家住过所有的房屋，然后让心得以停歇下来。

我爸我妈用一生告诉了我，人只要有目标，没有什么是不可以实现的。房子算是什么呢？房子只是用来住的，而生活却是让人回忆的。我对于一切的物质都不感兴趣，我只想让自己的内心更丰满地活着，这样我才是一个幸福的人，快乐的人。我上学之前，我爸给我起了名字叫得意，他说希望我一辈子遂心得意。我一直按着他的期望活着，活给自己的理想，活给自己的内心，没有悲伤，没有忧愁，没有恐慌，没有绝望，没有痛苦，没有计较，没有卑鄙，没有对富贵的渴求，只有对未来的渴望。

我的脚步一直在向前走着，我不知道我能够走到哪里，但是我知道有一种情感叫做初心，我的心和我的沙卜台紧紧地拴在一起。无论漂泊了多少年，无论脚下的路延长了多么远，我都知道，我人生的第一步，是从我妈的胸脯上开始的，我在她的胸口上踏步，积足了力量后开始让脚步沾上沙卜台的泥土。最早我是在沙卜台的泥沙中爬行，然后站立，然后前行，然后走呀走，走上了一个劳累奔波的行程。可是，不论如何走，我的身后都站着一个永远的沙卜台，一个可以让人放逐灵魂的沙卜台。

我的沙卜台，一个无锁的村庄，它在我有认知能力开始，便告诉了我，这个世上没有任何秘密。

一个人要有秘密保守得多么累呀。

我输出了自己的灵魂（后记）

将近一个月的时间，过着黑白颠倒的日子。很多个夜晚，我会让泪水流得舒舒畅畅，那时心底一片清澈。写这本书是想了好几年的事了，只是没有想清具体的结构。当我写完最后一个章节后，我觉得人整个瘫下来了，浑身疼得动不了。而精神却是空空地，我觉得我的灵魂已经全输入在了这些文字里。

当我把这些书稿打印成大字寄给我妈时，我哥对我说，她读得特别认真。她唯一不解的是，我11岁离开了沙卜台，到18岁就离开了老家，怎么会记得那些事。我不知道如何来回答，因为我觉得我心里装着的故事，就像沙卜台的野草一样，一直在疯长着。

实际上，我哥不太赞成我这样直接地来写沙卜台的人和事。他说，传记在外人看来是故事，但在邻居看来就是笑话。白淑芝二姐和石玉梅二姐都当过老师，这两个蒙古女人的担忧可能不无道理，她俩的观点有些一致：是不是有些人的名字可以替代一下。

可是还生活在沙卜台的小宽媳妇却一直坚持：一切都用真名。因为沙卜台人的身世和命运再是怎么换名，也是独一无二的。

在这本书写作过程中，小宽媳妇发了好几次视频，村村通的水泥路正在通向沙卜台。三嫂也在精准扶贫政策下，住进了政府为她盖好的新房。只是这些变化那些逝去的人们都不会知道的。

这本书完成不久，石玉梅二姐在微信中对我说，她前几天回了一趟沙卜台，是延明妈去世了，她回去送一送。结果，就在她回到沙卜台第二天，老曹大爷也去世了。

这些消息扑通一声落入了我的心里，激起一片旧尘。我眼前顿时出现的是活着的那些人。

我哥看过我的书之后，说了这样一句话：那些逝者其实都没死，只是半步天涯！

附录：

沙卜台的人生哲思

1、现实生活中的人像是被细细的绳索五花大绑的粽子，血液像是苇叶包裹着的那一团粘粘的糯米，内心如同粽子中间裹住的一个枣，颜色还是枣子的颜色，味道也是，只是只有自己知道它早已被生活这锅热汤炖得面目全非。

2、有时，别人对你表达得过于直接不是失礼，是相互间的不设防。

3、外人送了东西，孩子一定不能先吃，要让大人看到多少，心里有个数，以便日后还人情时知道深浅。

4、谁如果对你好一点，其实都是你欠了别人许多。

5、正是因为不知道水深水浅，人面对河时才会怀有一颗畏惧心。

6、不想一生拥有，就不要一时占有。

7、可以上别人的当，但不能让命运欺骗了自己。

8、爱情这事，爱过就是爱过，不回避。人生很劳碌，都在忙于生计，有时来不及恨，人就老去了。可是，恨又能恨出什么结果呢。

9、帮助别人的方式最好是依靠自己的经验，为他们指引一条相对正确的路。有时指引的不是路，是方向。

10、哭和流泪是截然不同的。流泪可能因为悲伤，可能因为感动。但是哭却是表达或者表现。

11、不危及生命的饥饿有着高贵的感觉。人一旦吃饱，真的会消蚀意志力，缺少向前奔跑的动力。

12、用过别人的物品，归还时一定要收拾干净，这是品德，也是规矩。

13、现代的婚礼过于重视形式，唯独缺少了欢乐的成分。新娘子端出一种矜持，很清高纯洁的样子。实质上，灯一吹还是人间那点烟火。

14、人的孤独来自于内心深处的无法忘却。

15、和你有过共同过往的人不是因为血缘而亲密，是因为情感上的共同体验而让人内心安宁。

16、人大体是善良的，即便有利益相争，也不会有那么恶。

17、地主的意思就是地的主人！难道现在所有的中国人不是地主么？当地主难道不是中国所有农民的梦么。

18、故乡的食品，起到的作用不是满足味蕾，是让远走他乡的人对故乡能有所回忆。

19、谁也无法挽留生命，当然，再多的叹息也没有用。人活着，就是奔向死亡的。

20、拿别人东西时，不论有人没人，还是要喊上一声。哪怕主人听不到，其它邻居也会听得到。这声喊是喊给自己的，等于把这种自行做主拿东西的行为变成了公开，这便不是偷了。

21、手艺人一旦以手艺传出了名声，身份会取代他的姓名。

22、活着的人要好好地活着，活给死去的人们。

23、哪一个人能找不到自己家的坟呢，立碑只是给外人看的。

24、生活就是最好的小说。真实的生活会比小说还要曲折。

25、山后面是什么呢？翻过一座又一座山之后，一定能够到达大海。

26、人的一生没什么可争的。年轻时是在和时光争，争过一天，历史就久远了一天。

27、相对于土葬，火化是一件可取的事。它减少了尸体消失的过程，只需个把小时，一具尸体只剩下一堆干干净净白白的碎骨，找个地方一埋，从此告别。要是把尸体埋在坟里，等它一点点腐烂，这个过程确实有些长，长得有些残忍，尤其是那难闻的味道，对于亲人来说是一种折磨，对外人来说是一种消解怀想。

28、母亲给孩子喂奶，天经地义，人家不是掏出来给你看，谁故意看了谁心里有病，尤其是偷拍的那些人，心里得装了多少肮脏才可以做出这样的行为。

29、劳动女人一般不会把乳房当成观赏品，也没有当成美的象征。她们只把它当成孩子的口粮袋。她们用创造美的形式呈现着美。

30、再温柔的动物也有它凶狠的一面。动物就是动物，人就是人。

31、一个再老实的人，被欺负到忍无可忍时也会反抗。

32、人活着，富贵的日子也能过，苦难的日子也打不倒。

33、人一旦追逐物质的脚步太快，灵魂就跟不上了。拥有太多财富没有什么用。只要拥有了灵魂，灵魂才有安息之处。

34、一个女人结了婚，对公婆好是正道。只要对公婆好，丈夫对媳妇就坏不到哪里。这个家便和睦了。

35、生活告诉我们，有时人内在的性情是低贱的。你要是软弱了，他便觉得你好欺负，如果你强势了，他反而会来高看你。

36、面对不讲道理或是无缘无故地刁难时，不留余地地直接撕破脸皮奋起反击，不惧怕权力也不要怕非议，不惧怕后果也不要怕报复，正义就是正义，正义是压不倒的力量。无非有时人性的低贱被眼下的权力所掩盖住了。

37、我们看似都在随着父亲的姓氏，好像血脉是如此流传下来的。可是，人的生命传承正是由母亲的母亲的母亲，以至于我们无法查寻到具体是哪一个女人，是由无数个女人的身体延续下来的。女人才是最伟大的。尤其一些男人，自私的、狭隘的、卑鄙的、肮脏的，连和女人比的资格都不具备。

38、一个女人决定了一个家庭的氛围和团结。如果一个家庭没有一个好女人来主持和维持，且还胡搅蛮缠，不亚于婚姻遭遇了一场横祸。

39、你的对手全是纸老虎。只要你拿出比他还要凶狠的一面，敌人就会臣服在你的脚下。

40、喝酒时不是吃了什么菜。复杂也好，简单也好，奢华也好，素淡也好，喝的无非是情趣，聊得就是生活。喝什么不重要，吃什么也不重要，和谁在喝，聊的什么才最重要。

41、日子不论多么清苦，只要不争吵，家就是和谐的。

42、孝道不是给长辈多少物质。关爱、体贴、理解这些都是孝道。懂长辈，也是一种孝道。

43、有好吃的东西或者物品时，要想到与人分享才是幸福。

44、人无论飘泊了多少年，无论脚下的路延长了多么远，都要记得，人生的第一步是从母亲的胸脯上开始的，开始在她的胸口上踏步，积足了力量后开始让脚步沾上泥土，然后站立，然后前行，然后走呀走，走上了一个劳累奔波的行程。

45、这个世上没有任何秘密。一个人会因为保守秘密而活得很累。

图书在版编目（CIP）数据

沙卜台：无锁的村庄 / 胥得意著. -- 北京：作家出版社，2021.10

ISBN 978-7-5212-1428-4

Ⅰ. ①沙… Ⅱ. ①胥… Ⅲ. ①纪实文学 - 中国 -当代 Ⅳ. ①I25

中国版本图书馆CIP数据核字（2021）第086638号

沙卜台：无锁的村庄

作　　者： 胥得意
责任编辑： 兴　安
装帧设计： 意匠文化 · 丁奔亮
内文插图： 律相银
出版发行： 作家出版社有限公司
社　　址： 北京农展馆南里10号　　**邮　　编：** 100125
电话传真： 86-10-65067186（发行中心及邮购部）
86-10-65004079（总编室）
E-mail:zuojia@zuojia.net.cn
http://www.zuojiachubanshe.com
印　　刷： 唐山嘉德印刷有限公司
成品尺寸： 142×210
字　　数： 180千
印　　张： 8
版　　次： 2021年10月第1版
印　　次： 2021年10月第1次印刷
ISBN　978-7-5212-1428-4
定　　价： 48.00元